PAUL CELAN

策蘭傳

[德] 沃夫岡·埃梅里希 (Wolfgang Emmerich) 著

梁晶晶 譯

傾向出版社

見　證

在當代德語密閉式寫作的最重要代表人物保羅·策蘭那裡，所謂密閉式的經驗內涵完全被顛覆。面對著苦難，面對著既拒絕經驗式的感知又拒絕被昇華的苦難，藝術感到羞恥，這羞恥完全滲透在策蘭的詩裡。他的詩欲以沉默道出極度的驚恐，其間所含的真則化作一種負像。

特奧多爾·W·阿多諾（Theodor W. Adorno），《美學理論》

[保羅·策蘭]站在最前面，卻常迴避與人交往。我瞭解他的一切，也知道那深重的危機。他由此成就了自己，最大限度地成就了自己。

馬丁·海德格（Martin Heidegger），〈致格哈德·鮑曼書〉，1967年6月23日

再沒有誰的詩歌比他的詩歌更加憤怒，再沒有什麼詩歌像這樣完完全全從苦難中獲得靈感。策蘭從未停止與過往這條惡龍的對峙。最終，它還是將他吞噬。

保羅·奧斯特（Paul Auster），《流亡的詩學》，1983年

通過語言上的極度張力與極度減縮，那些在此地向我們言說之物走向我們，它走向我們，須得堅守那些在自身意義之外還有別樣追求的相互糾結的詞，那些僅有一定指向而從今開始相互聯繫的詞，通過堅守這樣的詞並將它們相聯合，而非統一，並使它們相互關聯起來。

莫里斯·布朗肖（Maurice Blanchot），《最後一個言說者》，1984年

在很多事情上我要感謝保羅·策蘭：激勵、分歧、有關孤獨的概念、還有有關奧許維茲還未終結的認識。他的幫助從來就不是直接的，而是存於弦外之音，就像公園中的漫步。

鈞特·葛拉斯（Günter Grass），〈奧許維茲後的寫作〉，法蘭克福詩學講座，1990年

攜著墓誌銘〈死亡賦格〉，他第一次在我們中登場，攜著那些光輝而又晦暗，那些漫行直至夜之盡頭的詞。在這些詩中，那個「我」棄絕了暴力的表述，棄絕了強索的威望。這威望，他只通過唯一的請求而獲得：將我變得苦澀吧，也將我列入此列⋯⋯那曾經苦澀、縈繞不去的東西⋯⋯

英格柏格·巴赫曼（Ingeborg Bachmann），法蘭克福詩學講座，1959年

再說說策蘭！讓我表現出我的憤怒吧，親愛的，這不會有損於策蘭的聲名。我可以告訴你，我在他的身上真的下了很大功夫。對我而言，《語言柵欄》就像一部蒸餾器，像一間裝潢考究的煉金士的廚房，一間我不敢進入的屋子。而這一切都因他而起。

約翰內斯·波勃羅夫斯基（Johannes Bobrowski），〈1959年8月14日致彼特·約科斯塔(Peter Jokostra)信〉

生與死的同在一直是策蘭詩作的重大前提之一。[……] 每首詩所探尋而希望獲得的那個世界是奧秘的。對此，熟悉策蘭作品的觀察者都會表示認可。然而，我們不可將這種奧秘與完全的非理性混為一談。一旦出現這樣的混淆，理解便無從談起。

貝達·阿勒曼（Beda Allemann），〈致保羅·策蘭之後記〉，《策蘭文集》，1968年

策蘭不是一個「政治性的詩人」。對他而言，是否「貼近時代」，是否「與時代相關」並不重要。不過也許正因為此，他的詩才被深深地印上這個時代的烙印。不同於時事性社論文章，不同於哲學式與政治式的時代分析，這些詩是我所見過的最純粹的表達，在這裡，我們能夠看到人類精神的巨大古老影像、人類想像力的巨大古老影像與當代災難之間產生了怎樣的碰撞。

埃里希·弗利特（Erich Fried），BBC廣播，德國之聲，1954年

這樣，有關死亡集中營的表達不僅化為策蘭創作的終點，同時也構成了其前提條件。對於阿多諾那句太過著名的斷言「奧許維茲之後不可能再寫詩」，《親密應和》便是最好的反駁。

彼特·斯叢迪（Peter Szondi），《策蘭研究》，1971年

他非常敏感，不過，這並非在好勝心、名利或者成敗上的敏感。他知道，借用荷爾德林的說法，阿波羅擊中了他。然而與此同時，他也知道，今天在我們容身的這個世界和這些人群間，他們的作為，德國的所作所為已破滅了那些在1920年代還可想見的創作可能。

漢斯·邁爾（Hans Mayer），〈與保羅·策蘭的幾個瞬間〉，1989年

以他們所共有的語言的名義抗拒他的殺戮者並迫其屈服。這便是其中最重要的內容所在。

愛德蒙·雅貝（Edmond Jabès），〈我是怎樣解讀保羅·策蘭的〉，1989年

國家圖書館出版品預行資料

策蘭傳 / 沃夫岡・埃梅里希(Wolfgang Emmerich)著；梁晶晶
譯 —初版—〔台北市〕：傾向出版社；2009〔民98〕
面：14.8 x 21 公分——
譯自：Paul Celan
ISBN 978-986-83807-5-2（平裝）

流亡年代叢書13

策蘭傳
Paul Celan

Chinese language copyright © 2009 by TENDENCY INC.
All rights reserved

著　　者：沃夫岡・埃梅里希
譯　　者：梁晶晶
編　　審：貝　嶺
執 行 編 輯：許瑜芳
封 面 設 計：李耘衣
出　　版：傾向出版社
　　　　　116 台北市公館街30之4號二樓
　　　　　電話 02-2932-2057　郵政劃撥 700-0002779-0010181
　　　　　www.tendencychinese.com　penchinese@hotmail.com
總 經 銷：允晨文化實業股份有限公司
　　　　　104 台北市南京東路三段21號六樓
　　　　　電話 02-2507-2606　傳真 02-25074260　劃撥帳號 0554-5661
　　　　　www.asianculture.com.tw　asin.culture@msa.hinet.net
香 港 經 銷：kubrick書店 香港九龍油麻地眾坊街3號駿發花園H2地舖
　　　　　電話 852 2384 8929　kubrickinfo@gmail.com
東南亞經銷：馬來西亞大將書行
　　　　　No 4, Jalan Panggong 50000, Kuala Lumpur, Malaysia.
　　　　　電話 603-2026 6384　www.mentor.com.my
歐 洲 經 銷：法國巴黎 鳳凰書店 72 Boulevard de Sebastopol 75003 Paris
　　　　　電話 331-42727031
美 國 洽 購：1200 Washington ST.#115 Boston MA02118 USA
　　　　　電話 1-617-502-0676　hbeiling@yahoo.com

初版一刷 2009年2月　　定價 NT＄280元　港幣＄80元

保羅‧策蘭，維也納，1948年

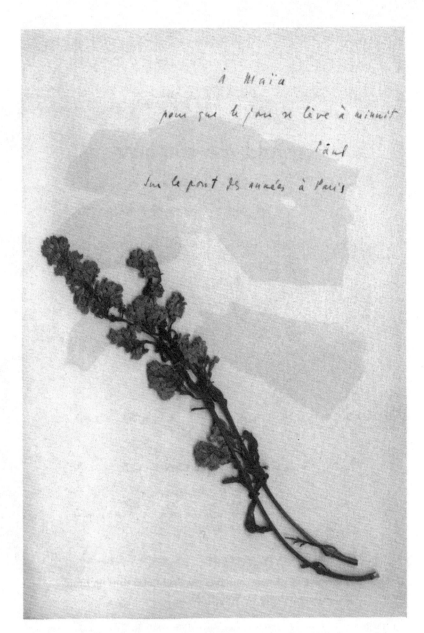

策蘭手跡。詩集《骨灰甕之沙》（*Der Sand aus den Urnen*）扉頁題辭：「給瑪婭，為了夜半日出。保羅，於巴黎千年橋。」題辭下附有兩枝乾花。「瑪婭」（Maïa）是策蘭當時給妻子吉澤爾・德・萊斯特朗熱起的名字；「千年橋」即米哈波橋。此題辭寫於1951年12月。

目錄

凡　　例

一、本書根據德國羅夫特袖珍書出版社（Rowohlt Taschenbuch）1999年版本譯出。

二、本書（德文本及中譯本）中所有策蘭詩文均引自貝達·阿勒曼（Beda Allemann）等人主編的五卷本《策蘭文集》（*Gesammelte Werke*, 1983, Frankfurt a. M.），其中卷一至卷三收錄了策蘭的詩歌、非詩體文章和演講辭，卷四、卷五收錄了策蘭的譯著。就譯文中標示的體例而言，若註記為「（III，196）」者，意即「引自五卷本《策蘭文集》之第三卷，第196頁」。

三、腳註說明：有[　　]符號者為德文著者所加，大部分為引用出處，如[Huppert（1988）。]即表示這一筆引用資料來自Huppert所著，於1988年出版的書，詳細書籍資料可據此作者名在參考書目內找到。其餘腳註皆為譯者撰。

四、本書正文內引詩，循原書體例，「/」表示分行，「//」表示隔一空行或隔段。

五、本書中刪節號加括號 [……] 處，均為著者在原書中省略引文而用，為尊重原書原意，中譯循德文原著沿用這一格式。

六、本書策蘭詩的翻譯，譯者曾參照孟明先生的譯文，一些須釋疑處，也求教了他的意見，特在此表示感謝。

Ein Blatt, baumlos,
für Bertolt Brecht:

Was sind das für Zeiten,
wo ein Gespräch
beinah ein Verbrechen ist,
weil es soviel Gesagtes
mit einschließt?

—

Freiburg, Frankfurt, Kiel

策蘭〈一片葉子，無根的〉一詩複製手稿，作於1968年，第一次發表於1970年。

導言

「……以紀念他的資訊碼*」

時間與空間──屬於詩的與屬於詩人的

今天，保羅・策蘭已被視為1945年以來最重要的德語詩人，他的〈死亡賦格〉是一首──也許可以說，是唯一的一首──世紀之詩。有時，甚至有人將它和畢卡索（Pablo Picasso）的劃時代鉅作「格爾尼卡」（*Guernica*）相提並論。1988年，當人們在聯邦德國議院悼念1938年11月9日的「水晶之夜」，悼念那場對猶太人的集體迫害時，猶太女演員、導演伊達・埃雷（Ida Ehre）就朗誦了這首詩。[1]

已出版的策蘭詩集有多個優秀版本，它們都希望為大眾真實呈現策蘭的全部作品。1997年後，讀者還能看到一套收入詩人大量遺作的作品集。各種解讀策蘭的研究文字，數目可觀，不容小

---

* 資訊碼（Daten）：策蘭在闡發其文學觀念時用到的一個重要概念。「Daten」是「Datum」的複數形式，在德語中既可指「日期」，又有「資料」的意思。策蘭以此詞代指一切對作家的存在與其作品而言至關重要的日期、事件和資訊，在此權且譯為「資訊碼」。具體解釋見導言後文。

1 1988年11月10日，聯邦德國議院舉辦了「水晶之夜」50周年的紀念儀式。伊達・埃雷在紀念儀式上朗誦了保羅・策蘭的詩〈死亡賦格〉後，議長菲利浦・延寧格（Philipp Jenninger）發表了相關的紀念講話。發言中，延寧格嘗試從當時德國民眾的視角出發探討問題，但其間大量語焉不詳的引語，使整篇文章有讚頌希特勒統治與貶斥猶太人之嫌，講話剛開始幾分鐘便被聽眾的噓聲打斷。整個演講期間，數十位議員憤然離席，伊達・埃雷淚流滿面；在德國和世界各地，這件事引起了激烈的爭論，很快成為轟動一時的政治醜聞，當事人延寧格在事發24小時後辭去了議長的職務。

覷，1987年開始出版的《策蘭年鑒》[2]，則完全將這位作家的作品作為中心主題。策蘭的一些書信被集結成書，大批有關他的回憶性文字也被整理出版，它們敍事準確、情感至誠，讓讀者和研究者在閱讀時具備了多種瞭解和深化的可能。

同時，這位作家的許多詩作卻又是如此令人迷惑，讓人覺得難以參悟，甚或完全無法理解，於是常有人感嘆地將此歸因於策蘭的生平之不詳。從某種程度上說，保羅·策蘭是一個隱祕的人——借用他自己的表述方式，他不是一個「內心生活公有化的朋友」。策蘭在同一次交談中如是說道：

> 我處在與我的讀者相異的時空層面；他們只能遠遠地解讀我，他們無法將我把握，他們握住的只是我們之間的柵欄。[3]

然而，這是否能夠解釋他的詩歌為何如此難以理解，為何給人謎一般的印象？這種艱澀在策蘭的晚期作品裡表現得尤為明顯。不過，這些晚期的詩作也更讓讀者隱約感到，它們的創作來源都基於一段重大的經歷，基於寫作者本身的困擾迷惘。策蘭為何只願被「遠遠地」解讀？他為何要在自己和讀者間設下柵欄——一道「語言柵欄」（他的一部詩集即以此為題）？他是否不僅是隱秘的，同時也是精英式的？他是不是繼馬拉美[4]和斯特凡·格奧爾格[5]之後，又一位純粹的形式主義藝術家？

大概再也沒有什麼說法比這更荒謬了。面對如此「詆毀」，策蘭也表示出最強烈的抗議。事實是全然相反的：在任何時代、任何語言的寫作者中，再也無法找出第二個人能像策蘭一樣，讓

2　《策蘭年鑒》（*Celan-Jahrebuch*）：德國海德堡C. Winter Universitätsverlag出版社從1987年開始出版的策蘭研究年刊。

3　[Huppert（1988），319頁。]

4　馬拉美（Stéphane Mallarmé, 1842-1898），19世紀法國象徵主義代表詩人和理論家，現代主義詩學理論主要奠基人之一。其詩追求語言的優美及句法上的多變性和音樂性，詩作常有多重象徵含義，晦澀難懂。

5　格奧爾格（Stefan Anton George, 1868-1933），19世紀末、20世紀初德國象徵主義的宣導者、詩人，抱持為藝術而藝術的文學觀，講究格律辭藻和形式。

曾經的經歷和筆下的文字如此緊密地融為一體；另一方面，這些他個人曾有的經歷，又絕不只單屬其個體。在策蘭個人的生平歷史和詩作中充滿著二十世紀的創傷歷史，這段恐怖歷史在對歐洲猶太人的集體屠殺中達到高峰。對這段歷史視而不見的人，無力、也無權閱讀他的文字。

對此，在策蘭接受格奧爾格・畢希納文學獎[6]之演講辭——他最重要的非詩體文字——之中已有闡明。名為〈子午線〉（*Der Meridian*）的這篇講演辭，完全可被視為策蘭有關時代詩歌寫作的詩學表述，「時代性」是討論的重點所在。然而在當時，在1960年10月22日的達姆施塔特（Darmstadt）策蘭作此講演時，聽眾絲毫無法意識到，策蘭自覺擔當「書寫時代詩歌」的使命感有多麼強烈，他們也沒有意識到，詩人的講話是怎樣地激進而滿懷信仰；他們的歷史知識面太狹窄，他們的思想準備太欠缺，他們的時代意識還未形成，而在那時的時代意識中當然也有一些可怖的東西。我們也許可以說，策蘭當時也曾這樣表述道：

保羅・策蘭與瑪利・路易士・卡什尼茨
（Marie Luise Kaschnitz）在畢希納獎頒獎典禮上，達姆施塔特，1960年10月22日。

> 每首詩都應將它的「1月20日」載入其間，我們在此以最明確的方式嘗試著時刻不忘這些資訊碼——也許今日之詩的新特點便在於此？然而，我們每個人不都是從這些資訊碼出發進行寫作交流嗎？我們要將我們自己歸於哪些資訊碼？（III，196）

6 　畢希納文學獎（Georg Büchner Preis）：德國最重要的文學獎項，以十九世紀德國作家格奧爾格・畢希納（Georg Büchner，1813－1837）命名，每年頒發一次，獲獎者皆為德語作家；一旦入選，即意味此作家已進入經典作家的行列。

聽到策蘭有關「1月20日」的暗示，很多聽眾大概都知道，他希望藉此讓人想到畢希納小説《倫茨》的開頭[7]。然而與此相關，而且與此具有特別關聯的另一個「1月20日」——1942年的1月20日，卻大抵不會有人覺察。1942年的這一天，納粹召開對集體屠殺猶太人行為做出周密戰略規劃的萬湖會議[8]。提到一個飽含政治色彩的資訊碼，而不言明其間所隱含的內容，這是典型的策蘭式做法，也是詩歌中的那個策蘭的風格；他任憑聽眾或讀者以興趣作出抉擇，讓他們自己決定他們是否認真對待他的言説，是否能解開（按照他的説法：是否「想解開」）他設下的謎。

此外，我們再順便提及，策蘭由此資訊碼還引申出了哪些出人意料的聯想——如果沒有特別的提示，一般讀者恐怕很難有所領悟。有説法認為，策蘭在另一個1月20日（1948年1月20日）和英格柏格‧巴赫曼[9]結識於維也納。兩人之間萌生了持續半年的真摯愛情，並在後來的日子裡長期保持著一種「相當艱難而遙遠的」友誼[10]。也有人猜測，詩人也許是想到讓‧保羅[11]小説《提坦》（Titan）中的章節，一個以「1月20日」為題的章節，它向我們描繪了一種特定的「敘事遊戲」。[12]講演辭〈子午線〉多次言及獨特的個人資訊碼和集體資訊碼（即那些得自當代史和現實的經歷）在真正「今日之詩」[13]上所打下的烙印。按照他在另一處的説法：

7　畢希納未完成的小說《倫茨》（*Lenz*），以德國狂飆運動時期（Sturm und Drang）詩人倫茨（Jakob Michael Reinhold Lenz, 1751-1792）的身世為主題，小說開頭首句為：「1月20日，倫茨在叢山間走過。」

8　1942年1月20日，納粹黨人在柏林西南部萬湖（Wannsee）一別墅舉行萬湖會議（Wannsee-konferenz）。會上提出「猶太人問題的最後解決辦法」，明確了對猶太人的系統性大屠殺。會上的所有紀錄都被盟軍發現並成為紐倫堡法庭證據。

9　英格柏格‧巴赫曼（Ingeborg Bachmann, 1926-1973），奧地利女詩人、作家、「四七社」（Gruppe 47，二戰後德國的一個重要文學團體）成員。1948年與策蘭相識後，二人產生了一段對雙方而言都至關重要的戀情。這段戀情雖然未能持久，但無論是在感情還是在詩學理念上，他們都對彼此都產生了深刻的影響，這影響甚至一直延續至策蘭去世以後。

10　[參見：〈我聽見，斧子已開花〉（*Ich höre, die Axt hat geblüht*；II，342）及 Lütz（1996）。]

11　讓‧保羅（Jean Paul，1763-1825），本名約翰‧保羅‧弗里德希‧里希特（Johann Paul Friedrich Richter），作家。其作品主要為長篇小說。在他之後，長篇小說成為德語文學家所偏愛的文學創作形式。

12　[Jean Paul：*Werke 3*. 慕尼黑，1961，875頁。]

13　策蘭語。正如下文中所提到的，策蘭認為當代詩歌所關注的既不應為歷史，也不應為美學方面的永恆之物，而應為當下這個時代，所以在此有「今日之詩」一說。

> 也許，只有在那些未忘卻自己言說於自身此在的傾
> 角、言說於造物傾角的詩歌中，才能找到詩的這種「仍
> 舊—還」（Immer-noch）。 （III，197）

而在這段文字前幾行，慎思後的策蘭特別強調說明他的創作重音
何在：

> 它既不可能是歷史的沉音符，又不可能是永恆的
> [……] 長音符：我將它設為——別無選擇地將它設為——
> 尖音符。[14] （III，190）

1960年的〈子午線〉演講中，策蘭的整個話題都圍繞著當今文
學創作的時空定位。對於所有那些寫於大屠殺之後、不願脫離時
代、不願喪失責任感的文學而言，「1942年1月20日」這個以隱晦
形式出現在文中的資訊碼，可被視為一種信號[15]。與其他在大屠殺
中因幸運或意外得以倖存、離散於世界各地的猶太人一樣，策蘭
也蜷身生存在特別的「存在傾角」之下；即使未被奪去性命，他
依舊難以從這樣的存在狀態中離脫。1942到1943年的那個冬天，
策蘭先後得知父母在集中營裡身亡，從此永遠無法克服的創傷經
歷便寫入了他的全部生命，寫入他的詩作中。在這個傷痛的經歷
裡，有三方面的因素相互糾結，組成策蘭生命中永恆的尖音符：
從未減退的哀悼，尤其是對摯愛母親的哀悼；無盡負罪感的自
責——為什麼偏偏是他活了下來；以及與世上一切猶太人、一切

---

14 策蘭在此藉重音的使用來說明自己的文學創作觀，此番比喻應該與古希臘語中的重音使用
   有關。在古希臘語中，「尖音符（Akut）」是一種音調上揚的重音，尖銳而強烈，又譯作
   「高調」、「昂音」、「銳調」。從語調上看，上揚的音調一般表示句子還未結束。策蘭
   很可能因此將「尖音符」設為「正在進行中行為」的象徵，認為「尖音符」所代表的是一
   個仍然生動進行著的過程。在時間軸上，「尖音符」便成為了當下的對應。「沉音符
   （Gravis）」與「尖音符」正好相反，它是一種音調下降的重音，又譯作「低調」、「抑
   音」或「鈍調」。就好比陳述句結束時要用降調一樣，「沉音符」在比喻的意義上說明一
   個過程已經結束，已經成為歷史，對應於時間軸上的過去。「長音符（Zirkumflex）」用在
   長母音或複合元音上，表示先升後降的語調，又譯作「起伏音」、「高低合調」、「長音」
   或「折調」。由於「長音符」是「尖音符」與「沉音符」的結合，同時涵括了當下與歷史，
   於是它便成為了「永恆」的化身。

15 [又參見：〈圖賓根，一月〉（Tübingen, Jänner；I，226）與〈寫入一月〉（Eingejännert；
   II，351頁）]

業已亡去的及尚存於世的猶太人的一體感受，這感覺有時是切身的體驗，更多的時候則是一種文學想像。

三十多年來，傷痛的時空體驗無法隱去，沒有終結；然而，這些體驗是如何見諸於策蘭的詩作？對這些舊日經歷的記錄與轉寫，又如何實現於詩歌文本？我們常聽說，詩歌文本與傳記性的真實經歷相去甚遠，如若果真如此，我們是否應將策蘭的詩歌與生平區分對待，僅將前者作為「純粹的藝術作品」予以閱讀？反言之，策蘭本身已將所經歷事件的陌生化推至了相當程度，他的大多數詩歌也未進一步透露出任何能讓人產生聯想的生平印跡；是不是正因為此，對於策蘭生平的興趣就不具合法性，這樣的作法就有違「閱讀的倫理」[16]呢？

在策蘭的有生之年，公眾都慣於將他的詩歌指為密閉的或隱秘的，一言蔽之：讀不懂；於是，要讀懂它們似乎也成為一種苛求。類似的現象在他1963年的詩集《語言柵欄》（*Sprachgitter*）出版後表現得尤為明顯。面對這樣的偏見，策蘭的反應顯得頗為激動，有時甚至會怒不可遏。一次，他曾對作家朋友阿爾諾·賴因弗蘭克[17]這樣說道：

> 大家都說，我最近出版的一本書[18]是用密碼書寫的。請您相信我，此中的每一個字都和現實直接相關。可是，他們沒有讀懂。[19]

1961年，伊斯拉埃爾·沙爾芬（Israel Chalfen，為策蘭青少年時代作傳的作家）[20]曾請策蘭幫他解讀那些難懂的詩歌，策蘭對此的回

---

16 [Sigrid Weigel：*Sie sagten sich Helles und Dunkles- Ingeborg Bachmanns literarischer Dialog mit Paul Celan*. 見：*Text + Kritik*. Heft 6 / 1995，123頁。]

17 阿爾諾·賴因弗蘭克（Amo Reinfrank，1934-2001），德國作家、出版人、翻譯家、海外德語作家筆會秘書長，，1955年因政治原因遷居倫敦。

18 [即出版於1968年的《詩歌選》（*Ausgewählte Gedichte*）。]

19 [Reinfrank（1971），73頁。]

20 該傳記名為《保羅·策蘭：一部少年時代的傳記》（*Paul Celan. Eine Biographie seiner Jugend*；1979）。書中描寫了1948年以前策蘭在切爾諾維茨和布加勒斯特的生活。

答僅僅是：「讀吧！不斷地去讀！意義自會顯現。」[21]不過，無論如何，作者的忠告還是值得聽從，至今——從頭到尾「通讀」過策蘭詩歌的應該尚無一人[22]。如果讀者想使初讀詩歌時所感受到的魅力變得恆久，而不使其淪為一次令人失望的「相遇」（這是策蘭用來描述詩歌和讀者間關係的關鍵字），那麼，他就必須瞭解詩歌中的資訊碼。

　　策蘭相當頻繁地（特別是在之前被援引的〈子午線〉一文的片斷中）用到「資訊碼」這個能夠帶給讀者強烈時代氣息的表達方式，而且是在相當廣義的層面上。「資訊碼」（按字面可解意為：「業已存在之物」）可能有著多重含義；它是日曆上的時間說明，在策蘭的理解

> 詩之地是一方人性化的所在，是「寰宇中的所在」，當然，就是在這裡，在這凡塵下界，在時代中。詩，與它的種種視域，一直是一種月下的、塵世的、造物的現象。它是獲得一定形式的個體的語言，它是物化的、對生的、當下的、見證的。它置身於時代之中。
>
> 保羅・策蘭，〈奧西普・曼德爾施塔姆的文學創作〉

中也是一切可能的事實與資訊，歷史、政治、文學、語言或個人經歷中的所有事件與資訊。曾經在作家生命和思想中的某一刻，它們顯得那樣至關重要，而這也正是它們的共通之處。於是，一些重要的資訊碼出現了，首先是前文提到的（1942年）1月20日，從詩人的個人角度來看，它是母親的忌日（具體時間不詳）。此外，還有那個從猶太歷史發端，經由死亡集中營，一直延伸到以色列的重要資訊碼綜合體：猶太性（Judentum）；策蘭由此中來，也將自己歸於此間。不過，詩人從未將此直接轉變為詩歌中的文字，他從來沒有如彼得・魏斯[23]那樣，以〈我之鄉〉（*Meine Ortschaft*）為題撰寫文章；不同於魏斯在文中明確提及「奧許維茲（Auschwitz）」[24]，並通過直接的生平經歷建立自己與此地的歸屬關係，「奧許維茲」這一關鍵詞從未直接出現於策蘭的詩歌。

21　[Chalfen（1979），7頁。]
22　這裡也可理解為：策蘭之所以要求讀者對其詩一讀再讀，是因為策蘭認為還沒有人好好讀過他的詩。
23　彼得・魏斯（Peter Weiss，1916-1982），畫家、導演、小說家、劇作家，1934年隨家人流亡至英國、捷克、瑞典等地，去世後被頒予1982年的畢希納文學獎。
24　作為一名經歷了二戰的猶太人，彼得・魏斯在〈我之鄉〉中將奧許維茲（中國大陸譯為「奧斯維辛」）作為自己的發源地。

　　策蘭詩歌還有其他一些歷史、政治上的資訊碼，如：西班牙內戰、1934年維也納工人起義、1945年8月的廣島原子彈、越南戰爭、1968年的巴黎五月風暴以及1968年的布拉格之春。所有這些資訊碼都和這地球上的被貶抑和被侮辱者有關，——這是「與被迫害者結成晚到的、不／沉默的、耀目的聯盟」（II，25）。

　　不過，策蘭詩中也有一些令人頗感意外的資訊碼，例如不常見的植物名或是礦工間的行話，地質學和天文學中的專業術語，希伯來語、意第緒語[25]、以及拉丁語詞彙，還有取自中古高地德語的說法以及一些極口語的時下俚語。此外，還有一些意味深長的資訊碼，它們源於猶太教，特別是哈西德派[26]的宗教史（對於今天想「相遇」這些詩歌的讀者而言，不懂這些歷史，便會感到特別的障礙），它們各自的重要性在策蘭詩歌的不同階段則表現得有所差異。

　　有時，也會出現常見於現代文學的互文現象。這是一場多少有些公開性的對話，對話者的一方是現代文本，而另一方則是特定的文學傳統體系或者其間的某個文本，這樣的做法在策蘭詩作中也一直佔有重要位置。當然，作家無意藉此類互文性的文字彰顯自己的博學（非凡的博學之於策蘭是不言而喻的），與其他許多地方一樣，對此，策蘭也抱有和英格柏格‧巴赫曼一致的看法；於他而言，引語不是一般意義上的引語，它們更是「生活」[27]。就這點而言，這些「引語」可以在同一首詩，同一詩行的相鄰之處以

25　意第緒語：通行於中歐和東歐各國猶太人間的一種語言，由中古高地德語、希伯來語、羅曼語和斯拉夫語混合而成。

26　哈西德派：指西元前3世紀到前2世紀的一個猶太教派別，希伯來文意為「虔誠者」。他們以復興猶太國為主旨，反對希臘化，支持馬加比（The Maccabees，猶太國家自由解放運動者）領導的戰爭，而為法利賽人和艾賽尼派的先驅。另外，哈西德派也指18世紀中葉出現於波蘭猶太人中的宗教神秘團體。19世紀中葉其教徒已占東歐猶太人的半數。該派反對《塔木德》（Talmud）教義，宣傳泛神論，強調通過狂熱的祈禱與神結合，認為禁欲苦修違背神意，相信彌賽亞即將來臨解救其苦難。

27　[Bachmann: *Wir müssen wahre Sätze finden. Gespräche und Interviews.* 慕尼黑／蘇黎世，1983，69頁。]
巴赫曼在文中寫道：「對我而言，這不是引語。對我而言，沒有引語，只有文學中少許一些一直讓我激動的地方。對我而言，它們就是生活。我援引這些話，不是因為我喜歡它們，不是因為它們動聽，也不是因為它們很重要，而是因為它們真正令我激動。就像生活本身。」

完全不同的方式和「資訊碼」相遇，甚至是與最私人化的資訊碼相遇。策蘭的詩歌以直接的——或更多時候以非直接的方式——提到一些人，他們和作家個人甚為親近，都是他所深愛著的人，尤其是策蘭的母親，以及他的妻子和兒子埃瑞克（Eric）。

　　一些其他的友人有時也會進入詩歌，如年輕時代的朋友埃里希·艾因霍恩（Erich Einhorn），情人英格柏格·巴赫曼，詩人朋友、命運的同路人奈莉·薩克斯[28]以及許多其他人。在策蘭看來，這樣的做法順理成章，因為他的詩歌從來不是自說自話的獨白，與此相反，它們總希望能夠觸及到某個特定的、或者未進一步言明的「你」。在進入詩人虛擬對話的重要人物中，有好幾個都是亡者：首先是他的母親，父親也出現了幾次，還有出世不久旋即夭折的兒子弗朗索瓦（François），當然也有一些在存在上和他走得很近的詩人和思想家，如奧西普·曼德爾施塔姆[29]、瑪麗娜·茨維塔耶娃[30]、弗蘭茨·卡夫卡（Franz Kafka）、瓦爾特·本雅明（Walter Benjamin）、弗德里希·荷爾德林（Friedrich Hölderlin）、林布蘭（Rembrandt Harmenszoon van Rijn）、或梵谷（Vincent van Gogh）。他們的命運與他們的作品也是一種「業已存在之物」；一種已逝的業已存在，一種進入詩歌文本中那越來越密集的資訊碼之網的業已存在。

　　用一個例子也許能夠大略描繪出策蘭詩歌複雜的構成過程。1967年出版的詩集《呼吸間歇》（*Atemwende*）中收錄了這首詩：

28　奈莉·薩克斯（Nelly Sachs，1891-1970），德國猶太詩人、作家，1940年逃亡瑞典，後定居於斯德哥爾摩。1966年，她與以色列作家山謬·約瑟夫·阿格農（Shmuel Yosef Agnon）共獲諾貝爾文學獎。

29　奧西普·曼德爾施塔姆（Ossip Mandelstam，1891-1938），俄羅斯白銀時代的詩人。著有詩集《石頭》、《悲傷》等。另有大量寫於流放地沃羅涅什的詩歌在他逝世多年後出版。1933年，他因寫諷刺史達林，次年即遭逮捕和流放，最後悲慘地死在遠東的勞改營。其姓氏的通用拼寫法為「Mandelstam」，策蘭為了表示此「曼德爾施塔姆」不同於其他「曼德爾施塔姆」，堅持將其拼寫為「Mandelstamm」。

30　瑪麗娜·茨維塔耶娃（Marina Tsvetaeva，1892-1941），俄羅斯白銀時代的詩人、小說家、劇作家。1922年移居布拉格，三年後轉往巴黎，1939年回到蘇聯，1941年自殺身亡。

COAGULA

還有妳的
傷，羅莎。
妳的羅馬尼亞野牛的
犄角的光
替代了那星星於
沙床之上，在
兀自言說的，紅色
灰燼般強悍的槍托中。　　　（II，83）

　　如果有一個不熟悉策蘭詩的讀者想嘗試理解這首詩，他大概
會覺得完全不知所措。翻翻外來語詞典，就能知道「Coagulum」
的意思是（血液）凝塊，是一些滲出的東西；看到「羅莎」一
詞，也許會聯想到羅莎・盧森堡[31]，那位在1919年1月15日至16日
夜裡被殺害的「紅色羅莎」（「還有妳的 / 傷，羅莎。」）由這
裡開始，讀者便踏上了一條能夠不斷深入的路。也許，「紅色 /
灰燼般強悍的槍托」還會令人想起羅莎・盧森堡（以及卡爾・李
普克內西）[32]遭謀殺前所受到的虐待。倘若繼續挖掘下去，我們將
會在作品的歷史校勘版中看到，在寫就於1962年11月的一個早期
版本裡，確實出現了「羅莎・盧森堡」的全名。[33]

　　我們還能充分證明，策蘭在1967年12月的柏林之行期間曾
去過護城河（Landwehrkanal），而羅莎・盧森堡死後正被棄屍
於此。翻開盧森堡的獄中通信，便可看到一段感人的文字：1918
年12月中旬，這位被監禁者從布列斯勞（Breslau）獄中寫信給蘇

31　羅莎・盧森堡（Rosa Luxemburg，1871-1919），德國猶太人，共產主義運動的政治活
　　動家和理論家、德國社會民主黨和第二國際中僅次於李普克內西的左派領袖。
32　卡爾・李普克內西（Karl Liebknecht，1871-1919），共產主義運動的政治活動家和理論家、
　　德國社會民主黨和第二國際的左派領袖。
33　[歷史校勘版7.2，189頁。]在歷史校勘版中可以看到策蘭對其詩歌的修改過程。

菲‧李普克內西[34]，向她描述了自己先前在院中看到「戰利品，
[……] 羅馬尼亞」公牛時的情形；牠們遭到士兵的虐待，鮮血從
一頭幼獸「新鮮的傷口」中流淌而出，這隻野獸：

> [……] 正（望向）前方，烏黑的面龐和溫柔烏黑的
> 眼睛看上去就像一個哭泣的孩子 [……] 我站在牠的面
> 前，那野獸看著我。淚水從我眼中淌下——這是牠的眼
> 淚。震驚中，我因著這平靜的痛而抽搐，哀悼最親密兄
> 弟的傷痛的抽搐也莫過於此。美麗、自由、肥美、蔥鬱的
> 羅馬尼亞草原已經失落，它們是那麼遙遠，那麼難以企
> 及。[35]

也許，閱讀層面較廣的讀者還會想到卡夫卡小說〈鄉村醫生〉
（*Ein Landarzt*）中的那名女僕。這個成為殘忍僕從犧牲品的姑娘
也叫羅莎，而且這個故事是關於一個青年人的血紅的「傷口」。
人們也很容易聯想到策蘭在1947年以前一直持有的羅馬尼亞國
籍，也許正是因為身世之故，「羅馬尼亞的水牛」才進入這首
詩。此外，看過沙爾芬的青年策蘭傳記的讀者也許還會記得，
1945年後，策蘭在布加勒斯特（Bukarest）[36]曾和一位名叫羅莎‧
萊博維奇（Rosa Leibovici）的姑娘關係甚密[37]。有關該詩的最明
確的說法，出現在策蘭寫給他布加勒斯特時代摯友彼得‧所羅門
（Petre Solomon）的一封信裡，信件早在1970年就已被公諸於世，
策蘭寫道：

> 在詩集《呼吸間歇》第七十九頁上，羅莎‧盧森堡透
> 過監獄欄杆所看到的羅馬尼亞水牛和卡夫卡〈鄉村醫生〉
> 中的句子匯聚到一起，和羅莎這個名字匯聚到一起。我要
> 讓其凝結，我要嘗試著讓其凝結。[38]

---

34 卡爾‧李普克內西的第二任妻子。
35 [Luxemburg：*Ges. Briefe*（=*Werke 5*）. 柏林，1984，349-350頁。]
36 羅馬尼亞首都。
37 [Chalfen，150頁。]
38 [參見1967年11月23日策蘭書信，見：Solomon（1982），30頁；另參見：Buhr / Reuß
　　（1991），221-222頁，及Sparr（1989），114-117頁。]

就這樣，歷史上的，文學中的，自身經歷過的來源各異之「資訊碼」，被一一查找出來，成為了「Anamnese」[39]。在此應從「Anamnese」一詞的雙重意義加以理解，它既是靈魂（Seele）對其天賦理性（Idee，按照柏拉圖的說法）的回想，也是患者自述的既往病史（這一醫學術語後來也成為了心理學和政治學用語）。在「傷」這個符號中，許多互不相干的地點、時間、和人物被結為一體[40]，在想像中被融合，繼而被「凝結」成詩的文本質地。卡夫卡筆下被虐待的女僕羅莎，猶太社會主義者羅莎・盧森堡和來自策蘭故土羅馬尼亞的被虐動物（她曾為之哭泣，像哀悼人類兄弟一樣為之哭泣），也許還有布加勒斯特的情人羅莎・萊博維奇。一道想像中的線將一切聚合在一起，兩種「Coagula」——真實的血凝塊和文字的凝結——是同一物的兩面。

　　策蘭作品，特別是他的晚期作品，就是這樣進行著雙重的記錄；他常在一定的語境中記錄下確實的生平經歷，文字卻又超出了純傳記式記載，而另有一番別的樣子，曾經的經歷被改寫為謎樣的、只能被「遠遠」解讀的文字。事實上，讀者常會覺得置身於一個完全不同的時空維度，即使許多寫入和織入文本結構中的東西已被「破解」，情形還是如此。讀者總是一再面臨這樣的悖論：有人總是將自己顯露，同時卻又將自己隱藏。同處於悖論中的還有策蘭的創作過程；他在詩歌的初稿中附註日期，但卻又於付梓時將寫作時間隱去，他在1960年受到公開的剽竊指控後，便更是一直遵循這樣的作法不悖。和1960年代的詩作相比，他早期（直至1950年代）的作品顯得好懂得多。在這些詩作中雖然出現了許多極人為化的圖象語言，但還能讀懂。至於詩人後來藉由記錄和改寫而進行的簡筆勾勒，我們在這些早期的詩歌作品中還只能隱約見到一些雛形。我們將在書中的一章中具體說明，1950年代末，保羅・策蘭為何轉向這一寫作方式，在這裡，只先為這一觀點勾勒出大致的輪廓。觀念的最終形成最遲應在1960至

39　[1967年11月23日信。]
　　「Anamnese」醫學上指「既往病史」，心理學上指「記憶、回憶」。
40　[參閱：〈同一〉（*In eins*），（I，270）。]

1961年間，在那場對他傷害至深的剽竊指控中。之後，他就再也不曾將它放棄。

　　在策蘭看來，斯時斯世，已絕無可能再以一種單純直接的方式使用德語；這是他親愛的母語，同時卻又是殺母兇手的語言。在戰後第十二與第十五年的經歷[41]已告訴他，儘管再三要求，對納粹過往的「清結」[42]依然無從談起。於是，他和他詩歌的非猶太人德語讀者——他們曾經是、並且從來就是他最主要的讀者群——之間，被一道深壑隔離；既然如此，這溝壑也應在語言上有所標示，對此，每首詩都有新的形式，但它們主要被表現為一種障礙，阻攔人們進行照單全收的習慣性直接理解，那樣單純的直接解讀，最終甚至會令讀者（通常是完全善意地）產生幻覺，以為一旦讀懂作品，便與犧牲者達成和解，便和他們同了呼吸。

　　與之形成對比的，是另一種不屈不撓的堅持。作為策蘭詩歌的讀者，只有尊重詩作的陌生性，才有權閱讀它們。策蘭用以顯示「疏離」的方法十分多面且富於創新，其中最重要的便是我們之前描述的方式——在語義層面，將各種不相同的資訊碼加以濃縮融匯。和這些資訊碼一同進入詩歌的，還有語言素材的陌生化過程。策蘭曾經親見這些語言素材，和人一樣被捲入納粹統治的殺戮磨坊；對他而言，以詩的方式來處理語言，已成為一種烏托邦，在這烏托邦裡，各種臆斷式的直接交流被摒棄，進而異化作非人類的發音，如咿呀、馬嘶、雞鳴、鴉啼。詩人卡夫卡之詩〈法蘭克福，九月〉中寫道：「喉間爆破音／在吟唱。」（Ⅱ，114）

41　此處所指應為策蘭在1957年「布萊梅文學獎」頒獎典禮上所遭到的剽竊質疑，以及1960年克蕾兒‧戈爾（Claire Goll）與數家德國報紙引發的「剽竊指控」風波。具體詳情請參見後文第二章。

42　清結（Bewältigung）：源於戰後德國「清結歷史」（Vergangenheitsbewältigung）政策。該說法由歷史學家赫爾曼‧海姆佩爾（Hermann Heimpel）首先提出。後來，聯邦德國首任總統特奧多爾‧豪斯（Theodor Heuss）在講話中多次引用這一說法。與「清算歷史」（Vergangenheitsaufarbeitung）的提法不同，「清結」有「戰勝、了結」之意。由於這項歷史政策的本意為「與歷史作出了斷」，因而有「忘卻歷史」之嫌。於是，「清結歷史」的說法為人所詬病。在後文中出現的另一說法「清結文學」（Bewältigungsliteratur）也與此相關。

最傑出的體驗詩和即興詩[43]詩人歌德曾有論斷：「詩的內容即是自我生活的內容。」[44]聽來也許出人意料，但除此之外大概再也沒有什麼其他的說法，更適於用作策蘭的註腳。1962年，策蘭在給切爾諾維茨老友埃里希‧艾因霍恩的信中寫道：

> 我從未寫過一行與我之存在無關的文字，我是一個——你也看到了——現實主義者，我自己方式的現實主義者。[45]

只是，「自我生活的內容」在距歌德兩百多年之後，產生了何等深刻的變化！降臨於人類，特別是歐洲猶太人身上的遭遇，給人帶來怎麼樣的創傷，具有如何深的毀滅意義！

　　策蘭希望詩歌在閱讀中被當作完全現實的、立於時代之中的文字，而非「écriture pure」[46]。若按照作者自己設定的意義，閱讀文本就不可能對詩的原創者，對保羅‧策蘭這一真實主體視而不見（雖然在許多詩作中，真實主體將自己瀰散於各色敍事主體之間）；他甚至特別要求人們要尊重他的生命經歷，那令人精神狂亂而激憤的生命歷史。所以，為策蘭作傳是可能的，也是有據的。因為篇幅關係，導言中無法盡述策蘭的一生，然而在一切必要之處，在一切依據以上思維方式看來的必要之處，他的一生留下了生的痕跡，並時時使我們看見那由個人和超越個人之物羅織而成的存在本質。至此，我們不由得憶起錄於《時間農莊》（Zeitgehöft）中的一首詩，這是詩人的晚期作品。詩歌開頭這樣寫道：

> 你橫亙出來
>
> 於你之上，
>
> 超越於你之上
>
> 橫亙著你的命運　　　　　　　　（Ⅲ，73）

43　體驗詩：根據自身經歷而作之詩歌。即興詩：因某事的發生而作的詩。
44　[魏瑪版。Abtlg. I. Bd. 42.2，107頁。]
45　[1962年6月23日信，見：Einhorn（1998），31頁。]
46　法語，意為「純文字」。

青少年時代

布科維納及周邊地區地圖。

Maßstab 1:6 000 000 比例

Legende: 圖示說明

Die Bukowina bis 28.6.1940 (bis 1918 österreichisches Kron-
land, seit 1918 Gebietsteil Rumäniens)

1940年6月28日前的布科維納
（1918年前為奧地利屬地，1918年以後為羅馬尼亞領土）

Verlauf der rumänisch-sowjetischen Grenze vom 28.6.1940 bis
2./3.7.1941 und seit 12.9.1944/10.2.1947

1940年6月28日至1941年7月2-3日及1944年9月12日/1947年2月10日以後
羅馬尼亞與蘇聯間的國界

第一章

切爾諾維茨的少年時代

布科維納 / 1920—1940

「這土地，它將我 / 造就。」——1901年生於切爾諾維茨的女詩人羅澤·奧斯倫德爾[1]在她的詩歌〈布科維納 II 〉（*Bukowina II*）的開頭這樣寫道[2]。她認為，是布科維納（直到1918年，這片土地還屬於奧匈帝國的東部疆土）的文化版圖，真正「造就」了她。在這一點上與她頗有同感的，還有生於斯長於斯的其他那些德語猶太作家，譬如中學時便由加利西亞[3]遷至此地的切爾諾維茨文學之父卡爾·埃米爾·弗蘭佐斯[4]、與他同時代的伊薩克·施

---

1 羅澤·奧斯倫德爾（Rose Ausländer, 1901-1988），以德語寫作的猶太女詩人。二戰時與策蘭相識於猶太聚居區，兩人曾在避居的地下室內互為對方朗誦自己的詩作。在談到出生地切爾諾維茨對自己文學創作的影響時，奧斯倫德爾曾說：「也許是因為我在切爾諾維茨降生於世，也許是因為這個切爾諾維茨的世界降臨於我，這特別的土地、那些特別的人、特別的童話、特別的神話故事飄浮在這裡的空氣中，被人們吸入體內。」四種語言並行的切爾諾維茨是一所音樂之城，這裡有大批的藝術家、文學家，有許多藝術、文學與哲學的愛好者，後來，當這位女詩人開始流離失所的生涯，語言便成為了她的精神家園：「我的父之國已死 / 他們將它葬於火中 / 我生活在我的母之國度 / 文字。」

2 [Ausländer : *Ges. Gedichte.* 科隆，1977，353頁，另見本書第三章。]

3 加利西亞（Galizien）：中歐歷史上的一個地區名，現分屬烏克蘭和波蘭。

4 卡爾·埃米爾·弗蘭佐斯（Karl Emil Franzos, 1848-1904），19世紀東歐猶太聚居區的著名記者、作家與出版人，編輯出版了格奧爾格·畢希納的重要作品。在政治文化上，他一方面對種族主義懷有很大反感，另一方面卻又認為日耳曼文化是最高文化，落後的東歐需要日耳曼文化的開化，不過，他不贊成東歐的日耳曼化。加利西亞、羅馬尼亞、南俄羅斯等東歐地區的落後狀況是其作品的重要主題，他將其稱為「半亞洲」，並對其間的哈西德教派狂熱分子進行嚴厲的批判。

賴爾[5]、導師與父親式的朋友阿爾弗雷德·馬爾古－施佩貝爾[6]、摩西·羅森克蘭茨[7]、克拉拉·布盧姆[8]和阿爾弗雷德·基特納[9]；在他們之外，還有策蘭的同輩人：曾和他有過短暫同窗之誼的阿爾弗雷德·貢[10]和伊曼紐爾·魏斯葛拉斯[11]，以及年輕一些的曼弗雷德·溫克勒[12]、埃爾澤·克倫[13]和策蘭的表妹塞爾瑪·梅爾鮑姆－艾辛格[14]；除此之外，還有一些非猶太裔作家：格奧爾格·德羅茲多夫斯基[15]、伊莉莎白·阿克斯曼[16]和《馬格里布紀事》（*Maghrebinischen Geschichten*）的作者格雷戈爾·馮·雷佐里[17]。他們和同時代的其他民族作家一起吟唱出「四種語言如兄弟般應和的 / 歌 / 在這紛亂的時代裡」[18]——用德語、羅馬尼亞語、烏克蘭語和意第緒語[19]。

米洛·多爾[20]回憶說，當保羅·策蘭於1947年末現身維也納時，他「簡直源自虛無」[21]；不過，這只是1945年布科維納文化版圖的陷落帶給人們的印象，保羅·策蘭曾一再憶起他自己的源起

5　伊薩克·施賴爾（Isaac Schreyer，1890-1948），記者、出版人、作家、翻譯家、詩人。

6　阿爾弗雷德·馬爾古－施佩貝爾（Alfred Margul-Sperber，1898-1967），政府雇員、代理人、語言教師、編輯。羅馬尼亞德語猶太文學的重要代表人物之一。

7　摩西·羅森克蘭茨（Moses Rosenkranz，1904-2003），作家、詩人。

8　克拉拉·布盧姆（Klara Blum，1904-1971），作家。

9　阿爾弗雷德·基特納（Alfred Kittner，1906-1991），專業圖書館管理員、播音員、翻譯家、作家、詩人。

10　阿爾弗雷德·貢（Alfred Gong，1920-1981），翻譯家、職員、詩人。

11　伊曼紐爾·魏斯葛拉斯（Immanuel Weißglas，1920-1979），軍醫、鋼琴家、編輯、檔案員。

12　曼弗雷德·溫克勒（Manfred Winkler，1922- ），技術員、作家、翻譯家、雕塑家。

13　埃爾澤·克倫（Else Keren，1924-1995），教師、畫家、詩人。

14　塞爾瑪·梅爾鮑姆－艾辛格（Selma Meerbaum-Eisinger，1924-1942），詩人。

15　格奧爾格·德羅茲多夫斯基（Georg Drozdowski，1899-1897），銀行職員、戲劇顧問、演員、作家、翻譯家、詩人。

16　伊莉莎白·阿克斯曼（Elisabeth Axmann，1926- ），教師、編輯。寫有散文、詩和評論文章。

17　格雷戈爾·馮·雷佐里（Gregor von Rezzori，1914-1998），記者、作家、藝術品收藏者。

18　[Ausländer：*Ges. Gedichte*. 科隆，1977，353頁，見本書第三章。]

19　意第緒語：通行於中歐和東歐各國猶太人中，一種中古高地德語、希伯來語、羅曼語和斯拉夫語的混和語。

20　米洛·多爾（Milo Dor，1923-2005），作家、出版人、新聞工作者。二戰中因加入塞爾維亞抵抗組織而遭納粹監禁與拷打，後被送至維也納參加強制勞動。

21　[Dor，見：Meinecke（1970），281頁。]

之地（III，202），憶起他「愛得要命」的切爾諾維茨[22]，並將自己視作「帶著喀爾巴阡式印記的人」[23]。他的詩集《呼吸間歇》中一首寫於1964年的詩，在起首處這樣寫道：

> 黑色，
> 如記憶之傷，
> 眼挖掘著尋你
> 在這被心之牙咬
> 亮的屬地，
> 在這永是我們的床的地方：
>
> 你定要穿過這礦道而來──
> 你來了　　　　　　　　　　　　　（II，57）

童年故土，曾經的哈布斯堡王朝屬地，它「被心之牙咬 / 亮」；故土已隨它的人民一同殞落，只遺下一道黑色的「記憶之傷」；可是，它終其一生都是策蘭的床，詩人在這張床上幻想，並一次次重新憶起在文化黃金時代度過的童年和青年時光。

　　一種文化總存在於一定的空間和時間，且正如它於這兩大維度之中的存在一樣，它也將在其間消亡。在布痕蘭德[24]及其首府切爾諾維茨，占統治地位的是一種前後延續了近一百五十年的傳統：鮮活的、烙有猶太德語印記的文化，這段文化曾如此絢爛而短暫地綻放，如此豐富，激發了三、四代藝術家和知識份子的靈感；然而，到了20世紀40年代，它竟又猝然消失，了無蹤跡──按照策蘭在〈布萊梅演講辭〉中的說法──「遁入了無根可尋的狀態之中」（III，202）。

22　[Huppert (1988)，322頁。]
23　[1962年9月12日信。見：Margul-Sperber（1975），59頁。]
24　布痕蘭德（Buchenland）是布科維納的德語寫法，意為「山毛櫸之地」，在此取音譯。

　　這段文化血脈消亡的過程，經歷了兩個階段。第一階段是1941至1944年間，北布科維納（烏克蘭語和羅馬尼亞語中的指稱法）的猶太人被流放，後遭屠殺；此地近十萬猶太人中，不幸殞命者占了八分之七。第二階段是二戰結束時，這個自1918年以來一直歸屬羅馬尼亞的行省被蠻橫分割，南布科維納仍歸於羅馬尼亞，北布科維納包括舊都切爾諾維茨則被蘇聯吞併，劃歸烏克蘭蘇維埃共和國；隨之而至的是有關大規模移民的強制性政治條約。大部分猶太人被殺，非猶太裔德國人被納粹遷出，取而代之的是遷入的上萬烏克蘭人。舊奧地利成熟的多語言文明，以及與之並存的猶太文化傳統，對這些新移民而言沒有任何意義；按照史達林的歷史觀，也不應有任何意義；作為文化版圖的布科維納變成了幻象，在曾經的黃金時代（一直延續至第一次世界大戰）裡被稱作「小維也納」的切爾諾維茨，也化作了鬼魂之都。

　　地理上看來它也許還在，在很大程度上它也躲過了戰爭的影響，然而在今天的地圖上我們已難覓其蹤。切爾諾維茨已更名為切爾諾夫策（Tschernowzy），旅行者想找到此地頗需周折，只有博學者才能夠真正瞭解，這一多語言文化空間曾經產生過何等重大的影響。對策蘭而言，它是他青少年時代的整個經驗空間。這一文化的重要性也不只體現在策蘭身上，許多「布科維也納（Buko-Wiener）」[25]作家也與此文化有很深的淵源，如佛洛依德叛逆的學生威爾罕·賴希[26]就生長在切爾諾維茨附近的農莊裡；馬涅·施佩貝爾[27]來自普魯特河畔（Pruth）的查布羅托夫（Zablotów）；生化學家埃爾溫·沙爾戈夫[28]也是切爾諾維茨人。

25　因為布科維納被稱作「小維也納」，在此將兩個地名結合在一起，取諧音變作「布科維納」。

26　威爾罕·賴希（Wilhelm Reich，1897-1957），心理學家、心理分析師，以「佛洛依德主義的馬克思主義」的創始人、「生命論」發現者、「性革命」理論的奠基人知名於世。因企圖將馬克思主義與佛洛依德主義，將政治革命、社會革命與心理革命、性革命相結合，而遭到共產黨和精神分析學會的兩面夾攻，並被這兩個組織除名。

27　馬涅·施佩貝爾（Manès Sperber，1905-1984），作家，1975年獲畢希納獎。

28　埃爾溫·沙爾戈夫（Erwin Chargaff，1905-2002），生化學家，對原子裂變以及DNA雙螺旋結構的發現作出過重要貢獻。

在布科維納，德國人和猶太人已共存數百年之久，那時，這一地區還是莫爾道侯國[29]的一部分，尚隸屬於對猶太人頗為寬容的奧斯曼帝國，1775年，布科維納被併入奧匈帝國，約瑟夫二世（Joseph II）開始有針對性地遷入德國人，同時——借用他自己的說法——大力推進鄉村猶太家庭的定居和城市「猶太人的市民改良」（C・W・多姆語）[30]，而切

有關布科維納的歷史資料

13世紀　第一批猶太移民。
14世紀末 第一次見諸於文獻。
1514年　土耳其的宗主國統治。
1775年　歸屬於奧匈帝國。
1849年　世襲領地。
1867年　猶太人在法律上獲得同等地位。
1875年　切爾諾維茨大學創立（Universität Czernowitz）。
1918年　歸屬於羅馬尼亞帝國，官方語言為羅馬尼亞語。
1940年7月20日 紅軍進駐。
1941年7月5日 羅馬尼亞軍隊進駐，翌日德國突擊隊（由黨衛軍和黨衛軍保安處組成）進駐。
1941年10月11日 切爾諾維茨設立猶太人隔離區。
1944年4月 蘇聯再次佔領切爾諾維茨與北布科維納。
1945年 北布科維納最終被劃歸於烏克蘭蘇維埃共和國，南布科維納仍屬羅馬尼亞。
1990年 烏克蘭蘇維埃共和國成為獨立國家烏克蘭。

爾諾維茨的猶太人自己也將德語文化視為主流文化，予以效仿。1867年，他們在法律上獲得了平等的權利，這一演變過程由此得到了穩固的延續，猶太人成為了繼羅馬尼亞人和烏克蘭人（此二族群人數大約各占全部人口數的三分之一）之後的第三大民族，占總人口數的15%（在切爾諾維茨甚至超過40%），幾乎是所謂本地德意志人[31]的兩倍。這樣的狀況使得布科維納操德語的猶太人成為親維也納的原住「國民」。在這些德語猶太人中，不僅有推動資本主義發展的工廠主、富裕商人和工商業者，也有政府管理、法律和教育事業的中堅，1875年以後，他們中還出現了新建德語大學的教授和學生，不過，該地的絕大多數德語猶太人都是自由職業者，主要職業為醫生和律師。直至1970年代，在布科維納還未見反猶主義端倪。後來，對猶太人的仇恨浪潮愈演愈烈，

29　莫爾道侯國（Fürstentum Moldau）：始建於1359年。1455年，侯國納貢於奧斯曼帝國，之後雖也曾脫離土耳其人的統治，獲得獨立，但最終還是於1601年承認後者的宗主國地位。
30　1781年，普魯士官員克里斯坦・威廉・封・多姆（Christian Wilhelm von Dohm）開始了「論猶太人之市民改良」的辯論，為他們爭取完全的市民權益，約瑟夫二世於是頒佈「猶太委任令」，希望藉此將奧地利的猶太人變為「有用的國家公民」。
31　本地德意志人（Volksdeutsche）：指生活在德國和奧地利以外（尤其是1945年前生活在東歐或東南歐國家）的德意志民族。

布科維納終於受到波及。這些仇恨情緒部分來自本地羅馬尼亞人和烏克蘭人，部分則源於侵略性愈來愈強的維也納反猶主義者。第一次世界大戰中，俄軍施行了血腥的種族大屠殺並焚毀猶太教會堂，使反猶浪潮達到頂峰。

世紀之交以來，在布科維納主要有兩支德語文化，一支是本地德意志人的文化（與文學），另一支則屬於生活在切爾諾維茨的德語猶太人；前者是鄉土式的，醉心於敘舊，為故土所累，後者則洋溢著濃鬱的城市氣息，唯維也納文化是瞻，有強烈的精英化傾向。今天，一些心懷叵測的德國輿論，也喜歡將切爾諾維茨稱作「普魯特河畔的小耶路撒冷」，儘管如此，阿爾弗雷德‧馬爾古－施佩貝爾在1936年還是特別強調，布科維納的猶太詩人「表現出了與大地和鄉土更為緊密的聯繫，超出同類情況下其他地方的猶太詩人」。這樣的說法不無道理，我們往往能在他們的詩歌裡窺見一股特有的「內在旋律」——他們的「水井之調」（Brunnenton）[32]。在策蘭早期的詩歌中，也有著這樣的調子，只是它們常以異化的形式顯現出來；在詩集《語言柵欄》中，我們也能看到作者對故土水井之鄉的回憶：

> 說說那水井的事，說說
> 那井臺、轆轤，說說
> 那井棚——說一說 [……]　　　　　　　　　（I，188）

當奧匈帝國於1918年滅亡後，布痕蘭德成為羅馬尼亞帝國屬地。不過，這裡依舊沐浴在1867到1914年「黃金時代」的餘暉之中，德語依舊是民眾在口頭交際中所使用的語言。策蘭童年和青少年時代的文化氛圍並不同步於政治權利的分配；說得極端些，我們甚至可以認為，1918年以後的德語猶太民族試圖通過最大程

---

32 ［引自Silbermann（1993），27頁。］

切爾諾維茨的環形廣場與市政廳，1927年。

度的文化資本投入，來平衡他們在政治和經濟資本上的損失[33]。切爾諾維茨依舊是一個多語言、多宗教信仰的城市，是一個名副其實的多文化之城，弗蘭佐斯愛恨交加地將自己的故鄉加利西亞和布科維納鄉村視為正統猶太教的「Schtetl」[34]和「半亞洲」[35]的組成部分[36]，但是這不是切爾諾維茨的實際寫照；在這個城市裡，雖然有較為古舊的小型猶太人聚居區，但從未出現過強制劃分的猶太種族隔離區[37]，整個城市裡都散居著猶太人。

　　城市塔樓的側影綿延於喀爾巴阡（Karpaten）山麓一段狹長的坡地之上，它們陸續建成於最近的一百多年間，至今仍向我們

33　［參見：Corbea：*Sprach- und Raumgrenzen als Komponenten der kulturellen Produktivität*。見：Corbea / Astner（1990），7-17頁。］

34　意第緒語，意為「小城」。該詞用於東歐一些說意第緒語的地區，意指猶太人聚居的城區。「Schtetl」的獨立性是其重要特點之一，它們與城市的其他部分嚴格分離，保有自己獨特的日常生活及文化傳統。

35　卡爾‧埃米爾‧弗蘭佐斯自創的一個詞，指哈斯堡王朝下轄的東歐各州。在這些地方，多種族長年雜居，尚未受到現代化進程的影響，封建殘餘還相當嚴重。另參見本章註4。

36　［參見：K. E. Franzos：*Aus Halb-Asien. Culturbilder aus Galizien, der Bukowina, Südrußland und Rumänien*，2卷。萊比錫，1876。］

37　猶太種族隔離區（Ghetto）也譯作「隔都」。

昭示著此地在文化和宗教上的多樣性。除了作為行政中心的首府城市所特有的一些典型建築物之外，這裡還林立著分屬於十多個基督教和非基督教教派的教堂建築。在這個宗教雲集的地方，也彙集著具有各民族風格的建築，如烏克蘭、羅馬尼亞、德國、猶太和波蘭等文化的代表性宏偉建築。今天，幾乎所有這些建築物都被挪作它用，特別是那些猶太教會堂，它們大都被改造為電影院、倉庫和舞廳；不過它們還是會讓我們想起，這裡曾是一個世界化的地區，「一個生活著人和書的地方」──策蘭在他的〈布萊梅演講辭〉中一再這樣說道（III，185）。

　　如果沒有有關荷爾德林的聯想，這話聽來就像是句多餘的話。其實，此言大有深意；它一方面暗指那些一夕間消失的、慘遭殺戮的人們，另一方面則暗指那些今日已不多見、當年卻被視為理所當然的事情──在日常生活中扮演著至關重要角色的書籍、思想和藝術；這樣的特別情態在切爾諾維茨是普遍的，奧斯倫德爾曾有這樣的觀察：

切爾諾維茨的猶太教堂今已變成一家電影院。

　　切爾諾維茨是一個遍佈狂熱分子和信仰者的城市，
德國哲學家叔本華（Schopenhauer）認為，對這個城市裡
的人來說，只有「對思考的興趣，而沒有對利益的思考
[……] [38]」。卡爾・克勞斯[39]在切爾諾維茨擁有大批崇拜
者；在大街上，在公園裡，在森林中，在普魯特河畔，我
們都能看到他們的身影，他們的手裡總拿著一份《火炬》
雜誌──如若不然，他們便一定待在切爾諾維茨為數眾多
的「維也納式」咖啡館中的某一家，在那裡讀書。閱讀內
容如果不是《火炬》，便是切爾諾維茨五大德語日報中的
一份，再不就是陳列在那裡的眾多歐洲知名報刊。[40]

簡言之，切爾諾維茨是一個具有高度文明修養、真正意義上的
「歐洲城市」，從當地德語大學建立，到1940至1941年的這段時
期，尤為如此。德語文化和猶太文化的共生體（如果它真的存
在）在此延續了近一個世紀的時間。

　　1920年11月23日，保羅・安徹爾（Paul Antschel，策蘭本來的
姓名）來到了這個「還未被破壞的世界」[41]。在策蘭的祖先中，
一方是久居布科維納的猶太人，另一方由東加利西亞遷居至此
才一、兩代人的時間；安徹爾的父母不屬於切爾諾維茨德語猶
太知識份子的精英階層，他們是小資產者，過著簡樸的生活。要
到多年以後，策蘭才接受到為寫作打下基礎的多語種廣泛教育，
而那些教育資源與薰陶主要來自他的朋友，以及朋友家書香門
第式的家庭環境。他的父親萊奧・安徹爾-泰特勒（Leo Antschel-
Teitler）生於1890年，成長在切爾諾維茨附近的一個村莊裡，接
受的是極嚴格的正統猶太教教育。他被培養成為一名建築工程
師，卻不得不入伍當兵參加第一次世界大戰；戰後，因為憑原來
的技能無法找到工作，他於是決定從事燃料生意。由於沒有任

38　在德語中「興趣」和「利益」都是同一個詞「Interesse」。

39　卡爾・克勞斯（Karl Kraus, 1874-1936），德語文學世界中的著名作家，以對維也納和歐
　　洲社會的激烈批評而著稱。1899年，他自創在文化和社會評論方面的旗幟性雜誌《火炬》
　　（Fackel）。除了亨利希・曼、斯特林堡等特邀撰稿人，該雜誌的大部分文章皆為克勞斯
　　自己所作。1911年後，他更是獨自承擔了雜誌的全部稿件寫作工作。

40　[Ausländer（1991），9-10頁。]

41　[童年和少年時期的基本情況：Chalfen (1979); Silbermann (1993)，41-70頁。]

母親弗里茨‧施拉格，約1916年。在照片原件的背面，策蘭寫著：「媽媽，在第一次世界大戰期間，波希米亞－」

何本錢，萊奧‧安徹爾成為了一家木材貿易公司的經紀人和代理商，並常常在城裡的咖啡館裡約見那些生意上的夥伴。策蘭的母親弗德里克（Friederike）——被叫做弗里茨（Fritzi）——生於1895年，她的父親菲力浦－施拉加‧施拉格（Philipp-Schraga Schrager）是薩達戈哈[42]的一位商人，此地距切爾諾維茨不到十五公里，是哈西德派運動的中心。她的父母也信奉正統猶太教，但卻比安徹爾－泰特勒家的父母要寬容得多，也正因為如此，這個家庭的德語水準勝過策蘭父系那邊的家庭。

　　第一次世界大戰時，雙方的祖輩們為了躲避俄國軍隊逃到波希米亞，後來，策蘭曾在詩裡提到了這個「你母親的三載之國」（I，285）。在戰前便已相愛的萊奧‧安徹爾和弗里茨‧施拉格，一直要等到1920年初，大家都從波希米亞返回後，才能在切爾諾維茨成婚。此前的好幾年時間裡，弗里茨得照顧弟妹，打理家務，她在這方面表現出了非凡的犧牲精神，從而為她後來建立家庭打下了基礎。她在公立學校畢業後學習過貿易方面的課程，也曾就業於一家商業公司，後來又受僱於一家托兒所，但弗里茨最終還是——在當時看來完全順理成章地——放棄了自己的職業。就她在課堂裡所受到的有限教育而言，策蘭母親的學識其實相當淵博。對德語文學共同的熱愛，成為了後來他們母子之間親密關係的重要組成部分。

　　在安徹爾十五歲之前，家庭生活條件的拮据，遠非我們今天可以想像：瓦斯爾科巷（Wassilkogasse）5號一樓的一套三房公

42　薩達戈哈（Sadagora）：切爾諾維茨的一部分，位於普魯特河左岸，距市中心約8公里。

寓，是屬於他祖父的房子，當時，這裡除了這位鰥居的老人，還
住著年輕的父母和小策蘭，另外還有萊奧·安徹爾兩位未出閣的
妹妹；保羅沒有兄弟姐妹，他始終是家裡的獨子，而這也是他後
來一直引以為憾的事情。與其他許多人的印象一樣，和他們生活
在同一蝸居中的兩位表姐，後來將這位父親描寫成一個極端專制
的傢伙：

> 保羅的父親在家裡實施的教育極為嚴苛。他可不是
> 個好脾氣的人，對兒子要求極高，懲罰他，為了他的每一
> 個孩子氣的調皮搗蛋揍他 [……] 保羅是個十分敏感的孩
> 子，父親的嚴苛使他飽受折磨。[43]

從這一點上我們也就比較容易理解，為什麼策蘭日後拒不接受
嚴守教義的猶太教和猶太復國主義的烏托邦思想，因為那是屬

3歲的保羅·安徹爾（左一）與家族親戚，切爾諾維茨，1923年。後排（從左側開始）
是策蘭的父母弗里茨·安徹爾和萊奧·安徹爾，旁邊是弗里茨的姐妹布蘭卡·施拉格
（Blanca Schrager，婚後夫姓為貝爾曼(Berman)）。前排坐者為策蘭的外婆羅莎·施拉格
（Rosa Schrager）和外公菲力浦－施拉加·施拉格。

43　[Emma Lustig，娘家姓Nagel。引自Chalfen，36頁。]

於父親的信仰，是父親的人生理念；也正因為父子間的隔膜，在1942年秋父親去世之後，詩人只在少數幾首詩裡提到了父親的亡故，它們是〈黑雪花〉（*Schwarze Flocken*）、〈弄斧〉（*Mit Äxten spielend*）、〈訪客〉（*Der Gast*）以及〈紀念〉（*Andenken*）。1930年代初，萊奧・安徹爾的妹妹米娜（Minna）和丈夫一起移居巴勒斯坦，萊奧自己卻沒有同往。終其一生，他的猶太復國主義夢想都未能實現，不過，保羅的父母「還是一直保持著猶太傳統。作為典型務實的布科維納人，他們在那些無傷大雅、還不至於嚴重損害傳統的地方，使自己的生活得以簡化」⁴⁴。他們通常會在星期五晚上點一支安息日蠟燭，在大處注意一下飲食誡條，在盛大節日的時候去教堂。

當小保羅面臨著擇校問題時，父親和猶太傳統間的緊密聯繫便顯露了出來。保羅雖然在開始的時候進入了德語的梅斯勒（Meisler）幼稚園，後來又被收費高昂的同名小學錄取，但因為無法籌到學費，從二年級起他便被父親送入希伯來語公立學校；在父親看來，德語學校最有可能幫助兒子進入「上層社會」，而希伯來語學校則是僅次於此的第二選擇。然而，策蘭不願意進入這所學校。他完全不喜歡作為授課語言的希伯來語，不喜歡這門「父親的語言」（他的父親將希伯來語作為自己的第二母語），進入中學之後，他甚至將這三年視為一種汙點，從不和同學談起。雖然少年策蘭對自己這種極力追求同化的想法還沒有覺察，但它確實已經存在。

1930年秋，將近10歲的策蘭通過入學考試，進入一所羅馬尼亞語國立中學。因為在公立小學中已經學過羅馬尼亞語，授課語言對他而言並不成問題。至於希伯來語，他只需利用休閒時間到家庭教師那裡去上課。新增加的還有法語，這門語言迅速成為了他的最愛；在一次法語競賽中，14歲的策蘭和女友瑪爾策婭・卡維一起取得了一等獎⁴⁵。在其他許多課程中（譬如在當時以講述

44　[Chalfen，34頁。]
45　[根據1995年3月11日與M・菲舍曼・卡維（M. Fischmann-Kahwe）在以色列雷霍沃特（Rehovoth）的談話。]

為主的動植物學課上），他的成績也極優異，他成為了最好的學生，並被一些人視為心高氣盛。從一開始，閱讀美妙的書籍就是他的最愛：起先是貝爾塔・安徹爾（Berta Antschel）姑媽從維也納（她後來移居倫敦，策蘭總去那裡拜訪她）寄來的童話書，後來則是一些有關探險和印第安人的書籍，再後來，他便熱衷於經典德語文學作品，這其中也有意第緒語文學。雖然保羅・策蘭從未說過這種語言，當「這種來自猶太街巷的粗話」阻礙他融入標準德語文學時，他也曾對這門語言顯示出懷疑，但同時他也感受到了意第緒語生機勃勃的美的一面。

　　十二歲，已經不再年幼的策蘭還得睡在父母房間裡的一張圍欄兒童床上，直到1933年，兩個表姐離開這座城市，米娜姑媽移居巴勒斯坦，房間騰空了，策蘭才終於有了一間屬於自己的居室。拋卻那些發生在德國的事情不說（它們在存在意義上還遠非一個十三歲少年能夠理解），這一年對策蘭而言還有其他意義重大的改變，他通過了「小預科（Kleine Baccalaureat）」，強迫父親結束了自己的希伯來語課程，參加了「Bar-Mizwa」[46]（相當於猶太教的堅信禮）[47]，由此成為了完全意義上的猶太教宗教團體中的一員。但是，年輕的保羅・安徹爾卻從這個日子裡感受到截然相反的意義：這是一個重獲自由的日子，他再也不用受到宗教誡條的束縛了；直至生命盡頭，他再也沒有主動參加過任何禮拜。

　　那些年裡，青年策蘭找到了一些終其一生都至關重要的朋友。前一年暑假，維也納的表弟保羅・沙夫勒（Paul Schafler）成了他的好夥伴（1950年，已成為英國人的他再次拜訪保羅）；他也和曼努埃爾・辛格（Manuel Singer）開始了第二段假日裡的友誼，1938年，辛格更成為他在圖爾（Tours）大學的同學，後來移民以色列；伴隨詩人終身、更重要的朋友則是同窗五年的古斯塔夫・肖梅（Gustav Chomed）——被叫做古斯特爾（Gustl）——以及就讀於另一所中學的埃里希・艾因霍恩。最後這兩位朋友家

46　希伯來語，指猶太教中的男孩成人禮，在猶太男孩13歲生日過後的那一天舉行。參加成人禮的男孩要在宗教集會上當眾發言，強調自己已經成年。

47　［依據Chalfen，49頁。］

的社會地位都優於安徹爾家，但這並未影響他們的親密友誼，他們一起走遍城市和美麗的郊野，從肖梅家農莊古老的吊桶井中汲水（那時還沒有自來水），或者在冬日乘著雪橇滑下特普夫山（Töpferberg）。在後來幾年的暑假裡，他們還一同徒步漫遊（有時也夜遊）喀爾巴阡山。

　　1935年，也就是「小預科」後一年，保羅·安徹爾離開就讀的羅馬尼亞中學（教師中的反猶傾向是他轉學的重要原因），轉至第四中學（或稱烏克蘭中學）學習[48]，那裡大多數學生都是猶太人，烏克蘭學生只占少數。拉丁語是主要教授的外語，在最後一學年又增加英語，授課語言則普遍為羅馬尼亞語；德語課程對於那些母語是德語的學生而言具有特別的意義，而這正好是少年保羅的興趣所在。這一年裡，他獲得了廣泛的文學教育，閱讀對象主要是古典的萊辛（Lessing）、歌德（Goethe）和席勒（Schiller）。此外還有克萊斯特[49]、荷爾德林、海涅（Heinrich Heine）和一些浪漫派作家，最後一學年又接觸到了尼采；另一方面，很快地，萊納·馬利亞·里爾克[50]無可置疑地成為了少年保羅·安徹爾最喜愛的詩人，而且在後來的二十年裡從未改變。

　　與每一位前輩及同輩布科維納詩人一樣，文學——特別是詩歌，在這位小夥子（他在1935年前後也開始寫作）看來，首先是一種將世界詩化和浪漫化的媒介。雖然他那時已經接觸到了法國作家波特萊爾[51]、魏爾倫[52]、韓波[53]、馬拉美、阿波利奈爾[54]和梵樂希[55]，也閱讀了霍夫曼斯塔爾[56]、格奧爾格、卡夫卡（這個作家在

48　[參見：P. Rychlo：*Neue Angaben zu Celans Gymnasialjahren*。見：Corbea / Astner（1990），205-210頁。]

49　克萊斯特（Heinrich von Kleist，1777-1811），德國劇作家。其作品超越了古典主義、浪漫主義等流派分野。

50　萊納·馬利亞·里爾克（Rainer Maria Rilke，1875-1926），20世紀上半最有影響的德語詩人。

51　波特萊爾（Charles-Pierre Baudelaire，1821-1867），法國詩人、歐洲現代派文學開拓者。

52　魏爾倫（Paul Verlaine，1844-1896），法國詩人、象徵主義詩歌的代表人物。

53　韓波（Jean Nicolas Arthur Rimbaud，1854-1891），法國詩人、象徵主義詩歌的代表人物。

54　阿波利奈爾（Guillaume Apollinaire，1880-1918），20世紀初重要的法語作家、詩人。

55　梵樂希（Paul Ambroise Valéry，1871-1945），法國詩人、哲學家、散文家。

56　霍夫曼斯塔爾（Hugo von Hofmannsthal，1874-1929），奧地利著名劇作家，少年即以詩歌和劇本揚名，有文學神童之稱。

剛滿14歲的保羅‧安徹爾與朋友們，在切爾諾維茨的普魯特河河岸，1934年。
從右側開始：保羅‧安徹爾、瑪爾策婭‧卡維（Malzia Kahwe，婚後改姓為菲舍曼〔Fischmann〕）、魯特‧葛拉斯貝格（Ruth Glasberg，婚後改姓為塔爾〔Tal〕）與恩斯特‧恩勒（Ernst Engler）。

他的生命中顯得越來越重要）和表現主義作家以及特拉克爾[57]的作品。然而保羅‧安徹爾還未領略到極端前衛運動（如：未來主義、達達主義、超現實主義）的活力，還未領略到它們如何將語言當作一種可支配的物質，還未領略到它們如何以一種近乎粗暴的方式對待語言。對他而言，同樣陌生的，還有當時的新現實主義和政治表現性文學。雖然我們還未發現中學生安徹爾1938年以前的詩歌作品[58]，但是尚未被破壞的舊奧地利－布科維納氛圍以及此中的前現代創作典範，確實影響到了這位初試創作的作家。

　　對於中學生安徹爾而言，從事文學創作的一個重要地點是讀書會，在這個團體裡，他常坐在陽光下，激動地吟誦詩歌，有時也對朗誦的作品作一些講解說明。不過，他的虔誠聽眾都是些年輕女孩們，其他小夥子——即使是那些和他極親密的朋友——對這樣的文學總抱著嘲諷的態度，或者他們至少也是懷著一種羞怯的讚賞，對此類活動敬而遠之。如此一來，就出現了一個讓這位

57　特拉克爾（Georg Trakl，1887-1914），奧地利詩人，早期表現主義詩歌的代表人物。
58　〔參見：Wiedemann-Wolf（1985），20-23頁。作者認為有幾首詩的寫作時間應為1937年。〕

成長中的少年感到苦惱的心理問題：他有自己的男性朋友，但在這個獨立的圈子之外，他又擁有一群仰慕他的女性朋友，而且，他和所有這些女友間的友誼幾乎都是柏拉圖式的。她們之中，有埃迪特・霍洛維茨（Edith Horowitz）（她的父親是一位擁有博士學位的日耳曼學學者，他慷慨地允許女兒的朋友們使用自己藏書豐富的圖書館，也包括伊曼紐爾・魏斯葛拉斯），還有魯特・葛拉斯貝格（Ruth Glasberg）、瑪爾策婭・卡維（Milzia Kahwe）、魯特・卡斯旺（Ruth Kaswan）。

　　超越一切的、對美麗母親的愛一直都是詩人最重要的情感，始終都是。對於這個天賦異稟的獨子大有前途的未來，母親懷著始終如一的溫情和巨大的滿足感。1935年以後，安徹爾家便遷到了位於馬薩里克巷（Masarykgasse）10號的一個新社區裡，這處居所是家族的私產；對於兒子帶回家的男女朋友，母親總會給出自己的「評判」，這便構成了這一情感陪伴關係中的重要組成部分。1979年，傳記作家沙爾芬曾猜想，這個年輕人「與母親的感情維繫極強」，他的「全部情感生活都化身自此」。一直以來，

16歲的安徹爾，截取自一張班級合影，1936年。

這一想法都顯示出相當的說服力，1938到1944年之間的那幾年便是明證；事實上，在這段日子裡，「一切粗俗、與性有關的東西」都「被驅逐」出策蘭的情感生活之外，或者「化身為對母親的崇高的愛」[59]。所有的這些情結，明顯妨礙著肉欲上的關係建立，雖然這位年輕人愛慕著美麗的女性，而身材纖弱、透著憂傷魅力的他也為她們所簇擁。從某種形式上說，保羅・安徹爾和母親弗里茨・安徹爾間兩位一體的關係延續終生，在他後來的生命履歷和許多感情至深的詩裡也不時地表現出來。

59［參見：Chalfen，61頁及其他各處。］

　　保羅·安徹爾中學時光的一個重要維度，是他的政治和社會活動。大概在1934到1935年間，他便在父母不知情或不同意的情況下，成為了非法的共產主義青年組織的成員，他積極從事一份羅馬尼亞語學生雜誌《紅色》的出版工作。他們在週六下午集會，頌唱革命歌曲和步兵歌曲，閱讀（和印刷）馬克思（Karl Marx）、考茨基[60]和羅莎·盧森堡的作品，也閱讀克魯泡特金[61]和古斯塔夫·蘭道爾[62]的作品；從那時起，無政府主義者們便已獲得了少年安徹爾的特別青睞，他在後來的〈子午線〉演講辭中還不忘將他們提起（III，190）。常常，討論中意見紛呈，氣氛熱烈；策蘭不是一位簡單的年輕同志，保持了終身友誼的埃迪特·西爾伯曼（Edith Silbermann，即前文提及的策蘭女性友人埃迪特·霍洛維茨，嫁後從夫姓西爾伯曼）這樣說道：

> 保羅顯得有趣而頑皮 [……] 但他的情緒變化很快，他是沉思而內省的，有時卻會變得充滿嘲弄挖苦；他是一件容易奏出不和諧音的樂器，如含羞草般敏感，帶著那西瑟斯[63]式的自負；如果有什麼事或什麼人不合他的心意，他便表現得缺乏耐心；而且，他也從未想到過要作出讓步，這使他背負上了傲慢自大的聲名。[64]

　　1938年6月，尚不足18歲的保羅·安徹爾參加了中學畢業考試——他在考試中完全沒有表現出幾年前的輝煌學力。對他而言，在這段時間裡出現了太多其他比考試更為重要的事情。上大學是父母的願望，也是他自己的想法。父母對醫學工作極為推崇，認為「對一名羅馬尼亞猶太人而言，沒有什麼別的專業能帶

60　考茨基（Karl Kautsky，1854-1938），德國社會民主黨和第二國際領袖。
61　克魯泡特金（Pyotr Kropotkin，1842-1921），俄國革命家和地理學家，無政府主義的重要代表人物之一，「無政府共產主義」的創始人。
62　古斯塔夫·蘭道爾（Gustav Landauer，1870-1919），德國作家，社會哲學家。出身猶太裔商業世家，激進社會主義和非暴力無政府主義的代表人物。
63　那西瑟斯（Narcissus），希臘神話中因愛戀自己在水中的倒影而憔悴致死的美少年，死後化為水仙花。
64　［參見：Chalfen，56頁。］

來更加遠大的前程」[65]。經過初期的猶豫後，安徹爾同意學醫，儘管他更喜歡自然科學，特別是植物學；因為切爾諾維茨大學沒有醫學專業，羅馬尼亞其他的大學又對猶太人實行特別嚴苛的入學限制，而求學於「大德意志帝國」也絕無可能，所以保羅和其他與他有著相似境遇的青年一樣，奔赴法國，到圖爾大學繼續學業。

1938年11月9日，這名年輕人開始了生平第一次的長途旅行。第二天，他就能隱約預感到（即使還不是清楚知曉）這個資訊碼在世界史上的意義，以及對他本人和家人的重大意義。列車帶他橫越波蘭，經克拉科夫[66]前往柏林，11月10日早晨抵達火車站時，「水晶之夜」的恐怖還未消退；那時的他，只在羅馬尼亞的中學裡見識過相對較為溫和的反猶主義。後來回憶起這一天，他如是寫道：

> 途經克拉科夫
>
> 你來到這裡，在安哈爾特
>
> 火車站
>
> 一縷煙匯入你的目光，
>
> 這已是明日之煙了。　　　　（I，283）[67]

一天後，安徹爾見到了後來他定居22年之久的城市——巴黎。切爾諾維茨共產主義青年團裡的一位朋友列昂尼德·米勒（Leonid Miller）（那時已是一名醫學院學生）接待了他，然後他在拉丁區學院路（Rue d'École）的布努諾·施拉格（Bruno Schrager）舅舅家落腳。無憂無慮地享受了幾天大都會生活後，保羅又得繼續啟程，他要前往圖爾，開始他的大學生活。一開始還不是真正的醫科學業，而只是基礎的系統自然科學預備教育，他對此顯然沒有

65　[Chalfen，77頁。]

66　克拉科夫（Krakau）：波蘭語寫作「Kraków」，位於波蘭南部的中世紀古都，波蘭最大的文化、科學、工業及旅遊中心。

67　[也可參見全集II，335頁。]

任何熱情可言，也許只是出於學術上的責任感才來參加學習；與此前一樣，另一些東西的重要性很快突現出來，那便是「人」和「書」。

起初，他和切爾諾維茨的朋友曼努埃爾·辛格住在一起，後來才獨自居住，並且很快就有了新的朋友。和他特別親近的是埃利亞胡·平特（Eliyahu Pinter）一位來自德國、1933年移民巴勒斯坦的猶太人，此時剛結束城市規劃實習。他們常一同散步，泡在咖啡館裡談論新舊文學。同時，安徹爾繼續閱讀德語文學，當然也對當代法語文學有所涉獵，如普魯斯特（Marcel Proust）、羅曼·羅蘭（Romain Rolland）和紀德（André Gide），也讀了路易士－弗爾迪南·塞利娜（Louis-Ferdinand Céline）、朱利安·格林（Julien Green）和卡繆（Albert Camus）的第一部作品；安德列·布列東（André Breton）、保羅·艾呂雅（Paul Éluard）、路易士·阿拉貢（Louis Aragon）和其他一些超現實主義作家也吸引著他，不過此時這還不足以讓他自己的創作追隨那一方向。他還開始研究莎士比亞（Shakespeare）的十四行詩，並覺得卡爾·克勞斯和弗德里希·貢多爾夫[68]的著名譯本和斯特凡·格奧爾格的「改寫」都不能讓他完全滿意。

1938年聖誕節，安徹爾第二次來到巴黎。好友埃里希·艾因霍恩來訪。雖然他早就籌畫著要拜訪倫敦的貝爾塔·安徹爾姑媽，但這項計畫直到1939年復活節假期才得以成行。倫敦不同於巴黎，它從來就不是保羅·策蘭的心儀之地，然而從1948年開始直至詩人生命的盡頭，他一直定期造訪著這座城市。

1939年7月，保羅·安徹爾通過了規定的考試，回到切爾諾維茨。那時候的他還一心認定將在秋天返回圖爾，繼續學業，然而一夕間一切都化作泡影：德國襲擊波蘭，第二次世界大戰開始；這位年輕人既不可能返回法國，也不可能繼續他的醫科學業了。

68　弗德里希·貢多爾夫（Friedrich Gundolf，1880-1931），原名弗德里希·萊奧波德·貢德爾芬格（Friedrich Leopold Gundelfinger），德語詩人、文學研究者、海德堡大學教授、重要的莎士比亞研究者、漢堡萊辛獎（Lessing-Preis der Freien und Hansestadt Hamburg）的首位獲獎人，曾為斯特凡·格奧爾格圈子裡的成員。

　　對於安徹爾在法國外省小城圖爾度過的近八個月大學生時光，我們不須過分高估它的意義，不過這個「法國年」卻是他10年後重回法語環境、移居巴黎的一個起點，這個陌生的城市也並非不令人流連。保羅・安徹爾繼續進入切爾諾維茨大學的羅曼語族語言文學系學習，在1939至1940學年潛心鑽研。醫學預科生變成語文學學生，這一變化起先是出於迫不得已，卻符合了保羅的興趣；他很高興能繼續前些年無拘無束、充滿文學色彩的生活，好像這一切從未中斷過一樣。聽來也許讓人感到詫異，但是1939到1940年間，即戰爭開始後的第一年，確實成為了他的生命中意外的、最後的、無憂無慮的青年歲月；在這段暴風雨來臨前的日子裡，整個切爾諾維茨都沉浸在一種奇異的靜謐中。

　　1940年6月底，紅軍根據希特勒和史達林簽訂的合約佔領北布科維納，並許諾民眾以良好的新秩序，人們只感覺到了一些整頓性質的措施，例如引入俄語作為官方語言，以及對教育進行適應蘇維埃式的調整；新的統治者暫時還能讓猶太人安身度日，但一切平靜只維持到1941年6月13日。那天夜間，大約3800名北布科維納人被捕，隨即被放逐至西伯利亞，他們中約有70%是猶太人；加諸於他們頭上的罪名有猶太復國主義者、修正主義者、資本家、地主；最荒誕的稱謂則是：納粹德國的朋友。這一夜，切爾諾維茨的猶太人見識到了地獄的前奏，隨後，真正的納粹的地獄就要到來。

埃里希・艾因霍恩，1938 / 39年左右。

　　大流放後僅幾天，大批猶太大學生隨切爾諾維茨大學自願撤退至蘇聯，和他們一起離開的還有躲避德國和羅馬尼亞軍隊的紅軍，而這件事情乍看來實在令人費解。他們中，有青年安徹爾兩個最好的朋友古斯塔夫・肖梅和埃里希・艾因霍恩，以及女性朋友瑪爾策婭・卡維，其中艾因霍恩即便還和安徹爾以及許多其他人一樣是狂熱的社會主義信徒，但他也不再會對這個史達林王朝抱有任何幻想。可以認

為，像艾因霍恩一樣的人已經理智且完全現實地預見到，與史達林分子相比，納粹對猶太人的恐怖敵意將引起更加巨大的毀滅[69]。八年後，這條友誼的線索才重新連上——之後卻又被迅速扯斷。

1940到1941年間的這個「俄國年」裡，保羅・安徹爾在羅曼語族之外又學習了俄語，而且很快就精通了這門新的外語。在1940年夏天，一件大事發生在私人生活領域中；安徹爾結識了從事新式意第緒語戲劇工作、已有過一次婚姻經歷的女演員魯特・拉克納（Ruth Lackner），兩人間很快建立了親密的關係。這不再只是一段未實現的愛情[70]；演出結束後，安徹爾會定期來接年輕的女士，和她一同散步至很遠，為她朗誦主要是他自己創作的詩歌；專門為心愛的魯特而作的詩歌越來越多，她如此理解他，也分享著他對詩歌的熱情。早年已初露端倪的現象現在變得更加明顯，保羅・安徹爾顯示出一個熱烈傾慕者所有的一切特徵，例如：極端的嫉妒。但是，對於保羅而言，愛情是「懸在星星上的東西，它脫離了塵世的一應生活」[71]。在此，我們又不能不再度聯想到沙爾芬的猜測：絲毫未曾減弱的、強大的對母親的感情聯繫，阻礙了這個二十出頭的男人的愛欲釋放。「這是我的姊妹，這是我的愛人」，他在詩歌〈傳說〉（*Legende*，《早期作品》[*Frühwerk*]，20）中如是寫道。

在現在能夠看到的策蘭詩作中，有相當一部分可以被確認寫於1938、1940至1941的三年間。我們能夠感覺到年輕作家的初期作品與此前二、三十年的布科維納詩歌有著密切關聯——那段時期的布科維納詩歌，被彼得・德梅茨[72]不無道理地斥為：「對德國古典－浪漫傳統的不合時宜的忠誠」[73]，這樣的評判當然也適用

---

69 [也依據其女（Marina Dmitrieva-Einhorn）的說法（1998年7月5日的談話）。]

70 [依據Chalfen（98-134頁）。沙爾芬與魯特・拉克納（克拉夫特）曾進行過六次談話並有著書信來往。魯特・拉克納（克拉夫特）去世於1998年3月。「克拉夫特」是其出生時的姓，「拉克納」是其母之姓。在兩次離異之後，她採用後者作為己姓，或者，更確切地說，是她特別選定後者為姓。]

71 [Chalfen，106頁；*Frühwerk*，107頁。]

72 彼得・德梅茨（Peter Demetz，1922-），電臺編輯、日耳曼文學學者、耶魯大學教授，1972年獲「斯特爾林教授」稱號（耶魯大學最高學術頭銜）。

73 [1991年7月12日的*Fankfurter Allgemeine Zeitung*。]

Daisy,
Bairn-wort, Ban-wort, Ban-wood.
Benner-gowan. Bone-flower.
Bruise-wort. Ewe-gowan.
Herb Margaret, gowan.
Marguerite, May-gowan

(Bellis perennis var. prolifera:)
    Apes-on-horse-back,
    "Hen-and-chickens" daisy

маргаритка

Părăluțe

Pâquerete,
Petite Marguerite

2

Gänseblümchen
Maßliebchen, Tausenschön
Osterblümchen, Sommertüschen,
Herzblümchen, Hündskraut

羅伯特・科赫（Robert Koch）與弗里茨・克雷德爾（Fritz Kredel）的《花卉小圖譜》（Das kleine Bulumenbuch，
1933年出版，島嶼藏書(Insel-Buecherei)系列中的第281卷）中的一頁。書中有58頁彩色的花卉插圖説明。在策蘭
的這冊書（後贈與魯特・拉克納）裡，每種花卉的德文名旁邊還加注了四種語言的花卉名稱。

於這一流派中最傑出的世界性代表人物如阿
爾弗雷德·馬爾古－施佩貝爾，以及1939年
發表處女作《虹》（*Der Regenbogen*）的羅莎
莉·舍爾策（Rosalie Scherzer，也就是後來的
羅澤·奧斯倫德爾）；熱愛自然、追求和諧、
保持傳統而格律規整的韻律詩行、堅守習見
的比喻——除了個別的特例，這些便是此類
詩的特色所在，在這派詩人們看來，對世界
的詩化和浪漫化是毋庸置疑的追求。

羅澤·舍爾策－奧斯倫德爾。

　　策蘭的許多早期詩作正顯現出了同樣的特點，此外還有對
於文采矯飾的明顯偏好（他最喜歡用的詞是「如銀般的」）；
不過，他的寫作也不僅侷限於此，他「常常具有更強烈的意識
性」，在他的文本中，原本屬於典型布科維納式的「文學狂熱」
和「文學色彩」，看上去似乎經過了精心的考量[74]；安徹爾越來越
頻繁地將傳統浪漫主義的陳詞老調異化，這樣的破壞甚至是有意
為之——正如他在詩〈夜曲〉（*Notturno*）（大約寫於1940至1941
年間）中所做的那樣。在此類文本中，儘管那些有關衰敗和死亡
的主題仍是「布科維納式的」，但是通過粗莽而震撼人心的表現
主義式的意象，它們被去浪漫化；有韻詩節仍占主導地位（這樣
的情況還要持續好幾年），然而詩節被令人驚惶的比喻所破壞，
就像格奧爾格·海姆[75]和特拉克爾所做的那樣，戰爭詩〈美麗的十
月〉（*Schöner Oktober*）便是如此；這首詩是他「毫不掩飾地」[76]
援引特拉克爾最後一首（戰爭）詩〈格羅代克〉（*Grodek*）所寫成
的。在直至1942年的這段時間裡，面對同時代的那些駭人事件，
保羅·安徹爾並未採取不聞不問的態度，但對他而言，它們還有
可能融於傳統的詩歌形式。

74 [Wiedemann-Wolf，50頁。]
75 格奧爾格·海姆（Georg Heym，1887-1912），早期表現主義詩人。
76 [Wiedemann-Wolf，72頁。]

1941 / 42年左右的保羅・安徹爾。

第二章

母親的語言──兇手的語言[*]

1941－1945

　　1941年6月21日，德國國防軍對蘇聯發動突襲，決定了布科維納猶太人的命運。隔天，安東內斯庫元帥[1]領導的羅馬尼亞向蘇聯宣戰，與德國結成聯盟，紅軍從被占領區倉促撤離。七月初，羅馬尼亞－德國的恐怖統治拉開序幕，此間沒有出現任何有足夠力量的抵抗行為，只有無窮無盡的恐怖壓制、屈辱的驅逐以及殺戮。羅馬尼亞軍隊進駐切爾諾維茨一天之後，所謂的德國突擊隊──即由黨衛軍和黨衛軍保安處結成的特別組織──接踵而至，他們的任務是消滅猶太居民。猶太教會堂被焚毀，文化團體領袖遭殺害。8月29日，黨衛軍指揮官奧托・奧倫多爾夫（Otto Ohlendorf）在給柏林的報告中這樣寫道：「在切爾諾維茨以及德涅斯特河（Dnjester）以東的搜尋中，又消滅了3106名猶太人和34名共產主義分子。」[2]倖存者（這時為止還占大多數）必須佩戴猶太星形標誌並被要求從事強制勞動。

　　1941年10月11日，原來的猶太聚居區裡，建立起了強制劃分的猶太種族隔離區，加諸於切爾諾維茨猶太人身上的恐怖開始

---

* ［參見：Buck（1993）。］
1 安東內斯庫（Ion Victor Antonescu, 1882-1946），羅馬尼亞首相，希特勒政府的追隨者，二戰時追隨德國，向同盟國宣戰，並自封為元帥，戰後作為戰犯被處以極刑。
2 ［引自Hugo Gold (Hg.)：*Geschichte der Juden in der Bukowina*. 特拉維夫，1962。卷2，71頁。］

進入第二階段，4萬5千人被圈禁於高高的厚木板和鐵絲網中，在極狹小的空間裡，等待著被分批流放。約有1萬5千人獲得留居許可，承擔著城中的日常必需工作。秋天，餘下的數千人被流放至位於德涅斯特河和布格河之間的集中營，即所謂的德涅斯特河東岸地區[3]，「被驅逐至／曠場／帶著無欺的印跡」（I，197）。

　　1941到1942年冬，形勢上出現了暫時的平靜；強制劃分的猶太種族隔離區被拆除，新一輪的流放直到1942年6月才重新開始。這一次，回遷至老宅的策蘭一家人面臨了直接威脅，在這幾個月裡，從事強制勞動的保羅急切地想讓自己的父母看清形勢，他想說服他們，讓他們在週末時找個地方藏身（通過魯特·拉克納的遊說，一位羅馬尼亞小企業家同意提供廠房作為藏身之所，策蘭自己也避居於此），但沒有成功。大約是在7月底的某個星期一（流放和拘捕總是在週末進行），保羅回到父母的居所，他們雙雙失蹤。

　　之後不久，還是7月，遣送結束。保羅·安徹爾被被派往參加羅馬尼亞人新為猶太人設立的勞動服務工作。被流放到德涅斯特河東岸地區甚或德國集中營的可能依舊存在，能有這樣一

埃迪特·霍羅威茨。

份工作，多少還是一種保護，於是，接下來的一年半時間就這樣過去了。1944年2月，安徹爾轉入位於南伏爾塔瓦布澤烏（Buzau）附近的塔巴雷斯蒂（Tabǎresti）勞動營參加築路工作。進城休假時有人問保羅，在勞動營裡做些什麼，他「簡短地回答：『挖地！』」[4]安徹爾在切爾諾維茨作短暫逗留時，朋友埃迪特·霍洛維茨在自己的父母家接待了他；按照她的說法，他「變成一個蒼

3　德涅斯特河東岸地區（Transnistrien）：東歐的一個特定地域，位於德涅斯特河在莫爾達瓦境內的東岸。
4　[Chalfen，121頁。]

白而嚴肅的埃爾·格列柯[5]式的人物，陰沉而寡言，直至離開」[6]。
他從塔巴雷斯蒂寫給魯特·拉克納的第一封信裡這樣說道：

> 不，魯特，我不絕望。但是我的母親讓我覺得揪心。
> 她是那樣體弱多病，她一定會不斷想著我的境況，我們就
> 這樣不辭而別，很可能這就是永別。[7]

　　保羅·安徹爾沒有說錯。他的父母都被送進布格河東由德國
人管轄的米哈洛夫卡[8]集中營，之後他再也沒能見到他們。1943
年3月28日，在給女友的一封信裡，保羅寫道：「現在應該是春
天了，魯特［……］近兩年來，我根本感
覺不到季節的更迭和花木的榮枯，感覺
不到日夜天光和改變。」[9]1942年秋末，
身在勞動營中的他得到了父親亡故的消
息，也許是從母親託人夾帶的家信中[10]；
至於他的死因到底是傷寒[11]還是因為槍
擊，至今仍無從知曉。他的母親在接下
來的那個冬天（1942到1943年間之冬）
被槍擊中頸部而亡；也許是經由一位從
德涅斯特河東岸地區逃出來的親戚，消
息傳回策蘭耳中，在同一個冬季。

魯特·拉克納（克拉夫特）。

　　我們今天可以看到一封安徹爾手寫的提到父母被害事件的信
函，言辭動人。1944年2月，他終於結束了塔巴雷斯蒂的強制勞

5　埃爾·格列柯（El Greco，字面意義為「希臘人」），原名多梅尼科·狄奧托科普洛斯
　　（Domenikos Theotokopoulos，1541?-1614），是一位來自希臘克里特島的畫家，後定居於
　　西班牙。其畫作獨具風格，畫面常充滿憂鬱與悲愴的氣息，畫中人物則被扭曲、拉長，有時
　　會顯出非自然的蒼白。

6　[Silbermann，63頁。]

7　[引自Celan：*Gedichte 1938-1944*，5頁。]

8　米哈洛夫卡（Michailowka）：位於頓河支流梅德韋季察河（Medwediza）右岸的俄羅斯城市，
　　在伏爾加格勒西北200公里處。

9　[引自Celan：*Gedichte 1938-1944*，6頁。]

10　[參見：〈黑雪花〉（*Schwarze Flocken*），*Frühwerk*，129頁。]

11　[依據Silbermann，64-65頁；不同意見見Chalfen，122-127頁，以及下文所引艾因霍恩書信
　　中策蘭自己的說法。]

動，回到家中。不久之後，安徹爾在1944年4月回到重又劃歸蘇維
埃統治的切爾諾維茨，被一家精神病院雇作醫護士，後因為參與
病人的轉移工作去了基輔（Kiew）。1944年7月1日，他從那裡寫
信給當時在頓河（Don）河畔的羅斯托克（Rostow）念大學的老朋
友埃里希・艾因霍恩：

> 親愛的埃里希：
>
> 　　我（出公差）到基輔已經兩天了。很高興能有機會給
> 你寫這一封很快就會寄交給你的信。
>
> 　　埃里希，你的父母都很健康，我在行前和他們聊過。
> 這很幸福，埃里希，你無法想像，這是多大的幸福。
>
> 　　我的父母都喪生於德國人的槍下。在布格河畔的克拉
> 斯諾波爾卡（Krasnopolka）。埃里希啊埃里希。[……] 我
> 現在體會到了屈辱和空虛，無邊的空虛。也許，你可以回
> 家。[……]
>
> 　　擁抱你，埃里希，
>
>
> 　　你的
> 　　老保羅[12]

　　從這封信可以看出，對保羅・安徹爾而言，失去父母是一種
何等深重的打擊。他將自己和那些父母尚還倖存的猶太老友相
比較；他們有些和艾因霍恩的父母一樣僥倖逃脫了流放，或是被
送往德涅斯特河東岸地區，在那裡活了下來（也許甚至依靠了他

12　[引自Einhorn（1998），23-24。根據Chalfen，137頁，安徹爾曾拒絕這次前往蘇聯的公差，
　　但該書信證明，最後終於還是成行。]

們年輕的、身體更強壯的兒子的幫助）。最可怕的放逐路線，莫過於從（位於德涅斯特河和布格河間的）羅馬尼亞控制下的德涅斯特河東岸地區，再度被轉往（布格河以東）「烏克蘭帝國保安局」的德國勢力範圍；在那裡的集中營裡等待著他們的是黨衛軍，奴隸式的勞動和疾病會毫不留情地把所有人斬盡殺絕──萊奧·安徹爾和弗里茨·安徹爾正是被送往那裡，那無人生還之地。遭遇同樣命運的還有策蘭的表姐塞爾瑪·梅爾鮑姆－艾辛格，她於1942年12月死於傷寒。

　　1944年春，德涅斯特河東岸集中營裡的倖存者開始返回家園。保羅·安徹爾在切爾諾維茨邂逅了早年的同學伊曼紐爾·魏斯葛拉斯，聽到他講述他如何在從一個集中營到另一個集中營的長途跋涉中，成功幫助在德涅斯特河東岸地區的老母親[13]。朋友的經驗應該對保羅造成了心理上的震撼；原本被納粹判處死刑後來又僥倖逃脱的那些歐洲猶太人，大都患有所謂的「倖存者負罪感症候群」（Überlebensschuld-Syndrom，survivor guilt），這是納粹統治留下的另一可怕的後遺症。我們所知的有關於詩人的一切資料表明，終其一生，保羅·安徹爾－策蘭都對受害的父母抱有沉重的負罪感；就算他知道不必將德國納粹和羅馬尼亞同夥犯下的罪行歸咎於某個個體，但這也於其心無補。

　　雖然安徹爾並不知道父母的確切死亡日期，但它們成為了保羅·安徹爾－策蘭寫作中至關重要的資訊碼之一；從一開始，「1月20日」就已成為一個具有象徵性依託的資訊碼。父母的被害，是這個年輕人在生活和寫作上產生突變的轉折標誌；雖然「死亡」早已是一個寫作的重要主題，但安徹爾的早期詩作還是以愛情為主；現在，對死者的懷念、猶太題材和詩學上的反思，三者在詩歌中交織到一起，它們也貫穿於那些愛情詩，而且此後再也不曾被詩人放棄。父母的被害，使親愛的母語變成了兇手的語言；兇手不只一個，整個民族都是潛在的兇殺暴徒，他們都

13　[根據Chalfen，它強調，魏斯葛拉斯得以「拯救他的老母親」（138頁）。也可參見其父薩克·魏斯葛拉斯（Isak Weißglas）的報導：〈布格河邊的採石場──被流放至德涅斯特河東岸紀事〉（*Steinbruch am Bug. Bericht einer Deportation nach Transnistrien*）。柏林，1995。]

說德語，在他們精湛的殺戮技藝中，這門語言也是有力的工具之一。在這一切發生之後，作為一位猶太人，是否還能將德語當作詩藝的媒介？在一首大約作於1944年的詩〈墓之近旁〉（*Nähe der Gräber*）中，詩人發出了這樣的追問。詩歌剛開始，就明確出現了對母親的呼喚：

> 你是否能夠容忍，母親，一如從前，啊，一如在家中，
> 容忍這輕柔的、德語的、令人痛心的韻腳？　　　　　（III，20）

　　雖然與同時期的其他詩歌一樣，這首詩本身還是押韻的，但是接下來的好些年裡，詩人在韻腳的使用上明顯地變得越來越克制，直到某一階段（最晚是在〈無人的玫瑰〉[*Die Niemandsrose*]中），韻腳終於變成了一種被異化且具有挑釁意味的形式機制。在這首詩裡，詩人以借代的方式使用了「韻腳」一詞，其實需要反思的，是整個德語語言；作為一個整體，這個語言與它那一切了不起的豐富傳統，一起受到詩人的質疑，這一點在之後不久問世的〈死亡賦格〉中表現得更為明顯。讓我們先來看看策蘭作品

〈墓之近旁〉手稿。

中的一個母題——更確切地說是一個近乎神秘的遁點——母親形象，它以一種隱諱的、在不少情況下甚至以近乎直白的方式出現在他1943年之後的大部分詩作裡。在早期的作品中，有兩首「母親節之詩」，而在策蘭1943到1946年間最感人的詩作中，有好幾首都毫不掩飾地與被害的母親形成對話，或是提到了她（1938年至1939年），如：〈冬〉（*Winter*，「現在落雪了，母親，在烏克蘭」）、〈墓之近旁〉、〈黑雪花〉（「母親」）、〈白楊樹〉（*Espenbaum*）。後來，在1948到1959年間，又有〈滿手的時間〉（*Die Hand voller Stunden*）、〈就這樣成了你〉（*So bist du denn geworden*）、〈旅伴〉（*Der Reisekamerad*）、〈她梳她的髮〉（*Sie kämmt ihr Haar*）、〈在一盞燭火前〉（*Vor einer Kerze*）以及〈狼豆〉（*Wolfsbohne*）問世。〈黑雪花〉大約作於1942到1943年之交，其中的主體詩段似乎重述了飽受折磨的母親在那個烏克蘭之冬裡的一封信；在這首詩裡，已經明顯能夠看出詩學的維度，最後一行詩「我流下淚水。我織出巾帕」（《早期作品》，129），將眼淚的流淌視為大屠殺後詩歌創作的基礎，即前提條件。大屠殺之後，只有由此織出的織物，只有源自於這一「基礎」的文本結構，才具有合法的身份；一切立足於哀悼，立足於眼淚之源，這

> 它，語言，始終未曾失去，是的，儘管發生了這一切。然而，它現在必須穿過它自身的無以應答，穿過可怕的緘默，穿過致死之言的萬重陰霾。它從中穿過，對所發生的事不置一詞；但它穿過了這些事。從中穿過並能重見天日，通過此中的一切而「豐富起來」。
>
> 保羅・策蘭，〈布萊梅演講辭〉，1958年

是1945年後的文學創作無法逾越的前提。後來策蘭一再對此作出呼籲，這份呼籲在長詩〈親密應和〉（*Engführung*）中表達為：

向
眼睛走去，將它濡濕。

向
眼睛走去，
將它濡濕——　　　　　　　　　　　　（I，199-200）

　　安徹爾－策蘭最著名的詩作〈死亡賦格〉，也完全是一首有關詩學的詩。作品於1944年構思於切爾諾維茨，最終於1945年在布科維納定稿[14]；詩人在詩中表明「他在文學上的出發點，但同時也表明了與此的決裂」[15]。下一章將細述1952年後〈死亡賦格〉在德語世界中的接受狀況（1947年首次印刷的羅馬尼亞語版和1948年的德語版都未產生太大影響），它令人苦惱且影響至深。在此我們先從詩學維度上對這首詩作一些探討，這本身就已具有足夠的吸引力。

死亡賦格

早年的黑乳汁[16]我們在晚上將它喝
我們在正午和清晨將它喝我們在深夜裡將它喝
我們喝啊喝
我們揚鍬在空中掘出一道墓穴躺在那裡不擁擠
一個男子住在屋裡他玩蛇他寫信
夜色降臨時他寫信回德國你的金髮瑪格麗特
他寫信他踱到屋前星星在閃爍他吹哨喚來他的狼狗
他吹哨喚出他的猶太人讓他們揚鍬在地上掘出一道墳墓
他命令我們奏起音樂現在就跳起舞

早年的黑乳汁我們在深夜裡將你喝
我們在清晨和正午將你喝
我們喝啊喝
一個男子住在屋裡他玩蛇他寫信
夜色降臨時他寫信回德國你的金髮瑪格麗特

---

14 [按照策蘭自己的說法，寫作時間為1945年。巴拉什（Barash）則認為寫作時間為1944年（參見 Barash[1985]，101頁，與基特訥[Kittner]，參見Martin[1982]，218頁。]
15 [Wiedemann-Wolf，77頁。]
16 早年的黑乳汁（schwarze Milch der Frühe）：在德語中，「Frühe」一詞既指「早晨」，又有「早期」的意思。這兩層意義維度中，後者更讓人聯想到猶太人代代相傳的漂泊離散與被殺戮的命運。由於這種雙重所指難以轉譯為中文，此處只好捨「早晨」之意，譯作「早年的」。

你的灰髮書拉密特[17]我們揚鍬在空中掘出一道墓穴躺在那裡不擁擠
他叫嚷著往地裡挖得更深些你們這些人你們那些人唱起來奏起來
他拿起腰間的鐵傢伙[18]他揮舞著他的眼睛湛藍
把你們的鍬插得更深些你們這些人你們那些人繼續奏起音樂跳起舞

早年的黑乳汁我們在深夜裡將你喝
我們在清晨和正午將你喝我們在晚上將你喝
我們喝啊喝
一個男子住在屋裡你的金髮瑪格麗特
你的灰髮書拉密特他玩著蛇

他叫嚷著將死亡奏得更甜蜜些死亡是一位大師來自德國
他叫嚷著將提琴拉得更低沉些然後你們就化作煙飛升上天空
然後你們就有了一道雲裡的墓穴躺在那裡不擁擠

早年的黑乳汁我們在深夜裡將你喝
我們在正午將你喝死亡是一位大師來自德國
我們在清晨和晚上將你喝我們喝啊喝
死亡是一位大師來自德國他的眼睛湛藍
他用鉛質的子彈擊中了你他擊中了你精準非凡
一位男子住在屋裡你的金髮瑪格麗特
他驅著他的狼狗撲向我們他送我們一道空中的墓穴
他玩著蛇做著夢死亡是一位大師來自德國

你的金髮瑪格麗特
你的灰髮書拉密特　　　　　　　　　　（Ⅰ，41-42）

---

17 「灰髮」（aschenes Haar）中的形容詞源於名詞「灰燼」（Asche），而非日常表示色彩的「灰色」（grau）。「書拉密特」（Sulamith）亦是《舊約》中猶太王所羅門新婦的名字。按照這層聯想，本應譯為「書拉密」，然而在德語讀音中，它和另一女子名「瑪格麗特」具有相似的韻腳，為了顧全詩歌音韻上的關聯，遂將其譯為「書拉密特」。

18 鐵傢伙（Eisen）在德語裡既指「鐵」這種物質，又指鐵質的東西，在諸多中譯本中，此處的「Eisen」曾被譯作「皮帶上的鐵環」、「槍」，或者它也可能指腰間的「佩劍」。本譯文借用孟明先生的譯法，將其譯作「鐵傢伙」。

勒武（Lwow）集中營（萊姆貝格[Lemberg]）中的被關押者在「奏樂」，1942年左右。

　　也許讀者最直接的想法，便是將這首詩視為一種對死者的祈禱，視為一曲伽底什[19]（當然，它由死者自己頌唱），而這首讚美詩無疑具有強烈的寫實性。在首次印刷的羅馬尼亞語版中，就附有如下一段頗能讓人信服的解釋文字：

> 　　我們在此發表的這首譯詩源於事實。在盧布林（Lublin）和其他一些納粹「死亡集中營」裡，當一部分被審判者挖掘墳墓時，另一部分被審判者則被強制奏樂。[20]

策蘭自己在1961年給瓦爾特·延斯[21]的一封信裡也寫道：「眾所周知，在這首詩裡，『空中的墓穴』[……]，既非借用，亦非隱喻。」[22]詩中的大部分其他細節也是如此。但是如果只將此詩理

19　伽底什（Kaddisch）：猶太教每日作禮拜時或為死者祈禱時唱的讚美詩。
20　[引自Solomon（1980），56頁。]
21　瓦爾特·延斯（Walter Jens，1923- ），文學評論家、語文學家、作家、翻譯家，曾任聯邦德國筆會主席、西柏林藝術學會主席。
22　[Wiedemann-Wolf，85頁。]

解成對死亡集中營中恐怖狀況的描寫，那麼我們還是沒有領會〈死亡賦格〉的用意所在。完全有理由認為，這也是一首醉心於文學的詩歌，引用的情況通篇可見。[23]

首先引人產生這一發現的，是詩歌開頭的符碼「早年的黑乳汁」。我們在後來的二、三十年時間裡發現，類似的矛盾修辭法不僅存在於其他同時代布科維納詩人的作品裡（如：伊薩克‧施賴爾、羅澤‧奧斯倫德爾以及阿爾弗雷德‧馬爾古－施佩貝爾），而且還出現於──年代更為久遠的──特拉克爾、韓波、讓‧保羅的作品與《舊約全書》（〈耶利米哀歌〉[*Klagelieder Jeremias*]）中；在這樣的背景下還出現了克蕾兒‧戈爾所散播的抄襲指控；按照最保守的估計，這一指控對策蘭造成的巨大困擾應始於1960年。

另外，伊馬努埃爾‧魏斯葛拉斯的詩歌〈他〉（*Er*）於1970年2月在布加勒斯特發表，據他自己的可靠說明，該詩寫於1944年，在母題層面上它表現出和〈死亡賦格〉驚人的相似性。魏斯葛拉斯的詩中也有一位「德國的大師」，他「玩蛇」，他命令詩中合唱的「我們」，讓「我們」一面「拉琴」跳舞，一面「將墓穴舉上天空」，也說到了「德國」的「格蕾辛（Gretchen）的頭髮」[24]。比較安徹爾－策蘭和魏斯葛拉斯的詩便可以清楚地看到，有關時間先後和有關是否抄襲的追問根本就無關宏旨，相反地，它們只會將人引入歧途；雖然主題震撼人心，母題能給人強烈的暗示，但是這篇由四個有韻詩節組成的魏斯葛拉斯的〈他〉仍是一首完全循規蹈矩的詩。

伊曼紐爾‧魏斯葛拉斯，
1938 / 39年左右。

23　[克勞斯‧瓦根巴赫（Klaus Wagenbach）於1968年第一個為此提供證據；類似的還有Janz（1976），216頁；之後Wiedemann-Wolf，77-90頁。]

24　[首次印刷見*Neue Literatur [Bukarest] 21* (1970)，Heft 2，34頁。1947年，魏斯葛拉斯的集中營系列詩《布格河邊的卡利拉》（*Kariera am Bug*）在布加勒斯特出版，其中沒有收錄〈他〉。]

　　魏斯葛拉斯（逝世於1979年）比安徹爾年長半歲，他們相識於切爾諾維茨的羅馬尼亞語中學，曾同班一年，後來因為魏斯葛拉斯需要複課一年[25]，兩人便不再同級。對於詩歌，他們肯定同樣懷有特別的興趣。但是，安徹爾和魏斯葛拉斯之間的關係如何呢？兩人共同的老友埃迪特・西爾伯曼和阿爾弗雷德・基特納聲稱兩人有著親密的詩人間的友誼，在布科維納期間，他們不斷進行著文學上的對話；但魯特・拉克納和羅澤・奧斯倫德爾則不認同這段友誼的存在（伊斯拉埃爾・沙爾芬同意她們的觀點），布科維納時期最親密的朋友彼得・所羅門甚至斷言安徹爾－策蘭對魏斯葛拉斯懷有敵對情緒[26]。最能令人信服的情況可能是兩者兼而有之：他們有著深入的文學上的對話，在大多數情況下這是詩人間的良性競賽，但長久以來，雙方又漸漸覺得，對方在創作上的努力出現偏差，已入歧途（至少，安徹爾本人是這樣認為的）。

　　此番假設又讓我們重新聯想到〈死亡賦格〉與魏斯葛拉斯的〈他〉之間的關係。如果將〈死亡賦格〉中的通篇引用，視為在文學上對德意志傳統的一種嚴厲的清算，那麼我們簡直沒有理由不認為，安徹爾一定覺得魏斯葛拉斯的〈他〉是一種挑釁，逼迫著他進行一場詩歌上的「論戰」（我們不願將之視為戲仿[27]或唱反調），逼迫他衝破詩所堅守的慣例。與這曲反調有關的，並不僅限於少年同窗的這首循規蹈矩的詩，以及已成為經典隱喻的矛盾修辭法；〈死亡賦格〉在眾多的傳統元素間取得了平衡：巴赫的《賦格的藝術》（*Kunst der Fuge*）和歌德的《浮士德》（*Faust*），海涅的《奴隸船》（*Das Sklavenschiff*）和莫里克（Mörike）的《畫家諾爾頓》（*Maler Nolten*），還有中世紀有關死亡之舞的文學，以及從格呂菲烏斯（Gryphius）到海姆和特拉克爾的死亡比喻。

25　[參見：Rychlo，見：Corbea / Astner（1990），207-208頁。]
26　[參見：Silbermann，23頁；Chalfen，72-73頁與138頁；Kittner見：Martin（1982），217-218頁；Wiedemann-Wolf，81-82頁。]
27　戲仿（Par-Ordie）：又譯作「諧仿」或「戲擬」，指作家在自己的作品中對其他作品進行借用，以達到調侃、嘲諷、遊戲甚至致敬的目的。戲仿的對象通常是大眾耳熟能詳的作品。

另外，〈死亡賦格〉以「一重一輕律」開篇，後面則以「一重二輕律」為主，這種韻律上的安排可以被解讀為對絕大部分德語詩歌（從歌德到霍夫曼斯塔爾和里爾克）傳統的不現形引用。詩中唯一一處嵌入的尾韻（「死亡是一位大師來自德國他的眼睛湛藍／他用鉛質的子彈擊中了你他擊中了你精準非凡」），可以被看作對「德語的、令人痛心的韻腳」的拒絕——那是「致命的精準命中」[28]。這「韻腳」太「令人痛心」，在以後的日子裡應予以迴避。這是〈死亡賦格〉的一個，也許是唯一的一個主題，它賦予德國人以雙重的大師氣質——藝術上的和殺戮中的。當男子向那些赴死者頒下命令，令他們用音樂和舞蹈將自己的死亡演繹成一種藝術時，這兩種精湛的技藝交織到了一起：「他叫嚷著將死亡奏得更甜蜜些死亡是一位大師來自德國／他叫嚷著將提琴拉得更低沉些然後你們就化作煙飛升上天空。」

在這兩種行為中，都能窺見現代的男性那西瑟斯之夢：那是希望能夠無限支配世界的迷狂，整個世界都是他們實現自身企圖的資源（在第二種情況中這種資源就是「人」本身），世界只為契合他們的意圖而備。策蘭詩中的「男子」，那「大師來自德國」，便是癡迷於純粹而絕對的（非社會性的）藝術之人的化身。他將藝術作為進行另一項同樣純粹而絕對的行為時的激勵：集體大屠殺。

與德意志的傳統存在一同被喚起的還有另一種傳統存在，那便是猶太的。除了〈耶利米哀歌〉（第四章，7-8詩行），在〈詩篇〉第137首開頭，也出現了和〈死亡賦格〉相類似的情形；加諸於異域被俘者身上的恐怖與強制性的音樂演奏交織在一起：「我們曾在巴比倫的河邊坐下，一追想錫安就哭了。我們把琴掛在那裡的柳樹上，因為在那裡擄掠我們的，要我們歌唱，搶奪我們的，要我們作樂，說：『給我們唱一首錫安歌吧！』」[29]而最後出現書拉密特——〈雅歌〉（*Hohenlied*）中所羅門的愛

28 [Wiedemann-Wolf，265頁。]
29 該譯文源自和合本《聖經》中譯本。

人，在這裡她的頭髮是紫黑色而不是死灰色；她代表著能夠幸福
返回錫安山的諾言。

德意志和猶太的文學傳統並非一直相互斥離，很多時候它
們也會相遇，也會相互滲透；這樣的情況出現在《聖經》的翻譯
中，出現在海涅身上，也出現在布科維納的德語猶太詩人中。我
們在此可以清楚地看到，這位曾經相信德意志－猶太共存體的年
輕詩人，正深陷於存在的絕望，無法解脫；藉著〈死亡賦格〉，
在很大程度上已被同化的他，開始重新走近他的猶太民族——
在那歷史的一刻，在歐洲猶太人遭到毀傷的一刻。詩人希望能夠
擺脫從來無法減退的負罪感，希望可以在事實之後和虛擬之中，
將自己和自己所屬的猶太民族（尤其是母親）聯繫起來，融為一
體；除了這個意義之外，我們無從解釋此時的他為何如此希望將
自己深深嵌入自己的猶太民族傳統。然而，橫互於現實犧牲者和
這位倖存者間的鴻溝，從來就無法癒合，直到策蘭自盡，這道裂
痕才以最悲哀的方式被填平。

〈死亡賦格〉是一個充滿矛盾的創構。五、六〇年代它在聯
邦德國的接受情況再一次說明了這一點；它一方面借用了迄今
為止尚能相互協調的傳統存在，另一方面又與之保持距離（有
時甚至將它們摒棄），認為它們已被剝去所有，不再能夠被放心
使用。在詩歌的末尾，還分別出現了德意志和猶太兩種不再可能
調和的出身。格蕾辛是曾翻譯過〈雅歌〉的歌德筆下的人物，在
此，她和化為灰燼的書拉密特兩者互不和解：「你的金髮瑪格麗
特 / 你的灰髮書拉密特」。

與此同時，詩卻也保留了一種迷人的美感、一種音樂上的魅
力、一種近乎神秘的魔力。在習慣中對主題緩和有所期待的讀者
將難以抵抗這樣的魔力。五〇年代詩歌的接受情況就告訴我們，
〈死亡賦格〉太容易被簡單地解讀作一首美的詩，太容易成為讀
者享用的對象。

第三章

從安徹爾到策蘭

布加勒斯特 / 1945－1947

1944年秋，切爾諾維茨大學作為一所蘇聯－羅馬尼亞大學被二度開放。保羅・安徹爾又能夠重新在此註冊入學，這一次他成為了英語語言文學系的學生，在專業的選擇上，安徹爾本人對莎士比亞的熱愛起了決定性作用。與此同時，他也為當地的羅馬尼亞語報紙翻譯一些時髦作家的文章，藉此掙錢餬口[1]。雖然他又回到父母在馬薩里克巷10號的故居，但是不久之後，局勢逐漸明朗，布科維納最終還將劃歸蘇聯。由此，他認定自己在故城的居留只是暫時性的。

就在1944年秋到1944至1945年冬的這段時間裡，策蘭的人生計畫突然明晰起來：雖然德國人給他造成了傷害，但他仍要成為一位德語詩人：他在這一時期精心撰寫了兩冊內容豐富的詩集（其中一本是手寫的）。在這樣的考量下，1945年4月策蘭遷居布加勒斯特的行動想來也是權益之舉；他所希望的是能夠長期移居德語地區（最好是維也納），但這個計畫在當時的政治情形下幾乎無法實現。後來他在1958年的〈布萊梅演講辭〉中這樣寫道：

> 那可及的，足夠遙遠，那可以企及的，它的名字叫維也納。各位也知道，這些年裡，我所說的可以企及是怎樣一種狀態。（III，185）

---

1 [*Fremde Nähe*，55頁。]

安徹爾是羅馬尼亞公民，已經很好地掌握了羅馬尼亞語，這個首都城市又呈現出一派有趣的文學景象，於是，布加勒斯特便成為了眼前適宜的新居所。此外，就當時情況看來，這個重新回到米哈伊一世[2]統治下的國家，雖然無意於自由的西方路線，但似乎也不會走上嚴苛的前蘇維埃道路。出於同樣的原因，很多切爾諾維茨人（他們大都是猶太學者或藝術家）都遷居到布加勒斯特：其中有保羅的朋友魯特·拉克納、埃迪特·霍洛維茨、摩西·巴拉什（Moshe Barash）、霍里亞·德萊亞努（Horia Deleanu）、以及同為作家的阿爾弗雷德·基特納、伊馬努埃爾·魏斯葛拉斯、阿爾弗雷德·貢和羅澤·奧斯倫德爾。1946年8月，在羅澤·奧斯倫德爾第二次流亡美國前不久，安徹爾還聽過一次她的朗誦。

布科維納 II / 羅澤·奧斯倫德爾

> 這土地，它將我
> 造就
>
> 河渠縱橫
> 裏草茵茵
> 藍莓滿山
> 烏黑如蜜
>
> 四種語言如兄弟般應和的歌
> 在這紛亂的時代裡
>
> 四散開去
> 歲月湧向
> 消融的河岸

布加勒斯特，曾經的「東方巴黎」，雖然經歷過一次地震（1940年）和戰爭空襲，它依然還是一個保持著巴爾幹－拜占庭生活方式、充滿活力、綻放著老式歐洲魅力的城市。德國的佔領結束後（也意味著安東內斯庫將軍法西斯統治的終結），多姿多彩的藝術活動開始在這片土地上萌發。羅馬尼亞讀者群是親法的，來自法蘭西的影響在此地產生了重要作用；戰後，崔斯坦·查拉[3]、路易士·阿拉貢和保羅·艾呂雅都曾到訪布加勒斯特。保羅·安徹爾經歷了這一切。

早在1934年，當時還是中學生的安徹爾就曾經在布加勒斯特待過幾天。現在，他註冊進入大學，在阿爾弗雷德·馬爾古－施佩貝爾那裡度過了第一夜後，便開始與列昂尼德·米勒（他們相

2　米哈伊一世（Mihail I，1921-），羅馬尼亞君主立憲制度下的末代國王，在二戰中與首相安東內斯庫的政見有異。1944年夏，他與羅馬尼亞共產黨合作，逮捕安東內斯庫，改變了羅馬尼亞在戰爭中的立場。1947年12月30日，羅馬尼亞社會主義共和國成立，米哈伊一世宣佈退位，此後移居瑞士。

3　崔斯坦·查拉（Tristan Tzara，1896-1963），達達主義創始人，原籍羅馬尼亞，後入法籍。

識於1935年，1938年又重逢於巴黎）共用一間學生宿舍。剛開始的時候，安徹爾為一份共產主義文化雜誌《火花報》（Scinteia）做翻譯，以此勉強度日。不久之後，大約在1945年秋，他有了一份正式且足以謀生的工作。因為他的俄語很好，便有人聘他為一家新成立的出版社Cartea Rusă做正式編輯，負責向羅馬尼亞讀者引介新舊俄語文學作品；一時間，安徹爾將大量俄語文學翻譯成羅馬尼亞語，其中包括萊蒙托夫（Michail Lermontow）的小說《當代英雄》（Ein Held unserer Zeit）以及契訶夫（Anton Chekhov）的一些小說。1946年，這些作品出版，這甚至是詩人的作品第一次正式發表付印，書上的署名是羅馬尼亞語化的名字「安策爾」（Ancel）。1947年，他又翻譯了康斯坦丁・西蒙諾夫（Konstantin Simonow）的宣傳性文字〈俄羅斯問題〉（Die russische Frage）以及一些來自蘇聯、帶有強烈意識形態印記的文章。這些譯作都署著假名「A・帕維爾」[4]；由此可以看出，這些只是不得已而為之的工作，安徹爾本人希望與此翻譯工作者身分保持一定的距離。

正是因為渴望寫作並希望生活在作家當中，保羅・安策爾（依據他當時的名字）才會前往布加勒斯特。阿爾弗雷德・馬爾古－施佩貝爾也許對他的這一抉擇產生過決定性影響（事實是否如此，我們不得而知）。馬爾古－施佩貝爾是一個身高超過兩米的大個子，比所有人都高出一頭，出生在布科維納鄉村，生長於切爾諾維茨，幾年兵役之後重返切爾諾維茨，在文學方面頗為活躍；1920到1924年間，他生活在巴黎和紐約，與阿波利奈爾（Guillaume Apollinaire）和伊萬・

從右側起，阿爾弗雷德・馬爾古－施佩貝爾、摩西・羅森克蘭茨、與一位熟人。

戈爾[5]走得很近，甚至還認識卡夫卡。1924到1933年間，他激發和引導著切爾諾維茨的文學生活；退隱鄉間後，他還和從湯瑪斯·曼（Thomas Mann）到艾略特（T. S. Eliot）等世界級作家保持書信往來。1940年後，他生活在布加勒斯特，在多數情況下都頗為拮据，但幸運地躲過了流放。1945年後，他終於又能夠依從本心，重新開始扮演起新文學推動者、翻譯家及詩人的角色。

保羅·安策爾當然讀過他的詩集《風光的比喻》（*Gleichnisse der Landschaft*，1934）與《秘密和放棄》（*Geheimnis und Verzicht*，1939），但他從未見過馬爾古－施佩貝爾本人。到布加勒斯特不久，他就開始尋訪這位輩分足以做他父親的人物。魯特·拉克納曾轉交給馬爾古－施佩貝爾一摞策蘭的詩作，後者表現得相當興奮；這位年長者早已經歷了自己的表現主義階段，「在有關自身詩歌對象的形式、選擇和處理上坦率地擁護著一切老式和傳統的東西」[6]，然而，這些卻無損於兩位詩人間的真摯關係。安策爾在獻給施佩貝爾的詩〈阿特彌斯[7]之箭〉（*Der Pfeil der Artemis*）的起首句段裡寫道：「時間如青銅進入它最後的年歲。 ／ 只有你在此耀目如銀」[8]。由此，年輕的詩人明確而滿懷敬意地表達了兩者間的距離。

在施佩貝爾身上，「知識份子式的好奇心與精神上的大度相輔相成」[9]，使他成為這位布科維納年輕同鄉無私的朋友和提攜者。再沒有第二個人能像他那樣迅速地對保羅的卓越天賦表示出認同與讚賞。後來，在1948年，馬爾古－施佩貝爾還（經維也納和蘇黎世）為策蘭開闢了通向德語文學界的道路，在艱難的六十年代初期，年輕的詩人曾一再心存感激地憶起這段友誼。

5　伊萬·戈爾（Yvan Goll，1891-1950），以法語、德語和英語寫作的作家，法國超現實主義代表人物。直至1871年，其出生地Sankt Didel都屬於法國領土，後雖被劃歸德意志帝國，但當地居民在心理上仍覺得自己歸屬於法國。

6　[Margul-Sperber：*Gleichnisse der Landschaft*. Storojinetz，1934，5頁。]

7　阿特彌斯（Artemis），希臘神話中的月神和狩獵女神。

8　[*Frühwerk*，134頁。]

9　[所羅門在其哀悼馬爾古-施佩貝爾的悼辭裡。*Neue Literatur 6*（1973），4頁。]

1944年夏天的布加勒斯特：環形大街邊的施塔內斯克飯店（Hotel Stanesco）與聯合飯店（Hotel Union）。

　　繼圖爾的求學時光之後，安策爾再次長期生活在日常用語非德語的語言環境之中。德語被保留作為詩的語言，就像一所多語言屋宇中的一個房間，在這裡，羅馬尼亞語和俄語也有著同樣重要的地位；雖然在布加勒斯特的兩年半時間裡，藉助德語進行的人際交往還未邊緣化，但是此時羅馬尼亞語已占了上風——在私人、工作和文學的相遇裡。

　　與在種族隔離區、勞動營以及之前在切爾諾維茨度過的時光（1944－1945年）相比，這位二十五歲左右的年輕人現在終於有了真正意義上的私人生活，而他正全身心地體會和享受著。保羅·安策爾的行為和其他經歷戰爭和迫害而倖存、希望能夠忘卻一切、希望真正開始生活的年輕人，沒有什麼兩樣。布加勒斯特時期的一位女性好友尼娜·凱西安（Nina Cassian）這樣回憶道：

　　我們共同參與的那段時光，是一段充滿了不可遏制
的希望的時光，在令人震驚的災難之後，希望一直不停
地露出頭來。這樣的時光只有短短幾年，之後便突然變
了樣子。[……] 剛剛品嘗到的自由滋味還殘留在我們的唇
邊。[10]

　　所有來自朋友們的說法都一致認為，此番新的生活感
受在這位年輕作家身上得到很好的體現。將他想像成一貫感
傷、甚至沮喪的樣子，這顯然是一種誤解。當然，他是「beau
ténébreux[11]」[12]，一位「有修養的浪漫主義者」，他的「魅力……
被迷霧和憂鬱所掩蓋」[13]，他「帶著芭蕾女主角式的優雅，孤寂地
在自己面前舞過」[14]。他熱愛浪漫的藝術家之間的交往，他會笑，
會玩樂（1945至1946和1946至1947兩年除夕夜的慶祝會後來被人
一再憶起），而且他享受著愛情，他可以很幸福。與同樣居住在
布加勒斯特的魯特·拉克納間的聯繫逐漸減少了，最終幾乎消失
殆盡，取而代之的是新的愛情；在這些全新的感情裡，他再也沒
有了先前的拘謹。彼得·所羅門曾玩笑式地談到「自願犧牲者」
的一份長名單[15]：跟隨安策爾由切爾諾維茨來到布加勒斯特的羅
莎·萊博維奇（Rosa Leibovici）；被安策爾稱為「喬婭（Gioia）」
的利亞·芬格胡特（Lia Fingerhut），1964年的詩〈灰燼的榮光〉
（Aschenglorie）紀念的就是她以及二人共同的「蓬托斯海往事」
（Pontischen Erstmals）[16]；最後還有女演員科麗娜（丘奇）·馬爾
科維奇（Corina [Ciuci] Marcovici），她也許是其中最重要的一個，
但絕不是唯一的一個。

---

10 [Cassian，見：Martin（1982），211頁。]
11 法語，意為：「優雅的陰鬱者」。
12 [Crochmǎlniceanu，見：Martin（1982），213頁。]
13 [Baunuş，見：Martin（1982），207頁。]
14 [Aderca，見：Martin（1982），206頁。]
15 [Solomon（1990），49頁。]
16 [全集II，72頁；策蘭1967年10月23日書信，見：Solomon（1982），30頁。]
　　蓬托斯海是黑海的古稱。策蘭早年曾與女友利亞·芬格胡特同遊該地。之後不久，1961年的
　　一個美麗夏日，她在黑海邊的曼加利亞（Mangalia）投水自盡。

　　在1946年秋季到1947年末這段時間裡，所羅門也許是他最親密的友人。在他的回憶中，安策爾是一個「充滿活力、大都較為平和、總是樂於助人、甚至頗為幽默」的人，他的靈魂「並不只充斥著絕望，其中也滿懷希望」[17]。身為比詩人小兩歲的羅馬尼亞猶太人，所羅門在巴勒斯坦度過了1944到1946年的時光；從傳道士式的急迫中冷靜下來之後，他又重新回到布加勒斯特，也就職於Cartea Rusă出版社，從事法語翻譯，後來也翻譯英語文章，此外還寫作詩歌。按照他自己後來的總結，兩人的友誼是基於始終不渝的兄弟之愛、以及「才智上的近似、相近的文學品味、以及對文學的同樣偏好」[18]：從里爾克到卡夫卡；當時安策爾已將卡夫卡的四篇小說以及〈在法的門前〉（*Vor dem Gesetz*）譯成了羅馬尼亞語。[19]

　　對於文字遊戲的共同熱愛，將他們緊密聯繫在一起，在這份共同的熱情中，他們已達到忘我的地步。所羅門以《保羅・策蘭小記》（*Paul Celans Abendbüchlein*）為題記載下了這位朋友當時的

保羅・安策爾與彼得・所羅門在布加勒斯特，1946年。

17　[Solomon（1980），51與53頁。]
18　[同上，54頁。]
19　[參見Martin（1982），286頁。]

那些俏皮話，並憑記憶引述了一些有趣的例子；例如，其中的一段文字滿懷愛意地描摹了兩者間的友誼：「Muzica de anticamera: Solo de Petronom cu acompaniament de Pauoloncel.」——譯為德語大意是：「前廳音樂：彼得頌歌（Petronom）的獨奏伴著保羅提琴（Paoloncello）」[20]。1948年3月，策蘭從維也納寫信給所羅門（落款為「你忠誠的朋友和長著條頓舌頭的憂傷詩人保羅」），滿懷渴望地憶起了「cette belle saison des calembourgs」——那段俏皮話的美妙歲月[21]，他知道，這美好的時光已一去不復返。一九六〇年代，策蘭還特別強調，較之於那些來自法國和德國的「文學上的朋友」，只有羅馬尼亞的「amis poètes」[22]，才與他有著心靈上的親近。[23]

所羅門強調安策爾想像力中「遊戲的」一面，強調他性格的完整性，認為他「絕不輕視偶然之成果」[24]。這樣的看法再一次架起了一座橋樑，這橋樑引領作家走向他那時建立起的「布加勒斯特親合體」[25]，更引領他走向（羅馬尼亞）超現實主義：發生在他們間的文字遊戲便屬於這種超現實主義傳統的一部分。很快，安策爾就成為了一位出色的現代羅馬尼亞詩歌通。這些詩影響著他，甚至有一陣子，這位來自布科維納的德語詩人幾乎就要成為一位羅馬尼亞語作家了。[26]他懷著崇高的敬意去閱讀三位羅馬尼亞現代派經典作家的作品：他們是露西婭·布拉加（Lucian Blaga）、圖多爾·阿爾蓋濟（Tudor Arghezi，安策爾曾經翻譯過他的兩首詩）以及亞歷山德魯·菲利皮德（Alexandru Philippide，安策爾每週都會在出版社或馬爾古－施佩貝爾那裡和他碰一次面）。他們和他都差著一、兩代人的距離。安策爾也與羅馬尼亞

20 [Solomon（1980），60頁。]此處將二者的名字「Paul」和「Petre」諧音化後與「Cello（德語，意為「大提琴」）」和「Nome（古法語，意為「阿波羅頌歌」）」分別組合成詞，取其意譯作「彼得頌歌」和「保羅提琴」。
21 [同上，62頁。]
22 法語，意為「詩人朋友」。
23 [1962年9月12日書信，見：Solomon（1980），59頁。]
24 [同上，55頁。]
25 [Wiedemann-Wolf，91頁。]
26 [參見策蘭的羅馬尼亞語文章，見：*Frühwerk*。]

超現實主義的領袖人物如蓋拉西姆・盧卡（Gherasim Luca）和保羅・保恩（Paul Păun），有著直接交往。與這些羅馬尼亞作家以及他們的法國榜樣布列東、艾呂雅和阿拉貢一樣，超現實主義對保羅而言並不只是寫作上的巧技（在「écriture automatique」[27]中便有所強調），它意味著更多，是「un état de l'esprit」[28]，是與他所崇敬的保羅・艾呂雅間的對話。和他們一樣，他也為超現實主義中所埋藏的先天的政治及革命衝動所吸引；那是一種不肯順應時勢的姿態，是對自由的、非教條性的社會主義的青睞。正如身處布加勒斯特的安策爾在不快中逐步看清史達林主義的面目一樣，之前表現出反納粹立場的超現實主義，現在也成為了史達林主義的反對者（後者則反過來將超現實主義宣佈為自己意識形態上的敵人）。詩人對超現實主義的好感非同一般，深深吸引他的應該更是它對語言的見解，是將對立和不相容之物並置到一起的超現實主義意象。在那裡，「陌生的與最陌生的相結合」（III，158）。

　　從一開始，在保羅・安策爾的詩歌裡就混雜了大量非理性的、情感和感官上的元素。其間，讓人能夠最直接感受到的便是詩句中強烈的音樂感和震撼人心的意象，而它們的對話對象從來就不僅限於讀者的清醒意識[29]。通過對文學和造型藝術中（羅馬尼亞）超現實主義的進一步瞭解和探討，他意識到，這一思潮（在很多方面顯然受到了心理分析的啟發）認為能從無意識與夢境中釋放出創造力，這對他自身的工作產生了很大啟發；安策爾發現，在忘卻和重新憶起之間，在罌粟和記憶（1952年的詩集即以此為題）之間，存在著富於創造可能的交互作用。作為一位永遠的深切哀悼者，安策爾日益感到，因母親之死、因一切被謀殺的猶太同胞之死而產生的傷痛如此巨大，僅憑藉「乾巴巴的」理性已無法承受與克服。有關此番認識的相關文字出現於後來的詩學短文〈愛德格・熱內──夢中之夢〉（*Edgar Jené. Der Traum vom Traume*）和一些創作於維也納（1948年中的半年）的詩歌裡。

27　法語，意為：「自發的文字」。
28　法語，意為：「一種精神上的狀態」。
29　清醒意識（Wachbewußtsein）：心理學名詞，也稱作「日間意識」（Tages-bewußtsein），與「夢境意識」（Traumbewußtsein）相對。

在切爾諾維茨時，作家已經找到了一種以「一重二輕律」為主的長句（最長時有九節）詩歌形式。他在布加勒斯特又將這種形式加以發展，將一些常具有超現實主義感的意象織入純個性化的韻律框架；如此一來，詩人便建立起了屬於自己的特點。合乎韻腳的詩歌雖然還占主導地位，但是對韻腳的有意識規避卻也表現得越來越明顯，從早期的母親主題詩歌〈墓之近旁〉到稍晚一些、大概作於從切爾諾維茨到布加勒斯特過渡時期的〈白楊樹〉，其間的轉變給人留下了深刻的印象。

白楊樹，你的葉子在黑暗中閃著白光。
我母親的頭髮永遠不會再變白。

蒲公英，烏克蘭如此蒼翠。
我金髮的母親沒有回家。

雨雲，你是否在井邊憂鬱躊躇？
我輕柔的母親為了所有人而哭泣。

圓圓的星星，你圍著金色的飾帶。
我的母親的心臟被鉛彈擊傷。

橡木大門，是誰將你從樞軸上舉起？
我溫柔的母親不能夠來。　　　　　　　　　（I，19）

〈墓之近旁〉也是五段兩詩行的詩節並列，兩兩之間相互押韻，而在這首〈白楊樹〉裡，韻腳沒有了；早期詩作中有關死亡和哀悼的母題與自然中的圖像（也曾出現過白楊），已經交織到一起；永遠美麗、充滿生機的自然與被殺害的母親（「被子彈擊傷」）構成了強烈對比，並在詩中相繼出現四次。兩篇詩歌的簡單結構，以及詩中以自然起興的方式，均能在羅馬尼亞民間歌謠

中找到範例[30]，這樣的處理方式使讀者在閱讀時更易理解。但是關鍵之處在於，現在這些兩兩平行的詩行（第五詩節除外）不再以自然類比人與人之間的關係，而是向我們展示出一種最深刻的、無法消除的異化。後來，「永遠無法變白」的死者頭髮（我們會聯想到〈死亡賦格〉中書拉密特的「灰髮」）這一母題，一直伴隨著策蘭的詩歌長達數十年之久，例如在寫於1961年的〈靈光〉（*Mandorla*）中就有這樣的詩句：「猶太人的捲髮，將不會變得灰白。」（I，244）

因為這些複雜的、超現實主義式的意象和聯想技巧，所以大多數寫於布加勒斯特的詩歌都比〈白楊樹〉要難懂一些；在諸如〈沙漠中的一支歌〉（*Ein Lied in der Wüste*）、〈你無謂地將心繪於窗上〉（*Umsonst malst du Herzen ans Fenster*）、〈骨灰甕之沙〉（*Sand aus den Urnen*）或〈九月裡陰沉的眼〉（*Dunkles Aug im September*）這些詩中，有關愛情、夢和死亡的主題交織在一起（已幾乎不再有脫離對死者的懷念而單獨存在的愛情詩）。另外，「騎士」的形象令人驚奇地時常出現，有關甲冑和武器、頭盔和盾牌、寶劍和長矛的意象穿插其間，也許距離里爾克的散文詩〈旗手克里斯托夫・里爾克的愛與死之歌〉（*Die Weise von Liebe und Tod des Cornets Christoph Rilke*）及其對死亡的審美化處理並不遙遠。

1946至1947年以後，審查制度對文學生活的影響日益顯著，除了毫無想像力可言、目光短淺的社會主義現實主義，再不允許出現任何其他風格的作品。在這種情況下，保羅・安策爾的詩歌得不到好評也在意料之中。讓人意外的是，文化政策雖然越來越僵化，詩人卻能在1947年5月兩度亮相於文壇；1947年5月，《Contemporanul》雜誌以〈Tangoul morṭii〉（意即「死亡探戈」）為題發表了〈死亡賦格〉的譯文，詩歌由好友彼得・所羅門翻譯，經作者審定，第一次署上了「保羅・策蘭（Paul Celan）」這個名字；同月，經馬爾古－施佩貝爾推薦，《Agora》雜誌第一次

30　[參見Stiehler（1972），18頁。]

保羅・策蘭的〈死亡賦格〉首次發表（在最早的德文版手稿中，詩的篇名還是〈死亡探戈〉）；
由彼得・所羅門譯成羅馬尼亞語，刊登在《Contemporanul》雜誌上（此圖為其首頁），1947年5月2日。

以德語刊登了詩人的三首詩作〈盛宴〉（*Das Gastmahl*）、〈蕨類的秘密〉（*Das Geheimnis der Farne*）、〈一隻水彩的野獸〉（*Ein wasserfarbenes Wild*），這一次使用的也是他的新筆名。

　　很久以來，安策爾就已考慮更改聽起來不甚雅緻的姓氏（德語寫法尤其如此），以順應出版的需要。在這方面，改名為「貢多爾夫」的弗德里希・貢德爾芬格[31]為他樹立了前例。阿爾弗雷德・馬爾古－施佩貝爾的妻子潔西嘉（Jessika）（傑蒂[Jetty]）提出，可將他的姓氏中的字母重新排序，改為「策蘭」（Celan），保羅對此欣然接受[32]。暫且不論他在多大程度上，想到了聖方濟會修士策蘭諾的湯瑪斯（Thomas von Celano）[33]——策蘭對聖方濟（Franz）極為尊崇，這從他的詩〈阿西西〉（*Assisi*）[34]就能看出來；策蘭又為自己出世不久旋即夭折的長子起名為弗朗索瓦，這樣的做法大概也與此不無關係；且不追究他是否想到拉丁語動詞「celare」（隱匿），甚或同為拉丁語意思指稅吏（Zöllner）的辭「tolonarius」（古高地德語寫為「zolonari」）；此外，我們還能看出它和拉丁語詞「caelare」（鏤刻，用刻刀工作）、特別是和策蘭多次使用的一個詞「schilpen」（或寫作「tschilpen」[35]，它們另外還有「在木頭或石頭上刻」的意思）之間的關聯。[36]當然，作家在閱讀讓・保羅的小說《昆圖斯・菲克斯萊因的生平》（*Leben*

31　參見第一章註68有關弗德里希・貢多爾夫的註釋。
32　[依據流傳最廣的版本。按照Chalfen（174-175頁），埃迪特・霍洛維茨後來的丈夫雅各・西爾伯曼（Jakob Silbermann）說，在切爾諾維茨時，他和安徹爾共同擬定了「策蘭(Celan)這個名字。M・菲舍曼・卡維則將赫爾施・澤加爾（Hersch Segal）說成筆名的始作俑者（1995年3月11日的談話）。]
33　策拉諾的湯瑪斯（Thomas von Celano，約1190-1260），聖方濟會修士、編年史家，生於義大利小城策拉諾（Celano），曾見證並記錄了追封方濟各為聖徒的儀式，後受教皇之命為方濟各作傳。傳記三易其稿，最終成為瞭解聖方濟各生平的最權威著作之一。
34　聖方濟（1181-1226），全名的德語寫法為Franziskus von Assisi或Franz von Assisi，意為「阿西西的方濟」。他生於義大利的阿西西，1205年起，與三名友人以組織新修會為號召，身穿粗布長袍，托乞食缽，赤足前往法蘭西、西班牙、摩納哥、埃及等地勸人參加。1209年，經教皇英諾森三世批准，「聖方濟托缽修會」成立，規定修士自稱「小兄弟」，麻衣赤足，步行各地宣傳「清貧福音」。
35　德語，意為「（麻雀）嘰嘰喳喳。在字典中無法找到作者所說的另一種意思：「在木頭或石頭上刻」。
36　[參見Reichert（1988），165頁，以及全集I，242頁；全集II，121頁中的詩；主要為：*Die Gedichte aus dem Nachlass*（1997），167頁。]

des Quintus Fixlein，1796）時劃下的這段話也絕非偶然：「因此，我將我的名字視為我自己的偽幣，並將自己看作一個完全不同的人。」[37]一個有著新名字的完全不同的人——德語詩人保羅·策蘭。現在，他也成了公眾人物。另據策蘭說，他的名字應被念作「Tsélan」。

1947年5月，在布加勒斯特付梓的三首詩中的一首〈一隻水彩的野獸〉（*Ein wasserfarbenes Wild*），後更名為〈最後的旗幟〉（*Die letzte Fahne*）——是一件易爆的走私貨，幸運的是，它沒有被審查機構發覺。在不明就裡的人看來，一切都像是超現實主義者的囈語，而這卻是策蘭的偽裝，用以嘲諷那些審查的獵手。詩是這樣開頭的：

> 一隻水彩的野獸被追趕在暮色降臨的邊界。
>
> 快戴上面具、把睫毛塗綠。
>
> [⋯⋯]
>
> 雲霧，狗叫！他們在蕨草叢中騎上瘋狂！
>
> 像漁人把網撒向鬼火和鼻息！
>
> 他們用繩套住王冠，邀約起舞！　　　　　　　（I，23）

1947年10月以後，超現實主義被羅馬尼亞官方完全禁止。策蘭的女友尼娜·凱西安必須低聲下氣地為她的第一部詩集進行自我批評。1947年12月30日，國王米哈伊一世被迫退位，羅馬尼亞社會主義共和國宣告成立。對「真正的社會主義」仍心存好感的保羅·策蘭不想被驅逐，但也不願為自己的詩套上面具。他雖然從未將布加勒斯特的生活視為流亡，然而他明白，此地無望讓他成為一名自由的德語作家，於是，他離開了這個國度。

---

37 [參見Gellhaus（1993a），45頁。]

第四章

「我們相愛如罌粟和記憶」

維也納 / 1947－1948

　　保羅・策蘭從布加勒斯特移居維也納的過程，絕無樂趣可言；這是一次異常艱難的旅行[1]，是一次冒著身體和生命危險的逃亡。因為逃亡者眾多——僅1947年11月和12月就有3200人前往維也納，其中多為羅馬尼亞籍猶太人——羅馬尼亞當局展開了系統搜捕，很多人在試圖跨越邊境前往匈牙利時遭逮捕或被射殺。[2]不過，通過匈牙利蛇頭的有償幫助，策蘭還是成功到達，在布達佩斯（Budapest）暫作停留之後，他於耶誕節前夕抵達維也納，並先落腳在難民營裡。他被迫將全部財產留在布加勒斯特，行前只能和幾個親密好友（馬爾古－施佩貝爾、彼得・所羅門、魯特・拉克納和科麗娜・馬爾科維奇）道別並將自己的手稿託付給他們。

　　1947年的維也納是一座廢墟上的城市，但它已從廢墟中崛起，重現昔日的活力。威爾斯（Orson Welles）著名的電影《第三人》（*Der dritte Mann*）講述了1945年後在這個被一分為四的城市裡的生活，它能幫我們瞭解保羅・策蘭在維也納度過的半年

1　[1948年2月11日書信，見：Margul-Sperber（1975），50頁。]

2　[Thomas Albrich：*Exodus durch Österreich. Die jüdischen Flüchtlinge 1945-1948*。因斯布魯克，1987，153頁。]

同盟國的憲兵在維也納，1945年。

（直到1948年7月前往巴黎）到底是什麼樣子。另外，我們還可以參看策蘭的兩位維也納朋友米洛·多爾和賴因哈德·費德曼[3]於1953年寫成的偵探小説《國際地帶》（*Internationale Zone*）；我們能在書中人物彼特·馬爾古（Petre Margul）的身上看到策蘭的親切形象，從小説中也可以看到，香煙走私、黑市交易以及其他一些惡劣的犯罪現象，如何棲身於西方勢力和蘇維埃的權利爭鬥之間。書中講述的是一位孤獨的、總是處於經濟困境、來自羅馬尼亞的猶太逃亡者如何為了友誼而被捲入黑市交易，如何躲避危險的蘇占區；他「徒勞」、「饑餓而絕望地」在這個城市裡遊蕩，一心只想去巴黎，因為在那裡，他才能獲得詩人的身份。[4]

　　此處以隱晦的方式再現了好友當時的處境，這與策蘭在維也納的進退兩難頗有幾分相似。在早年切爾諾維茨的幸福時光之後，策蘭第一次重歸德語環境，第一次生活在一個一直令他魂牽夢繞的城市。策蘭的父母從未好好學習過羅馬尼亞語，終其一生都將自己視為奧地利人；維也納是所有切爾諾維茨人的夢想，是一個屬於偉大音樂和偉大文學的城市，它屬於霍夫曼斯塔爾和卡爾·克勞斯，屬於西格蒙德·佛洛依德和阿爾圖爾·施尼茨勒[5]，屬於其他那些精神上的英雄們——而他們大都是猶太人。很久以來，維也納就有著相當數量的猶太居民，他們之中的大多數已被

3　賴因哈德·費德曼（Reinhard Federmann，1923-1976），奧地利作家、記者、出版人、翻譯家、奧地利筆會秘書長，長於寫作冒險、偵探及歷史小説，常與米洛·多爾合作。

4　[參見*Internationale Zone*（1953）。維也納／柏林，1984，72頁及其他各處。]

5　阿爾圖爾·施尼茨勒（Arthur Schnitzler，1862-1931），奧地利小説家、劇作家、維也納現代派文學的代表人物。

同化，早已融入市民階層；在此之外，當然也有一些正統猶太教的東猶太「大袍子」，至少在世紀之交以來，這些「大袍子」就為那些愈來愈好戰的反猶主義者們所詬病。1945年以後，反猶主義作為一種意識形態受到壓制，但不久之後又重新「私有化」[6]地傳播開來，1945到1948年間，約有17萬猶太「難民」暫居維也納（策蘭也是他們中的一員），這又重新喚起了之前對假想特權者的嫉妒。和戰後德國一樣，在此時的維也納甚至整個奧地利，「清結過去」幾乎是不可能的；現在，策蘭在大德意志帝國的前國民中，真切地體驗到日常生活中的反猶主義。

不過在初到維也納的日子裡，也有著讓人振奮的經歷。阿爾弗雷德・馬爾古－施佩貝爾寫信給維也納詩人兼《計畫》[7]雜誌出版人奧托・巴西爾，盛讚策蘭並建議這位同行出版他的詩歌作品。[8]對於馬爾古－施佩貝爾的讚譽，巴西爾表示了特別的贊同──繼特拉克爾之後，再沒有詩人像策蘭一樣給他留下如此深刻的印象；這位受到表現主義和超現實主義影響、勇敢的反納粹鬥士巴西爾品味極高，這一點我們通過《計畫》（1937年被禁前已出版三期，後又於1945年重新開始發行）就能看出：它已刊登過伊爾莎・艾興格爾[9]、埃里希・弗利特[10]和弗德里克・邁勒克[11]等新銳作家

> [……] 我想告訴您，保羅・策蘭就是那個能夠代表我們東西方風貌的詩人，是我半世以來翹首盼望的那個詩人。對他而言，這樣的嘉許毫不誇張。[……] 我個人認為，策蘭的詩是唯一可以與卡夫卡的作品相媲美的詩歌。
>
> 阿爾弗雷德・馬爾古－施佩貝爾，致奧托・巴西爾的信，1947年。

6　[Albrich（參見本章註2），180頁。]
7　《計畫》雜誌（*Plan*）的頭三期出版於1938年，後終止出版，1945年重新面世，1948年又因經濟問題最終停刊。該雜誌的存在時間雖短，但卻是奧地利戰後最重要的文學、文化雜誌之一。雜誌出版人奧托・巴西爾（Otto Basil[1901-1983]）將《火炬》雜誌的卡爾・克勞斯（Karl Kraus）引為典範，通過《計畫》向讀者介紹了許多戰時被納粹查禁的藝術流派，其中也包括超現實主義。
8　[引自Basil（1971），102頁。]
9　伊爾莎・艾興格爾（Ilse Aichinger，1921- ），具有一半猶太血統的奧地利作家、戰後德語文學代表人物。
10　埃里希・弗利特（Erich Fried，1921-1988），具有猶太血統的奧地利詩人、作家、翻譯家、莎士比亞作品的重要德語翻譯者、「四七社」成員、戰後德語政治詩的代表人物。
11　弗德里克・邁勒克（Friederike Mayröcker，1924- ），奧地利作家、奧地利戰後最重要的女詩人之一。

的作品。1948年2月，策蘭的詩在《計畫》雜誌絢爛的文學氛圍中登場了，選登詩篇數量之大（達17首之多），引人側目。不過，受到1947年末貨幣改革的影響，這份曾經輝煌的雜誌在此之後便不再發行；1948年2月2日，策蘭在給布加勒斯特的馬爾古－施佩貝爾的信裡這樣寫道：

> 然後停滯就出現了，鐘就停在那裡，那是一只劣質的鐘。它原本就沒有數字，現在連指標也停了下來。拜望過幾次巴西爾，有一些朋友、還有一些廢話和討論，這一切都引不起我的興趣。除此之外，別無其他。

可是，幾乎在同一時候，策蘭自己又否認了這種「除此之外，別無其他」的狀況。彼時，一名新的提攜者正進入他的話題中心，那便是與巴西爾和《計畫》走得頗近、來自薩爾州

策蘭在維也納，約1947-48年間。

（Saarland）的超現實主義畫家愛德格·熱內[12]——「他成了我在此地的施佩貝爾——哦，當然要比您小一些！」[13]有時他甚至就住在熱內在阿爾坦廣場（Althanplatz）的工作室裡。與策蘭自己的悲觀描述相反，這位年輕人在短短幾周內便擁有了許多新朋友，還打入了超現實主義畫家和文學家的維也納圈子；這個圈子雖然很小，但充滿活力，是納粹統治結束後新文化生活的焦點之一。1948年4月3日，策蘭在阿伽松

12 愛德格·熱內（Edgar Jené, 1904-1984），活躍於德、法語文化圈的超現實主義畫家。
13 [Margul-Sperber（1975），50頁。]

（Agathon）畫廊的一次超現實主義展覽中朗誦了一些超現實主義詩歌（其中也有他自己的作品）。然而，他與這個圈子的親近卻一直有限；在寫給施佩貝爾的一封信裡，策蘭——用與平時一樣的一種調侃口吻——將自己描述成「超現實主義『教皇』熱內手下最富影響力的（唯一的）紅衣大主教。」[14]

第一次嶄露頭角後不久，策蘭幾乎在同一時間再次露面於德語世界。馬爾古－施佩貝爾不僅給維也納的巴西爾寫了信，他還致函給蘇黎世大名鼎鼎的《行動》（Tat）雜誌副刊主編邁克思·里希納[15]；1948年2月7日，此雜誌即刊登了策蘭的七首詩，但同時也附上了一份不甚準確的作者生平。里希納是一位有主見的傑出鑒賞家，策蘭能找到他作自己的代言人，其間意義實屬非凡。

1948年的維也納文壇，已經出現了各種圈子和傾向。雖然一些著名流亡作家如：穆齊爾[16]、韋爾弗爾[17]、霍瓦特[18]、茨威格[19]、和恩斯特·魏斯[20]皆已不在人世，另一些流亡作家尚未歸來，如布羅赫[21]、施佩貝爾、卡內蒂[22]、或年輕的埃里希·弗利特以及簡·

---

14 [Margul-Sperber（1975），50頁。]

15 邁克思·里希納（Max Rychner，1897-1965），記者、作家，1939-1962年間任蘇黎世《行動》雜誌文化編輯並由此成為德語文化圈中最重要的文學評論家之一。

16 穆齊爾（Robert Musil，1880-1942），奧地利作家、戲劇評論家，1938年流亡瑞士蘇黎世，後遷居日內瓦並終老於此地。

17 韋爾弗爾（Franz Werfel，1890-1945），奧地利作家，1938年流亡法國，後幾經輾轉最終前往美國並終老於此。

18 霍瓦特（Edmund Josef von Horvth，1901-1938），奧地利-匈牙利作家，出生於克羅地亞，1913年隨父遷居慕尼黑並開始學習德語，1920年開始從事寫作，1933年為逃避納粹政府離開德國，遷居奧地利，1938年奧地利被德國吞併後又流亡布達佩斯等地，1938年6月1日，因在暴風雨中被樹枝砸中而斃命於巴黎。

19 茨威格（Stefan Zweig，1881-1942），奧地利作家，1934年流亡倫敦，1940年轉居巴西，1942年與妻子雙雙自殺於巴西里約熱內盧附近的派特波利斯（Petrópolis）。

20 恩斯特·魏斯（Ernst Weiß，1882-1940），奧地利作家、醫生，1934年流亡巴黎。1940年德軍進駐巴黎，作家在旅館房間裡割腕服毒自殺。

21 布羅赫（Hermann Broch，1886-1951），奧地利作家，1938年德國吞併奧地利後曾被短期拘禁，後流亡美國，1951年在美國去世。

22 卡內蒂（Elias Canetti，1905-1994），出生於保加利亞的德語作家，1981年諾貝爾文學獎得主，1912年父親去世後隨母遷居維也納並開始學習德語，1938年德國吞併奧地利後流亡巴黎，次年移民倫敦，1972年轉居蘇黎世並終老於此。

艾默瑞[23]；但這裡已經出現了生機盎然、多姿多彩的文學生活。在長達數年的時間裡，策蘭曾經的同學阿爾弗雷德・貢也屬於其中一員；他們倆都於1920年出生在切爾諾維茨，1941年，貢的父母被俄國人劃為「布爾喬亞」，被流放至西伯利亞。貢自己——直到1949年他的名字還是「阿爾弗雷德・利夸尼克」（Alfred Liquornik）——則被羅馬尼亞人送進了德涅斯特河東岸地區。1942年底左右，他逃離集中營，來到布加勒斯特，並一直在此過著拮据的生活；後來他先策蘭一年潛逃至維也納，在維也納期間，他當過記者、家庭教師和戲劇顧問，1951年又從那裡移居紐約。貢與策蘭在布加勒斯特就已見過面，現在又重逢於維也納；這顯然是場意外的重逢。貢也寫詩，他帶來了160多首詩交給策蘭閱讀，後者在他的要求下對其詩歌進行了認真的修改。

我們現在看到的1941到1945年間這批出自貢之手的手稿，就附上了策蘭的大量修改意見，成為重要的文獻資料；策蘭給出的修改意見很多，不過明顯可以看出，詩人有意將自己的修改限定在風格上的變更，或韻律上的和諧化等方面。由這些資料也可以看出，在來自布科維納的同輩詩人中，後來在美國出版過兩冊詩集《草和Ω》（*Gras und Omega*）和《宣言α》（*Manifest Alpha*）的阿爾弗雷德・貢，是除策蘭以外，最有才華、最具魅力的一位；和魏斯葛拉斯的作品一樣，他的詩受到海涅的影響，但它們又比魏斯葛拉斯的作品更為激進，它們完全是嘲弄的、譏諷的，充滿了「像烏鴉一般的黑色幽默」。策蘭離開維也納之後，兩位詩人就失去了聯繫。[24]

沒有確切的證據能夠證明策蘭在維也納的半年裡，是否重新見到年輕時代的好友埃里希・艾因霍恩。正如我們曾經說過的那樣，艾因霍恩於1941年去了蘇聯；1944年7月1日，他曾從基輔寫信

23　簡・艾默瑞（Jean Amry，1912-1978），奧地利作家，1938年離開維也納，流亡比利時，1940年被送往法國南部的集中營，1941年成功出逃後參與了反納粹的抵抗活動。戰後，作家仍留居比利時的布魯塞爾。1978年，在奧地利薩爾茨堡（Salzburg）一家旅館裡自殺身亡。

24　[參見Alfred Gong：*Early Poems. A Selection from the Years 1941-1945*. Hg. v. Jerry Flenn u. a. Columbia / S. C.（附有策蘭對這些詩歌的修改建議），特別參見13-24頁。]

給策蘭。他先是繼續在大學裡學習，後來作為紅軍一員，在柏林朱可夫（Shukow）元帥的總參謀部裡充任翻譯。現在，我們已無法確切知曉艾因霍恩（逝世於1974年）所説的和策蘭的碰面，具體發生在何時何地。無論如何，我們在艾因霍恩的遺物中找到了所謂「1944年打字稿」的珍貴樣本，以及刊有策蘭詩歌的《計畫》雜誌；前者只可能是他在維也納時直接從朋友手中得到的。説來也許有些荒謬，但根據當時的時局，我們可以想見，如果他們真的曾經相逢，這樣的會面一定是偷偷摸摸的：艾因霍恩是蘇維埃官員、機要人士，而策蘭則是由當時從蘇聯領土而來的逃亡者。[25]

下面，我們還是回到文學生活。在維也納，不僅有圍繞在巴西爾和熱內周圍、聚在「超現實主義黑紅大旗」下的極前衛的小團體，也有綱領不那麼明確的新生文學，它的導師和支持者是漢斯・魏格爾（Hans Weigel）。魏格爾生於1908年，1945年從流亡地瑞士歸來，他很快就認識到年輕一代的巨大才華，其中尤為出眾的是於1947年末出版長篇小説《更大的希望》（*Die größere Hoffnung*）的伊爾莎・艾興格爾，以及英格柏格・巴赫曼。魏格爾幾乎每天（到了五〇年代早期變得更為頻繁）都會在萊蒙德（Raimund）咖啡館和他的那些年輕門徒們碰面，閱讀、讚揚或是評判他們的文章，並協助他們作品的出版事宜。經常出入於這個圈子的還有其他兩位（均出生於1923年的）作家：他們是因反納粹而遭嚴刑拷打（其第一部小説《休假的死者》[*Tote auf Urlaub*]講的就是這件事）、原籍塞爾維亞的米洛・多爾，以及家人淪為納粹犧牲品、本人深受命運重負的賴因哈德・費德曼。[26]在維也納的半年時間裡，策蘭和他們結下了真摯的友誼；多爾對維也納期間和策蘭相處情況的一段回憶，正説明了當時的氛圍：「對於納

25 [參見Einhorn（1998），特別參見前言部分，11頁。]
26 [參見Dor（1988）。] 賴因哈德・費德曼的父親原本在州高級法院工作，德軍進駐奧地後，因其半猶太人身份而失去工作。賴因哈德及其兄在高中畢業後被徵入伍。賴因哈德的哥哥在戰爭中失去一條腿，他本人被蘇軍俘虜後，被軍方報為失蹤，其弟因不願加入黨衛軍而計畫逃亡瑞士，行動失敗後去世，其母在戰爭結束前一年去世。絕望的父親最終選擇死亡，於1944年冬投多瑙河自盡。戰後，身負戰爭之痛的三兄弟選擇了不同的面對方式：哥哥遁入宗教，弟弟因失望於人際的冷漠，且對父親之死一直心存內疚，最後也如父親一樣選擇自殺，賴因哈德本人則選擇文字書寫的道路。

粹和共產主義分子，我們都抱著相同的觀點，我們不再有幻想，但仍為自己保有一些希望，否則，我們將無法繼續活下去。」[27]

在漢斯‧魏格爾的圈子裡，策蘭碰見——也許是在1948年1月20日[28]——那個後來成為他偉大愛人的女人：英格柏格‧巴赫曼。她比策蘭小6歲，在策蘭到來時已經在維也納學習了一年多的哲學，後來以《對馬丁‧海德格存在主義哲學的批判接受》為題撰寫博士論文，並於1950年3月憑著這篇論文獲得哲學博士學位。在文學方面，她也頗有抱負，不過這體現於非詩體文字的寫作計畫（也就是後來幾乎被她自己全盤否定的小說《無名的城市》[*Stadt ohne Namen*]），而非詩歌寫作。這段時間裡，英格柏格‧巴赫曼和比她年長許多的漢斯‧魏格爾生活在一起，可是年輕人間的相互吸引是如此強烈，在新的愛情面前，舊愛情迅速褪去顏色。魏格爾在他1951的作品《影射小說》（*Schlüsselroman*）和《未完成交響曲》（*Unvollendete Symphonie*）中公佈了他自己對這段「三角關係」（按照他自己的說法）的說法[29]，而由於我們無法看到巴赫曼和策蘭之間曾有的大量書信往來，這兩位離群索居的作家又小心翼翼地嚴守自己的心靈機密，所以隱藏在他們相遇背後的秘密讓人無從知曉。不過，我們還是能夠從詩學上覓得見證——兩人的詩歌和巴赫曼的文章，它們向讀者展示了這段情感經驗的豐富性和其間令人心痛的矛盾，使人難以忘懷。這是藉助文學而進行的通信，有交流，亦有交鋒；它們開始於1948年，超越了策蘭的死亡，一直延續到1973年，巴赫曼生命的最後一年。在引用這些證據之前，需要特別聲明，不可將此類文章混淆為嚴格的傳記文字。但是，依兩位作家自己的看法，「文學虛構和生平傳記間又有著絲絲縷縷無法截然分割的關係」[30]。在巴赫曼晚期的一篇短篇

---

27 [同上，209頁。]

28 [參見Lütz（1996）。按照一種說法，策蘭與巴赫曼首次相遇於熱內的工作室。另一版本則將第一次的相遇地點說成國際勞工局（Internationales Arbeitsamt）。]

29 [參見*Unvollendete Symphonie*（1951）。格拉茨／維也納／科隆，1992，175及下文。最近，公佈了70多封1948-1953年間巴赫曼寫給魏格爾的信。在這些書信中，策蘭也佔有一席之地。參見1998年8月14日的《Die Presse》（維也納）。]

30 [克利斯蒂‧科舍爾（Christine Koschel）：「《瑪利娜》是對詩歌的唯一影射。」見：Böschenstein／Weigel（1997），19頁。]

小説〈去湖邊的三條路〉（*Drei Wege zum See*）中，一位名叫特羅塔（Trotta）的男子和年輕女子伊莉莎白（Elisabeth）相遇：

> 最初的日子裡，她尋覓和逃避著特羅塔，他也尋覓和逃避著她。那段時光是她少女時代的終結，是她偉大愛情的開端，[……] 同時也是最不可思議、最艱難的歲月，被誤解、爭執、自說自話、猜忌所困擾，但他至少在她身上留下了印記，[……] 因為他，由於他的出身的緣故，讓她意識到了很多東西，因為他，一個真正的流亡中人、一個無望的人，使她，一位冒險家，一位真正知道為了自己的生活要從這個世界得到些什麼的人，變成了一位流亡者，因為他，在他死後，才慢慢裏挾著她同自己一起走向毀滅，因為他使她遠離那些奇蹟，並使她認識到，異鄉即是宿命。[31]

我們應該知道，「伊莉莎白」不是巴赫曼，「特羅塔」也不是策蘭，此外也要小心其間「二十多年」（引自同一段）的距離。這段小說向我們説明了此處所言的這種兩難愛情的本質；英格柏格‧巴赫曼不是猶太人，由於「德奧聯手」[32]，在十二到十九歲間，她更是大德意志帝國的國民。在維也納期間，特別是她和策蘭的相遇，使她徹底意識到，納粹時代在本質上便是世界史上最大規模的集體殺戮，是對猶太人的屠殺；所以她和策蘭的相遇，和這位「真正的流亡中人、一個無望的人」的遭遇，從一開始就潛藏著生疏，這生疏又很容易轉化為疏離。

策蘭對這一局面的認識特別表現於〈在埃及〉（*In Ägypten*；I，46），該詩作於1949年初。1952年詩集《罌粟和記憶》（*Mohn und Gedächtnis*）出版時，策蘭曾贈送給巴赫曼一冊；贈書中，〈在埃及〉與其他22首詩一同被標注上了「f. D.」[33]。詩中，這

---

31 [參見Bachmann：*Werke 2.* 慕尼黑／蘇黎世，1978，415-416頁。]

32 原文為「Anschluß」，該詞本義為「聯合、結合、結為好友」，在此特指納粹德國1938年對奧地利的吞併。

33 [Koschel（參見本章註30），17及22頁。〈她梳著她的髮〉（*Sie kämmt ihr Haar*）一詩標有「u.f.D.（並獻給你）」字樣。]

位與自己達成對話──「你要向著陌生人的眼睛說話：你就是水」──並模仿十誡的形式寫下九大誡命的人，以猶太人的身份待在埃及，按照《聖經》的說法，即待在陌生之地，待在陌生人中。同樣的說法也適用於愛情。在策蘭與巴赫曼的現實裡，這種「陌生愛情」的危險始終存在。除了他們個體間的相互吸引，兩者對於德語文學語言和奧匈王朝文化傳統還有著令人欣喜的共同熱情，對於納粹統治及其罪行，他們也懷著同樣的仇恨態度；與此同時，出身和經歷上的截然不同，又將他們永遠分離：一邊是被有時過於強大的負罪感所困擾的猶太人，一邊是德意志－奧地利公民──雖然當時年輕的她對這一身份毫無覺察。不過他們的相遇，還是成為了眾多偉大愛情詩的靈感來源。

英格柏格・巴赫曼，1952年。

策蘭的詩歌作品不僅存在於有關死亡和死亡願望的符號中，它也存在於情愛的符號間。1955年獻給妻子吉澤爾・策蘭－萊斯特朗熱（Giséle Celan-Lestrange）的詩集《從門檻到門檻》（*Von Schwelle zu Schwelle*）即可為證。[34]寫於1948年的〈花冠〉（*Corona*）是此類詩歌的典範之作。在結構經過特別安排的詩集《罌粟和記憶》（1952）中，該詩被放在兩曲亡靈和聲──具有強烈挑釁與瀆神色彩的〈晚來深沉〉（*Spät und tief*）與（較早寫成的）〈死亡賦格〉──之間。

34 [參見Bevilacqua（1998）。]

花冠

秋從我的手上食它的葉：我們是朋友。
我們將時間從堅果中剝出並教它行走：
時間重又回到殼中。

在鏡中是周日，
睡在夢鄉，
嘴吐出真言。

我的眼向下落到愛人的性器上：
我們相互端詳，
我們說著暗語，
我們相愛如罌粟和記憶，
我們睡了像酒在貝殼裡，
像海，沐浴在月亮的血色光芒裡。

我們相擁在窗中，他們從街上望著我們：
是讓人知道的時候了！
是石頭終要開花的時候了，
是心兒不安跳動的時候了。
是時間成為時間的時候了。

是時候了。　　　　　　　　　　　　　　（I，37）

從《聖經》到里爾克的著名詩篇〈秋日〉（*Herbsttag*），這種「是時候了」的昭告有著悠久的傳統，它們大都與對主的祈求聯繫在一起。不過，此處沒有類似的祈求，這裡有的是愛的行為，是一場已實現的愛情，「如罌粟和記憶」，沿著神秘的道路而下，將令人迷醉的遺忘與對死者堅定不移的懷念聯繫在一起，不顧死亡的恐怖，以此使「是時候了」這一烏托邦的一刻成為現實。迷人的超現實畫面（如：「石頭終要開花」）用語言將這一刻攝下。其他一些詩，如：〈影中婦人之歌〉（*Chanson einer Dame im Schatten*）、〈夜光〉（*Nachtstrahl*）、〈遠頌〉（*Lob der Ferne*）、〈整個生命〉（*Das ganze Leben*）、〈在旅途中〉（*Auf Reisen*）、〈火印〉（*Brandmahl*）、〈結晶〉（*Kristall*）或〈安靜！〉（*Stille!*）（其中一些寫於1948到1949年的巴黎），也以類似方式喚起了這神秘的一刻。此處，那些超現實主義的畫面的生成方式無可仿效，它們完完全全是策蘭所獨有的。

策蘭雖然後來遷居巴黎，但在長達十多年的時間裡，他與巴赫曼的交往對雙方而言依然都有著非凡的意義，直到1961年二人才終止通信，然而，對這段偉大愛情的回憶一直還是強大的，巴赫曼大型的未完成長篇小說《瑪利娜》（*Malina*），以一種感人至深的方式為此做出印證。她自己將這部小說稱為「虛構的自傳」[35]，收錄於其間的一個短篇〈卡格蘭公主的秘密〉（*Das Geheimnisse der Prinzessin von Kagran*），完成於1970年策蘭去世前，後來又作了大幅的修改。改寫後，兩千多年前美麗的公主和「黑衣陌生人」的邂逅一直延續到男子死亡。公主和這位陌生人有過兩次邂逅，「他黑色溫暖的眸子裡閃著笑意，向下凝視著她」並「將她從近乎死亡的睡眠中喚醒」。誠摯的對話還有可能——「公主和陌生人開始交談，就像自古以來那樣，當其中一個說話的時候，另一個就微笑著。他們說著一些明白的或是隱諱的話。」第二次相遇時，那個陌生人仍無法陪伴她，因為他必須返回他的族群，「它比世上一切族群更為古老，[……] 它消散在

---

35 [Bachmann，153頁。（參見導言註27）]

一切風中」[36]。之後，「陌生人的夢」又繼續這個「傳說」並將它引向可怖的結局。第三次，這個女性形象（現在不再是公主，而是講述者本人）又遇見了陌生人，大家一起等待著被遣往集中營。在一次誠摯而親切的交談後，便是新的、也是最終的分別，講述者（曾經以卡格蘭公主的身份出現）夢見了愛人的流放，他被裝在貨車裡穿越多瑙河——以及他的死：

> 我的生命終結了，因為他在流放中溺死在河裡，他是我的生命。我愛他甚於我的生命。[37]

「他在流放中溺死在河裡」這句簡短的話，是1945年後德國文學中的重要句子之一。這個被時代恐怖烙下印記的人，他的身世被濃縮為一句話，它告訴我們，是對猶太人的流放和殺戮，在25年後導致了他的死亡。從夢境講述的層面看來，這句話——被流放者的隊伍穿過多瑙河——是說得通的，然而它更深層的真意卻存於另一層面：溺死只是死亡的方式，對猶太人的集體殺戮以及由此而產生的倖存者之疚，才是死亡的緣起。在小說的這一部分，多處引用了策蘭獻給巴赫曼的詩（如：〈花冠〉和〈安靜！〉），這讓我們覺得一切有關「陌生人」的場景都暗指策蘭。[38]早在詩集《延遲的時光》（*Die gestundete Zeit*，1953）的幾首詩裡，女作家就第一次對策蘭的詩句作出了應答，如：〈道出晦暗〉（*Dunkles zu sagen*）和〈巴黎〉（*Paris*）。所有這些文本交織在一起，形成了一種嚴肅而縝密的跨文本遊戲，別有深意地留存下兩位作家的交往。

保羅‧策蘭第一部獨立成書的出版物並非詩集，而是一篇配有三十幅超現實主義石版畫（出自畫家朋友愛德格‧熱內之手）的非詩體文字的書。1948年8月，作家離開維也納以後，他的《愛德格‧熱內與夢中之夢》出版，這本小冊子是一部綱領式的宣

36　[Bachmann: *Werke 3*. 慕尼黑 / 蘇黎世，1978，68-69頁。]
37　[同上，195頁。]
38　[巴赫曼自言：「《瑪利娜》是對詩歌的唯一影射。」（Koschel，參見本章註30）；1981年後又出現了許多相關證據。]

言，策蘭在這裡正式宣判理性的王水[39]和被神聖化的理智不是詩的源泉，由此二者不能生成新而純粹的東西，新而純粹的東西存於靈魂的深海；逆著第三帝國終結時遺留下來的千年重負，逆著被燒盡的意義賦予，作者進行了一種特別創造，這創造：

> 源自精神中最遙遠的區域，圖像與手勢，如夢如幻，相互掩映，相互闡明，[⋯⋯] 在那裡，陌生的與最陌生的相結合。

他的心現在感受到——作家繼續寫道——「在那裡，縈繞於我腦際的是新的、持續不停的自由運動的規則，是那自由的體驗。」（III，155-161）。

一個月之後，維也納的一家小出版社塞克斯爾（A. Sexl）出版了策蘭的第一部詩集《骨灰甕之沙》（*Der Sand aus den Urnen*），印數五百冊，收錄了從1940年代初到1948年這段時間裡的48首詩（其中也包括〈死亡賦格〉），完全符合上面那段受到超現實主義啟發而作的宣言。然而策蘭同時從巴黎發出電報，通知出版社銷毀這批書，因為這次出版「毫無影響可言」，作家對書中存在的大量印刷錯誤也大為惱火，它們在不同程度上歪曲了作者的意圖；他還收回了附在書中的兩幅熱內石版畫的使用許可。最後，在短短幾個月的時間裡，詩集的整個構想也讓他覺得頗為不妥。於是，雖然在1948年已出版兩部作品，這位第二次世界大戰後最重要的詩人，在之後長達四年的時間裡，卻仍舊沒沒無聞。不過，對於要成為一名德語詩人的人生計畫，他卻已不再猶豫。1948年8月，他從巴黎寫信給以色列的親戚：

> 你們看到了，我試圖告訴你們，在這世上沒有什麼可以讓一位詩人放棄寫作，即使他是一名猶太人，而他詩歌的語言是德語。[40]

39　硝酸與鹽酸的混合物，具有極強的腐蝕性。
40　[Rosenthal（1983），403頁。]

　　離開維也納前不久，策蘭通過英格柏格・巴赫曼的介紹，結識比他小七歲的年輕未來藝術史家兼詩人克勞斯・德穆斯[41]，和德穆斯日後的妻子安娜（納尼）・邁爾（Anna [Nani] Meier），他們後來成為他生命中最親密的朋友之一；但即使是友情，也無法將策蘭留在維也納，「我在陌生人前歌唱」，作於這一時期的一首詩裡如是寫道。在餘下的生命時光裡，他去往了一個全新的、仍舊陌生的語言環境——巴黎。

策蘭與克勞斯・德穆斯和安娜・邁爾，1955年2～3月間攝於英國倫敦橋。

41 克勞斯・德穆斯（Klaus Demus，1927- ），奧地利藝術史家、詩人。

羅・策蘭在巴黎16區隆尚路78號住處，1958年。

巴黎 I

從「美的詩」到「灰色的語言」
巴黎 ／ 1948—1958

「我是那個不存在的人」
德國的，猶太的，俄國的 ／ 1958—1963

〔上〕保羅・策蘭與摯友猶太裔學者
　　伊薩克・席瓦（Isac Chiva）在
　　巴黎拉丁區聖日爾曼大道，
　　1948年。

〔右〕保羅・策蘭與姑媽貝爾塔・
　　安徽爾在巴黎，1951年。

第五章

從「美的詩」到「灰色的語言」

巴黎 / 1948—1958

在巴黎生活了三個季度後，保羅‧策蘭於1949年3月3日寫信給蘇黎世的邁克思‧里希納：

> 我在這裡很孤獨，在這個奇妙的城市裡，我不知所措，除了法國梧桐樹上的葉子，我在此地一無所有。然而，我堅信 [……] 在我的孤獨中，或者正是藉著我的孤獨，我聽到了一些東西，這是那些才剛發現特拉克爾或卡夫卡的人未曾聽聞過的。[1]

這裡出現了一些重要的關鍵字，它們反映了策蘭在巴黎的生活與寫作狀況，也預言了1952年後，作家與作品在聯邦德國所遭遇的誤讀。初抵巴黎，諸事不易，策蘭回想著在布加勒斯特度過的時光，才發現那些日子還算不得流亡，那時他還有許多朋友，周圍的環境並不陌生，第一份用以謀生的工作也頗為合意；之後的維也納生活，大概才可以被視為半流亡狀態，他不是奧地利公民，找不到合適的工作，經濟上常顯得窘迫，雖然有一些親密的朋友和熟人，最後也確實進入文學圈，可是在那個城市處處都能感到納粹的歷史，它們已成為現實的一部分。現在，策蘭移居巴黎，最後的遷居終於使他陷入了真正意義上的終極流亡。

---

1 [引自Allemann（1993），287頁。]

避居異鄉，其實是一種逃離，逃離德國，逃離德國人，逃離由說德語者構成的那種揮之不去的氛圍。現在，在巴黎，他第一次變得什麼都不是：沒有國籍、沒有財產、沒有工作、沒有姓名；好幾年後，他才重新在這些方面獲得認可。1938到1939年間，策蘭曾前往學院路，拜訪住在那裡的舅舅布努諾·施拉格（他後來也被奧許維茲的毒氣奪去了性命），學院路與索邦大學（Sorbonne）離得很近，策蘭就住在這條街上，棲身於簡陋的奧爾良旅館（Hôtel d'Orléans）；直到1953年，這個小旅店一直是作家的棲身之所。雖然還有一位遠房阿姨希爾德·埃爾利希（Hilde Ehrlich）²，但從根本上說，身處巴黎的策蘭是形單影隻的，所以

策蘭在巴黎的居所：

1948-53年	奧爾良旅店（後更名為絮利旅館，[Hôtel de Sully]），第5區學院路31號，索邦大學附近
1953-55年	16區洛塔路5號
1955-57年	16區蒙德維的亞路29號乙
1957-67年	16區隆尚路78號
1967-69年	第5區杜納福爾路24號
1969-70年	15區左拉大道6號

憂心忡忡的邁克思·里希納才不無道理地希望，這個城市「不要太過嚴苛地」對待這位年輕作家³。

1950年左右的巴黎知識份子圈和藝術圈多姿多彩，瓦爾特·本雅明稱它為「19世紀之都」。從海涅到貝克特⁴，這座城市長期以來就是那些自願或非自願流亡者的聖地；里爾克在這裡寫下了對策蘭而言意義非凡的《馬爾泰手記》（*Die Aufzeichnungen des Malte Laurids Brigge*）；超現實主義者布列東、阿拉貢和艾呂雅，畫家畢卡索、恩斯特⁵、布朗庫西⁶，以及存在主義思想家卡繆和沙特（Jean-Paul Sartre）也生活在此；這裡甚至有一個頗具影響的羅馬尼亞人圈子，圈中最重要的領袖人物是崔斯坦·查拉、伊歐涅斯

2　[參見Silbermann（1993），42頁。]

3　[引自Allemann（1993），287頁。]

4　貝克特（Samuel Beckett, 1906-1989），法國作家，1969年獲諾貝爾文學獎。其劇作從內容到形式都表現出強烈的反傳統性。成名作《等待果陀》也是戰後法國舞臺上最叫座的戲目之一。

5　恩斯特（Max Ernst, 1891-1976），德國畫家、雕塑家、拼貼藝術家，超現實主義的創始人之一。

6　布朗庫西（Constantin Brancusi, 1876-1957），羅馬尼亞人，20世紀現代雕塑的先驅。

科[7]、米爾恰·伊利亞德[8]以及後來的蕭沆[9]；亨利·米肖[10]和勒內·夏爾[11]（有時）也在巴黎生活和寫作。他們中的有些人，後來對策蘭產生了重大影響，策蘭翻譯了他們的作品，也與他們結下親密的友誼；然而那都是他移居巴黎比較久之後的事情了。

　　從1948到1952年的這段日子裡，策蘭經歷了——借用布萊希特（Bertolt Brecht）所創造的說法——「平川上的不易」[12]。在漢斯·魏格爾出版的《現代之聲1951》（*Stimmen der Gegenwart 1951*）中，收錄了策蘭的幾首詩，並附有一段有關生平的簡短介紹：「他以當工廠工人、口譯員和筆譯維生，艱難度日。」[13]巴黎生活期間，他的第一份（為了謀生的）文學翻譯工作是讓·考克多[14]的《金色簾幕》（*Der goldene Vorhang*，1949年出版），後來他又翻譯了許多其他作品；1953到1955年間，因為經濟上的緣故，策蘭還翻譯了喬治·西默農[15]的兩部偵探小說《梅格雷搞錯了》（*Hier irrt Maigret*）、《梅格雷與可怕的孩子們》（*Maigret und die schrecklichen Kinder*）。但這次西默農作品的翻譯工作未能得到基彭霍伊爾 & 維馳出版社（Kiepenheuer & Witsch Verlag）的好評；出版前，策蘭為自己辯解：那平庸的原著根本無法給他靈感[16]。在這些翻譯工作之外，策蘭還做過德語和法語家教，最初的那段

7　伊歐涅斯科（Eugène Ionesco，1909-1994），荒誕派劇作家，生於羅馬尼亞，1940年移居法國，1970年當選為法蘭西學院院士。關於他的作品評價褒貶不一，是法國乃至當代西方劇壇最具爭議的劇作家，也是「荒誕劇場」的奠基人。

8　米爾恰·伊利亞德（Mircea Eliade，1907-1986），羅馬尼亞人，西方著名宗教史家，戰後在包括法國在內的許多歐洲國家的大學內任教，1956年移居美國。

9　蕭沆（Émile Michel Cioran，1911-1995），羅馬尼亞作家、哲學家，1937年移居法國。

10　亨利·米肖（Henri Michaux，1899-1984），法語詩人、畫家，生於比利時，1924年移居巴黎。他藉助東方神秘主義與迷幻藥進行顛覆性寫作，其詩歌直接呈現個體的潛意識與神話原型，語言不再是表達或修飾的工具，而成為映射另一種維度存在的鏡子。

11　勒內·夏爾（René Char，1907-1987），法國詩人，20世紀重要的歐洲作家之一。

12　布萊希特在談到法西斯統治結束後民主德國所面臨的狀況時說：「我們已將山川的不易拋到了身後，擺在我們面前的是平川的不易。」

13　[*Stimmen der Gegenwart*.維也納，1951，168頁。]

14　讓·考克多（Jean Cocteau，1889-1963），法國詩人、小說家、導演、畫家、劇作家、音樂評論家、同性戀者和癮君子、法國文化圈的傳奇人物。

15　喬治·西默農（Georges Simenon，1903-1989），比利時法語作家，發表過大量的犯罪心理分析小說和偵探小說，以寫梅格雷探案而聞名於世。

16　[*Fremde Nähe*，245頁。]

日子裡，這位沒有國籍的人就是這樣聊以
維生；後來他很高興一切終於過去。從一
開始，他就一直待在拉丁區的大學圈中。
大約在1948年秋，策蘭註冊入學，成為一
名大學生，這一次主修的是日耳曼文學
和普通語言學；耽擱了四年之後（上一次
在大學就讀是1944到1945年間），策蘭終
於又能夠再次全身心地投入語言和文學
研究。1950年7月，他獲得文學學士學位
（Licence ès-Lettres），圓滿完成學業，後
來又提交了一篇有關卡夫卡的碩士論文，
學籍則一直保留到1953年。

策蘭翻譯的喬治·西默農的《梅格雷
在學校》（*Maigret à l' école*，德譯名
為《梅格雷與可怕的孩子們》），第
一版，基彭霍伊爾&維馳出版社，科
隆-柏林，1955年。封面：維爾納·拉
貝（Werner Labbé）。

　　可是，策蘭的本意是成為一個作家，一個為公眾所認可的
作家。在這方面，他卻沒有像樣的進展；維也納的兩次亮相似

1950年出版的《超現實主義讀物》第
一期。出版人：愛德格·熱內·馬克
斯·霍爾茨，克拉根福出版社的約瑟
夫·海德（Josef Haid），卷首畫是愛
德格·熱內的作品。

乎都未能引起太大反響，1949到1950
年間發表的新作也少得可憐：《轉
變》[17]雜誌刊發了幾篇詩作，蘇黎世
里希納的《行動》登載了箴言集《逆
光》（*Gegenlicht*），在漂亮的小冊子
《超現實主義讀物》（*Surrealistische
Publikationen*）上也收錄了作家自己的
詩歌和他翻譯的布列東、埃梅·賽澤
爾[18]以及其他一些人的文章——如此而
已。此外，新寫成的詩歌作品也不多；
在巴黎最初的艱難日子令人沮喪。而
後，大約在1949年末，這位年輕的作家
被捲入了一段文學和人際關係上的糾

17 《轉變》（*Die Wandlung*）：1945-1949年間出版於海德堡的月刊型雜誌，出版人中有語言學
　　家、政治學家、小說家和文化社會學家，刊物強調精神上的革新、責任、自由和人本主義，
　　希望能從精神上指引二戰後西方佔領區的德國人。
18 埃梅·賽澤爾（Aimé Cesaire，1913- ），馬提尼克（Martinique）的法語作家、政治家，在
　　1946年馬提尼克變為法國外省的過程中有重大貢獻，同時也是當代最著名的黑人作家之一。

紛，這件事對於他的整個人生而言非同小可，最後也給他造成災
難性的後果：那便是與伊萬・戈爾和克蕾兒・戈爾夫婦的相識。

　　在庫爾特・品圖斯[19]著名的表現主義詩歌集《人性的曙光》
（*Menschheitsdämmerung*）中，戈爾這樣介紹自己：「伊萬・戈爾
沒有家鄉：命運使他成為猶太人，偶然使他出生在法國，蓋著印
章的文書將他指為德國人。」[20]1920年代以後，伊萬・戈爾將法語
作為自己創作的主要語言，後來在美國寫作時他也使用過英語。
來自史特拉斯堡（Straßburg）的戈爾患有嚴重的白血病，從1949
年10月始，他就在巴黎的美國醫院接受治療。11月6日，策蘭帶著
馬爾古－施佩貝爾的祝福來此拜訪他，贈給他自己的第一部詩集
《骨灰甕之沙》；之後策蘭每週都會來醫院幾次，大部分時候是
和克勞斯・德穆斯（他於1949到1950年間在巴黎學習）一同前往。

　　1947年起，戈爾一面著手編撰收錄20年代以來最優秀詩作
的德語詩集（詩集在作家去世後由其妻克蕾兒出版，冠名為《夢
之草》[*Traumkraut*]），一面寫作他的第二部德語組詩集《奈拉》
（*Neila*，出版於1954年）。應伊萬・戈爾之邀，策蘭翻譯了他的
新詩集 *Élégie d'Ihpétonga suivi de Masques de cendre* [21] 中的幾首詩，
這位長者對譯文非常滿意，並表示策蘭可以在他身後繼續這項翻
譯工作。的確，他對策蘭青睞有加，「Paul Celan, poète, habitant à
Paris」[22]成為他1950年2月9日最終遺囑中提到的五個人之一，他甚
至表示，「如果他的全權繼承人，妻子克蕾兒・戈爾 [……] 在他
之前或與他同時亡故，則授權策蘭負責克蕾兒・戈爾與伊萬・戈
爾基金」[23]。

19　庫爾特・品圖斯（Kurt Pinthus，1886-1975），德國作家、戲劇研究者、出版人、評論家。
20　[*Menschheitsdämmerung*。柏林，1920，292頁。]
21　法語，原書中法語原文「Élégie d'Ihpétonga suivi de Masques de cendre」有誤，應為
　　「Élégie d'Ihpétonga suivie de Masques de cendre」，意為「伊培通迦之哀歌，繼以灰燼之面
　　具」。
22　法語，意為「保羅・策蘭，詩人，居於巴黎」。
23　[*Fremde Nähe*，172頁。]

　　1950年2月27日，伊萬・戈爾因病去世，遺孀克蕾兒、策蘭以及其他幾位年輕詩人（如：克勞斯・德穆斯）都沉浸在悲痛之中。出版《夢之草》時，克蕾兒・戈爾還在前言中讚譽這些「年輕的詩人們」，是他們在她丈夫生命的最後幾個月裡借給了他「他們自己的鮮血。是的，他們成群結隊地來到這裡，為了向死者提供最珍貴的救援」；伊萬・戈爾的心臟使「紅色的夢之花成熟了[⋯⋯]，因為它享有十六位詩人的心血」[24]。其中的一位「血液捐獻者」便是策蘭。應遺孀之邀，策蘭欣然接受了翻譯戈爾詩歌的工作，但是沒想到一連串的指控和非難由此開始，並於1960年達到極致。一開始，年輕的作家還無法預見到以後發生的一切；後來，與戈爾夫婦結識的那一刻，成為了策蘭的詛咒對象。

伊萬・戈爾，1949年2月。

　　1949年左右，策蘭第一次重返倫敦。首次認識這座城市，是在1939年的復活節；這一回，他又重新聯繫上了貝爾塔・安徹爾姑媽，還在這裡結識了一批年輕的流亡詩人。這群詩人將來自布拉格的弗蘭茨・貝爾曼・史坦納[25]奉為精神領袖，並定期在埃里希・弗利特家相聚，一起朗誦作品，一起交談；圈子裡的成員還有漢斯・韋爾納・科恩（Hans Werner Cohn）、漢斯・埃西內（Hans Eichner）、喬治・拉普[26]和阿德勒（H. G. Adler）。作為最年輕的成員，米歇・漢布戈爾[27]有時也會參加他們的聚會。不過，這些詩人一直以沿襲古典－浪漫主義傳統為主，策蘭大為讚賞的弗蘭茨・貝爾曼・史坦納尤為如此；因而我們不知道這些倫敦詩

24　[*Traumkraut*。威斯巴登／慕尼黑，1982，7頁。]

25　弗蘭茨・貝爾曼・史坦納（Franz Baermann Steiner，1909-1952），人種學者、詩人、布拉格德語文學界的最後一代人。

26　喬治・拉普（Georg[e] Rapp，1910-1988），作家，原名漢斯・鈞特・阿德勒（Hans Günter Adler），因對特萊希恩施塔特集中營（KZ Theresienstadt）的研究而聞名於世。

27　米歇・漢布戈爾（Michael Hamburger，1924-2007），詩人、散文家、文學評論家、翻譯家，出生於德國，1933年隨家人流亡倫敦，1943-1947年間服役於英國軍隊，後來成為自由作家，又長期任教於多所英美高等學校。

壇上的同行，在多大程度上認識到了策蘭詩歌的意義，不過至少有一個人看到了這一點，那便是小策蘭半歲的埃里希‧弗利特。弗利特的父親在維也納淪為納粹的犧牲品，而他本人早在1938年就已嘗到了流亡的滋味；1950年前後，他賦詩一首以贈策蘭，名為〈誰不會湮滅〉（*Wer nicht ausgeht*），這首詩見證了他對策蘭個人及其已有作品的深刻理解。能達到弗利特這般見地的人並不多；1954年，他在倫敦BBC的德語節目中談到了《罌粟和記憶》，並對此詩集作出了中肯的評價。策蘭和弗利特經常見面，特別是在五〇年代早期，後來兩人間的距離越來越大，以色列的六日戰爭[28]後更是如此；策蘭對於這場戰爭持肯定態度，而弗利特則有所批判。後來，策蘭去世後，弗利特寫了一些詩獻給策蘭，或不時在詩作中對策蘭的詩歌及其自殺行為進行探討，這些都足以證明，策蘭詩歌對弗利特的吸引始終存在。[29]

　　巴黎的朋友圈是逐漸形成的。1950年前後，在巴黎還沒有可以和倫敦相媲美的、屬於年輕詩人的德語圈子；而策蘭身為一名生活在法國人中的說德語者，是陌生人中的陌生人，而且在很長一段時間裡都是如此。當然有些「陌生人」與他走得很近。其中一個便是伊夫‧博納福瓦[30]，兩人的親密友誼一直延續到策蘭去世。博納福瓦回憶道：

> 　　他的笑容很溫柔，雖然這笑容下常常隱藏著因傷痛記憶而產生的激動情緒。他的行為有些隨興，特別是在離開維也納後的最初幾年裡——那段時光屬於學院路的小屋，屬於學生餐廳，屬於那架鍵桿林立如希臘神廟廊柱的舊式打字機，屬於窘困的生活。在熱烈的徹夜長談後，他陪著將要分別一日的朋友穿過夏日的街道，他的頭優雅地向肩上側去。[31]

28　即第三次中東戰爭，發生在1967年6月5日，所以也叫「六五戰爭」。因為以色列「先發制人」地向阿拉伯國家開戰，戰爭僅持續6天，是現代戰爭史上著名的以少勝多的「閃電戰」，以色列將其稱之為「六日戰爭」。

29　[參見Fried：*Ges. Werke*，卷1。柏林，1993，107-108及其他各處。]

30　伊夫‧博納福瓦（Yves Bonnefoy, 1923- ），法國詩人、翻譯家、散文家，1944年曾與超現實主義者有過短暫交往。

31　[Bonnefoy（1998），260-261頁。]

1949年8月，策蘭結識了學習音樂的年輕荷蘭女大學生、未來的歌唱家迪特‧克魯斯（Diet Kloos），並滋生了一段短暫的愛情。她於1941年活躍於某個反抗組織，1944年底，她的新婚丈夫揚‧克魯斯（Jan Kloos）被蓋世太保逮捕，幾周後被處決，她本人被囚七周後終獲釋，成了二十歲的寡婦。對納粹的恨，將迪特‧克魯斯和保羅‧策蘭聯繫到一起，當然這感情也源於他們共同的藝術愛好；對於策蘭朗誦和郵寄來的詩歌，迪特‧克魯斯的態度極為真誠。在寫給女友的私人信件中，詩人也談了許多，關於自身存在的困境、自己的無家可歸、充滿創傷的過往對他的現在所產生的影響。[32]

1950年秋，英格柏格‧巴赫曼和策蘭再次嘗試繼續他們在維也納時就已舉步維艱的感情。10月，巴赫曼遷居巴黎，卻又於12月重返維也納；他們希望共同生活的願望大概未能實現。在給漢斯‧魏格爾的一封信裡，她這樣寫道：「由於一些不明的、魔障般的原因，我們使對方感到窒息。」[33]

1951年11月，策蘭遇到畫家兼版畫家吉澤爾‧德‧萊斯特朗熱，自此，他一直深愛著她，直至生命盡頭。這個女人無疑是他生命中最重要的人，正如他1951年給彼得‧所羅門的一封信裡所寫的那樣：「un être vraiment exceptionel」[34]，但奇怪的是，她竟頂著「陌生人」的名號；對於這頗具象徵意味的狀況，詩人本人應該也十分清楚，他有時會滿懷愛意地談起他的「不尋常小姐」。萊斯特朗熱不是猶太人，也不說德語，她出生於法國貴族家庭，接受的是嚴格的天主教教育；在德國佔領期間，這個家庭一直表現得相當靜默，並未想到參與抵抗運動。兩個人的遭際在此相交，但卻有著如此巨大的差距。吉澤爾‧德‧萊斯特朗熱是一位慎明、獨立、不為偏見所左右的女性，也是一位天資極高、感覺敏銳的藝術家，這樣便生發出一段情意綿綿、在藝術上相互啟發

---

32 [參見Kloos（1993）。]
33 [引自1998年8月14日《Die Presse》（維也納）。]
34 法語，意為「一個十分特別的人」。
　　[1957年7月18日寫給Solomon的信（1981），61頁。]

的有益關係，它經歷了1960年誹謗事件在精神上帶給作家的巨大震動，最後又戰勝了1967年的別離。

　　1952年夏，策蘭帶著「陌生人」與維也納的朋友克勞斯‧德穆斯和納尼‧邁爾在卡林西亞州（Kärnten）的米爾斯塔特湖（Millstädter See）邊碰面；策蘭似乎希望在作出重大決定時，也能夠獲得老友們的認可。同年12月23日，保羅‧策蘭和吉澤爾‧德‧萊斯特朗熱在巴黎成婚。1953年10月，他們有了一個男孩，名叫

在工作中的吉澤爾‧德‧萊斯特朗熱。

〔左〕吉澤爾·德·萊斯特朗熱，1952年。
〔右〕保羅·策蘭與吉澤爾·德·萊斯特朗熱1952年12月23日在巴黎結婚時的合影。

弗朗索瓦。不過孩子在出生後不久便夭折了，詩〈給弗朗索瓦的墓誌銘〉（*Grabschrift für François*）寫的就是這次痛失愛子。1955年6月，次子克勞德·弗朗索瓦·埃里克（Claude François Eric）出生；策蘭借用了下落不明的友人埃里希·艾因霍恩和依舊在交往中的維也納朋友克勞斯·德穆斯的名字，將它們作為孩子姓名的來源[35]。

　　1955年夏，多次徒勞無功的嘗試之後，策蘭終於加入了法國國籍，只是入籍時所用的名字還是「保羅·安徹爾」。這位「陌生人」終於成功構建了他作為公民的存在，並得以安享這一存在的美妙一面，其中最重要的便是他和小兒子埃里克的關係；所有認識策蘭的人，都說他是個熱情、慈愛的父親。從1957年開始，策蘭一家終於有了一所位於美麗的特洛卡代羅區（Trocadéro）的像樣住宅，而策蘭也有了一間屬於自己的房間。1962年，這家人在諾曼地（Normandie）的莫阿鎮（Moisville）又有了一所舊農舍。他們常流連於此，在此地招待朋友。對策蘭本人而言，穆瓦斯維勒是他避世寫作的一處重要場所。

35 埃里克（Eric），源於古日耳曼語，其德語形式為埃里希（Erich）。

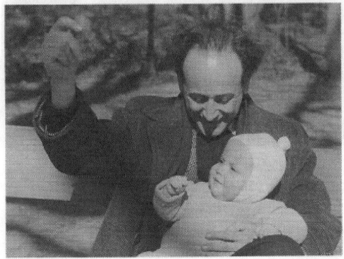

〔上〕策蘭夫婦與出生六個月的兒子埃里克，1955年12月於巴黎。
〔下〕保羅・策蘭逗兒子埃里克玩，1956年2月於日內瓦。

　　1952年到1955年間，不僅對策蘭的私人存在至關重要，而且對作為作家的他也同樣如此。1952年5月，在波羅的海邊的尼恩多夫（Niendorf），策蘭在四七社的聚會上有了一次具有紀念意義的亮相，這為他的作家身份奠定了基礎，同時也以極具象徵意味的方式宣佈，對於德國讀者而言，他從來就不是一位「普通的」寫作者。這件事緣起於好友米洛・多爾的提議，他在1951年9月寫給「四七社」領袖漢斯・韋爾納・里希特[36]的一封信裡提過此建議；後來，里希特在1952年4月的維也納之行中，結識英格柏格・巴赫曼並邀請她前往尼恩多夫，後者又一次提出了與多爾一樣的請求，希望里希特能邀約策蘭參與聚會：「一位巴黎的朋友，生活窘困，和她一樣無名，但能寫出比她更好的詩。」[37]

　　里希特果然向策蘭發出邀請。1938年11月10日，策蘭曾在那次難忘的旅行中途經納粹時期的柏林，現在則是他第一次重返德國。反法西斯和左派世界觀的神話光環籠罩著四七社，人們很容易由此斷定，策蘭在尼恩多夫的聚會一定洋溢著志同道合、誠摯信任的氣息：老納粹不許入場；年輕人自成一體，聯合起來激烈反對希特勒政權與新生的聯邦共和國中的復辟傾向。在這樣的集體形象（其中只有少數幾位女性）下，人們很容易忘記，最初應里希特之邀而來的人幾乎有著相同的背景，他們都曾在德國國防軍中服役（而且，這段歷史大都持續數年之久）。當了逃兵的阿

右起，保羅・策蘭、英格柏格・巴赫曼、米洛・多爾、賴因哈德・費德曼在「四七社」聚會中，波羅的海邊的尼恩多夫，1952年5月。

36　漢斯・韋爾納・里希特（Hans Werner Richter, 1908-1993），德國作家，「四七社」的創建人和領導者。二戰時曾在國防軍中服役，後被美軍俘虜。
37　[Richter（1997），106頁。]

爾弗雷德・安德施[38]曾意味深長地說：「年輕一代堅持了錯誤的東西。但他們在堅持。」[39]對於這一論斷，社中的大多數人大概都會表示認同。羅爾夫・施羅爾斯[40]曾多次見證社團的集會，也和策蘭保持著深入的書信往來，按照他的說法，「社團的原初面貌」是「缺乏教養的朋黨、粗俗的言談、自成一體的稱兄道弟，就像一群『遠離了上司的一等兵』」[41]，策蘭自己也對朋友赫曼・倫茨[42]談起過「這些足球運動員」[43]。這個男人幫特有的集體記憶，確保了他們在自己和公眾面前的合法地位。而他們的記憶源於另一個世界，一個與這位切爾諾維茨猶太人的世界完全不同的世界，於是在對待他的作品朗誦，特別是在對待〈死亡賦格〉的反映上也就出現了不同的情形。瓦爾特・延斯回憶道：

> 策蘭第一次登場時，有人說：「這樣的東西誰聽得下去！」他的朗誦相當激昂，為我們所譏笑。「他念詩的樣子就像戈培爾[44]！」有人這麼說。他被嘲笑了 [……]〈死亡賦格〉是社裡的一次失敗之舉！這是一個完全不同的世界，這些可以說和綱領同步成長的新寫實主義者們無法理解這些。[45]

延斯特別強調了兩者在審美取向和品味上的區別。這樣的說法雖然不無道理，然而最重要的差別其實還是他們在存在經驗上的差異；差別在於，當談到納粹的過往時，大家希望或必須的回

---

38 阿爾弗雷德・安德施（Alfred Andersch，1914-1980），德國小說家、出版人、廣播編輯、「四七社」的始創人之一。他曾於1941年被徵召入伍，1944年在義大利前線脫逃。

39 [引自H. A. Neunzig (Hg.)：*Der Ruf*。慕尼黑 ，1976，24頁。]

40 羅爾夫・施羅爾斯（Rolf Schroers，1919-1981），德國作家、早期聯邦德國有關二戰題材文學的代表、「四七社」成員、聯邦德國筆會會員，二戰中任騎兵軍官。

41 [Schroers：*<<Gruppe 47>> und die deutsche Nachkriegsliteratur*。見：*Merkur* 19（1965），453頁。]

42 赫曼・倫茨（Hermann Lenz，1913-1998），德國作家，1951年曾在「四七社」朗誦自己的作品。二戰時，他作為士兵參加過法、俄戰場上的戰爭，後被美軍俘虜。

43 [Lenz，見：Hamacher（1988），316頁。]

44 戈培爾（Paul Joseph Goebbels，1897-1945），納粹黨宣傳部部長、納粹德國國民教育與宣傳部部長，曾參與策劃國會縱火案，納粹倒臺後攜全家自殺身亡。

45 [引自Richter（1997），128頁。在給K. Demus的一封信裡，策蘭自己也引述了這一記載。參見 Bevilacqua（1998），S. XXXVII及下頁。]

憶到底涵蓋那些內容。在很長一段時間裡，四七社成員對於猶太
人的命運及其所遭遇到的集體屠殺避而不談。當著策蘭的面，他
們將策蘭的朗誦方式與戈培爾的朗誦方式作比，其間顯示出何等
昭然的冷酷。漢斯·韋爾納·里希特不久之後的表現也好不了多
少，他將此說成「如猶太教會堂中的 [……] 單調吟唱」（事後，
他也曾表示歉意）。[46] 簡言之，在尼恩多夫，這位猶太作家進入了
「一個完全陌生，充滿敵意的世界」。[47] 但同時，這次令人傷心的
亮相卻又促成了策蘭文學上的突破；以後，他還將頻頻感到類似
的命運之反諷：恩斯特·施納貝爾[48] 邀他前往漢堡（Hamburg）參
加電臺上的作品朗誦會；斯圖加特（Stuttgart）德意志出版社[49] 的
主編威利·科赫（Willi A. Koch）許諾簽約出版策蘭的一冊詩集。
1952年秋，《罌粟和記憶》付梓。

　　策蘭第一部正式出版的詩集，收錄了從1944到1952年間的詩
作，其中的早期作品，寫就於從切爾諾維茨到布加勒斯特的過
渡期，而較晚的作品則完成於作家在巴黎生活多年之後。由此
而言，這冊分為四章的集子顯示了某一發展過程中不同的美學
階段。在《骨灰甕之沙》的第一部分〈在門邊〉（An den Toren）
中，詩歌的韻腳還完全占主導地位，到了《罌粟和記憶》，韻腳
卻顯得需要商榷並幾乎完全消失；一重二輕律的長詩行仍佔有相
當份量，但是短詩行的增多已使它的優勢地位盡失。在題材上，
詩集展示了存在於兩大標題間的多重意義。作者在多首詩中一再
描述了奧菲斯（Orpheus）[50] 進入冥界的過程；對於這一過程，早
在里爾克的《致奧菲斯的十四行詩》（Sonette an Orpheus）裡就有
所刻畫：

46 [參見Dor（1988），214頁。]
47 [同上，212頁。1954年、1957年、1959年、1960年、1962年，策蘭也被邀參加四七社的集
　　會，但他再也沒有前往。]
48 恩斯特·施納貝爾（Ernst Schnabel，1913-1986），德國作家、德語世界中廣播專題節目與
　　戰後廣播劇的創導者。
49 德意志出版社（Deutsche Verlags-Anstalt）：創建於1881年，2000年將總部從斯圖加特遷往
　　慕尼黑。在該社出版書籍的作者名單中有多位德國總統、總理、諾貝爾獎得主、知名作家、
　　文學評論家和歷史政治學領域的學者。
50 希臘神話中的詩人和歌手。

> 只有那些同亡者一道食罌粟
>
> 食他們罌粟的人，
>
> 才不會使這最微弱的韻調
>
> 再度遺失[51]

只有「罌粟」，只有潛入夢境、迷醉和遺忘，才能使對死者的鮮活「紀念」（依據〈路加福音〉22章第19句來理解這個詞[52]）成為可能。對被害母親的紀念仍然至關重要，它是作家前往巴黎和去往各地的「旅伴」，而每首詩都是它的「被監護人」，受到它的「監護」（I，66）。

不過，《罌粟和記憶》也是一部情詩集。在很多時候，被視為神聖的、儀式性的性愛，成為緬懷死者的紀念之所，譬如〈憶法國〉（*Erinnerung an Frankreich*）結尾處那句多義的詩行「我們亡去，能夠呼吸」[53]。出於對被害猶太人無可抑止的哀悼，詩集用詩〈數數杏仁〉（*Zähle die Mandeln*）（也是一首情詩）作結，作為代表著死去猶太人的符碼，「杏仁」能用自己的苦，使此處的言說者保持清醒並助他獲得歸屬感。

詩集的第二部分，由自成一體的〈死亡賦格〉構成。這首詩在《罌粟和記憶》的接受過程中一再受到關注，吸引了評論家和讀者的目光。需要強調的是，此時還沒有哪一部問世於1945年後的德語詩集，能像《罌粟和記憶》一樣如此熱烈地為文學圈所接納，幾乎所有懂詩的內行人都立即意識到，此詩集作者有著超常的天賦。但是，人們對策蘭的詩歌，特別是對〈死亡賦格〉的解讀方式卻並不讓人感到欣慰（如果說在尼恩多夫表現出的抵觸行為源於天生心理上的有所保留，那麼現在的情況則是同一心理的另外一面）：詩作被視為對奧許維茲恐怖的「清結」和「克

51　[Rilke：*Werke*, 卷3。萊比錫，1978，621頁。]
52　根據〈路加福音〉中的文字，耶穌在最後的晚餐上將葡萄汁和餅分與眾門徒並對他們說：
　　「這是我的身體，為你們捨的，你們也應當如此行，為的是紀念我。」
53　[參見Bevilacqua（1998），S. XL-XLIII。]

服」，人們能夠——即使作為當事者的德國人也能夠——融入其中，最終甚至能使詩歌閱讀變為一種享受。有幾個例子大概可以作為佐證：海因茨・皮翁特克[54]說它是「純的詩」和「奇妙的蒙太奇」[55]；保羅・沙律克[56]認為，它終於「道出了不可言說之物」[57]；漢斯・埃貢・霍爾圖森[58]在《水星》（*Merkur*）上發表名為〈五位年輕詩人〉（*Fünf junge Lyriker*）的文章。他在文中指出，〈死亡賦格〉「逃離了歷史血腥的恐怖之屋 [……] 以昇華至純詩的乙太」。作家「將主題變得『輕鬆』，以一種夢幻、超越現實、在某種程度上已經屬於彼岸的語言使它得以超脫」，從而「能夠清結」他的主題[59]，這條始自50年代的接受路線一直未有中斷，一直延續至60年代。在亞歷山大・雷納特-霍雷尼阿[60]那裡，〈死亡賦格〉被讚譽為「近二十年來最崇高的德語詩」，奧許維茲事件由此「被純化，甚至被神聖化」。[61]

我們要知道，所有這些評論家都將自己的評價視為一種褒獎——而絲毫沒有意識到，他們使詩歌儘量遠離罪惡現實，遠離犧牲者歷史的做法，其實是對詩歌的貶低，是對作者意圖的歪曲。他們希望逃避確乎存在過的大屠殺事實，並由此推及於人，認為詩歌和詩歌作者也抱著同樣的想法——強調並安享審美上的和諧，這樣的做法，無異於以另一種方式延續著對猶太人的排斥。如果〈死亡賦格〉所招致的大都是此類反映，如果它在並不熱衷於回憶的經濟奇蹟期，能夠贏得讀者，那麼，它到底是不是

54　海因茨・皮翁特克（Heinz Piontek，1925-2003），德國詩人、作家、翻譯家、評論家，二戰時曾在德國國防軍中服役。

55　[*Welt und Wort 8*（1953），200-201頁。]

56　保羅・沙律克（Paul Schallück，1922-1976），德國詩人、作家、劇作家、電視編劇、「四七社」成員，一戰中受重傷。

57　[1953年4月25日*Frankfurter Allgemeine Zeitung*。]

58　漢斯・埃貢・霍爾圖森（Hans Egon Holthusen，1913-1997），德國詩人，曾任巴伐利亞藝術學會（Bayerische Akademie der Schönen Künste）主席，二戰時加入黨衛軍。1960年，因有納粹經歷的他是評委會的一員，馮塔納獎的獲獎作家馬沙・卡勒可（Mascha Kaleko）拒絕領獎。

59　[*Merkur* 8（1954），390頁。]

60　亞歷山大・雷納特-霍雷尼阿（Alexander Lernet-Holenia，1897-1976），奧地利詩人、作家、劇作家、翻譯家，二戰時被任命為德國陸軍電影處戲劇總顧問。

61　[1965年4月39日《Die Zeit》。]

真的固有著這麼一位「隱含讀者」[62]，一位屬意於此類惱人閱讀方式的「隱含讀者」？保羅·策蘭必是——愈來愈驚恐地——覺察到了這些問題。他從中吸取了教訓，懷著沉重的心情，潛心錘煉自己的語言達數年之久。1958年12月2日，策蘭在寫給文學研究者讓·菲爾格爾（Jean Firges）的信中言簡意賅地表述（此時艱難的歷程業已結束）：「我無意於悅耳的聲音，我想要的是真實。」[63]1966年，他也在一次談話中向雨果·胡佩特[64]坦言：

> 被說得太多的〈死亡賦格〉簡直成了口水歌，我再也不會進行那樣的合奏。我現在要將詩和音樂嚴格區分開來。[65]

　　1955年，他在《罌粟和記憶》問世三年後，又出版了《從門檻到門檻》。從藝術風格上看，之後這部詩集與《罌粟和記憶》還很相近，不過它已是策蘭第一個詩歌創作階段的尾聲。詩集的題詞上寫著「獻給吉澤爾」，特別是第一組詩〈七朵玫瑰之後〉（Sieben Rosen später），它們完全源於這段令人愉悅的新愛情體驗。距離戰爭和大屠殺的結束已經七年——

> 七個夜的時辰，七個守衛的年頭：
> 舞弄著斧，
> 你是否躺在立身站起的屍體的陰影中　　　　（I，89）

這些詩是少數幾篇有關父親的詩歌之一。主旋律仍是對死者的紀念，但作家同時也意識到他「生活在陌生人中」，與最艱難的陌生感作著鬥爭，自己已完成了「從門檻到門檻」的歷程（用作

62　隱含讀者（impliziter Leser）：文學理論術語，指作者在創造之時所假想的對話者。它的存在影響著作家的立意、選材和表現手法，甚至還起著對作家的重塑作用。
63　[Firges（1962），266頁。]
64　雨果·胡佩特（Hugo Huppert, 1902-1982），奧地利詩人、作家、翻譯家、評論家。
65　[引自Hamacher（1988），320頁。]

詩集標題以前，在1947至1948年間的〈影中婦人之歌〉[*Chanson einer Dame im Schatten*；Ⅰ，30]中就已出現這一説法），並且至少暫時能夠過上現在這種心之所向的生活。然而，在接下來的兩組組詩裡，充滿創傷的過往再次突現。從那些與詩學有關的詩如：〈在一盞燭火前〉、〈用變幻無常的鑰匙〉（*Mit wechselndem Schlüssel*）、〈夜色裡翹起〉（*Nächtlich geschürzt*）、〈不管掀起什麼石〉（*Welchen der Steine du hebst*）、〈你也説〉（*Sprich auch du*）、〈來自沉默的見證〉（*Argumentum e silentio*）、〈以時間紅的唇〉（*Mit zeitroten Lippen*）可以看出，經歷了尼恩多夫和「熱情洋溢的」讚譽之後，作家對自己的言説方式充滿了懷疑。類似的詩句「一個詞——你知道： / 一具屍體」（Ⅰ，125）或「不論你説出哪句話—— / 你都是在感激 / 朽[66]」（Ⅰ，129）告訴我們，有時這樣的情形讓身處其間的策蘭感到某種疑難。有時候，只有沉默，只有「來自沉默的見證」，才顯得合適：

> 這化作沉默的詞。
> 逆著其他那些，那些
> 與屠夫的耳朵勾勾搭搭，
> 那些很快也要攀上時間與紀元的詞，
> 它終將挺身作證。　　　　　　　　　　　（Ⅰ，138）

這樣的表述，以及〈獵犬群〉（*Meute*）和〈毒牙〉（*Giftzahn*）中的其他表述，第一次向我們昭示：早在1950年代中期，策蘭已意識到，德國人不僅無力表達傷痛、進行哀悼，而且他還看到，有些人又恬不知恥地出現於公眾的視野，而他們在不久前還是屠殺者的獵犬。

在這一時期，策蘭雖然已經開始考量是否要退入沉默，但卻還未真正付諸行動。更確切地説，策蘭其實是在書寫著一種創作

---

66 朽（Verderben）：腐朽、敗壞；也有「不幸、厄運」之意。

的詩學：他一方面拒絕著自己一直以來引為理想的「美的」詩[67]，另一方面則使繼續言說成為可能——即使他所面對的是屠殺者的耳朵與錯誤的讚歌。〈你也說〉描繪了這條道路。我們可以認為，敍述者在此對自己發出了指令：

你也說，
跟在後面說，
道出你的說法。

說——
但不要將是與否截然分離。
也賦予你的說法以意義：
賦予它們以陰影。
[……]

向四下裡看看：
看，周圍多麼生動——
在死亡中！生動！
誰說出陰影，誰就說出真實。
[……]　　　　　　　　　　　　　　　　　　（I，135）

直至下一部詩集，「陰影」都一直是策蘭最常用到的辭彙之一，它有時獨立出現，有時作為合成詞中的一個部分。顯然，在這個詞中同時迴響著死亡、痛苦和哀悼的聲音；與此同時，我們也不可無視其中的詩學維度。在這裡，也談到因任憑主觀意願對

---

67 [例證參見1948年4月21日及7月6日策蘭給Margul-Sperber的信，策蘭在其間表明，他希望寫出「美的」詩並希望以「美的」方式將它們誦讀。見：Margul-Sperber（1975），51-52及下頁。]

詞語作出單一解釋而「造成的陰影」，談到共生於同一辭彙中的
「否」與「是」。在回答1958年巴黎福林科爾（Flinker）書店有關
詩人工作方式的調查問卷時，策蘭對這個時代德語詩歌的所能和
所須予以反思。他的回答似乎在以非詩體的形式重述上面的詩：

> 它[68]被記憶中最幽暗的部分，被最可疑之物環繞。回
> 想自己所置身的傳統，雖還有人對它有所期盼，然而這些
> 傾聽的耳朵所期望的語言它卻無法重新拾起。它的語言
> 變得平實而客觀，它不再相信「美」，它試圖能夠真。目
> 睹著這虛幻現實中的斑斕，如果能允許我從視覺領域尋
> 找一個詞，那麼，這應該是一種「灰色的」語言，這語言
> 也希望將自己的「音樂性」寄於某處，不過這裡所說的不
> 是「優美的音韻」，不是那身臨最可怖之境還多少有些
> 不管不顧流淌而出的「優美的音韻」。雖然表達的多面性
> 是必要的，但這語言要求的是精確性。它不神化，不「詩
> 化」，它只道出名字，列於紙面，它嘗試對現存和可能的
> 領域進行測定。這裡所說的從來就不是語言本身，也不是
> 作品中的語言，而只是在某一自身存在的特定傾角中進行
> 著言說的「我」，對這個「我」而言，這是一種輪廓和方
> 向。真實並不存在，真實需要被尋找與被獲得。

（III，167-168頁）

1959年由菲舍爾出版社[69]出版的第三部詩集《語言柵欄》，更
確認了這有關「灰色」語言的詩學原則，其中的每首詩都向我們
昭示著這一詩學理念。美麗的揚抑抑格、動人的優美音調、迷人

68　在此指前面提到的「德語詩」。

69　菲舍爾出版社（S. Fischer Verlag）：1886年由山謬·菲舍爾（Samuel Fischer）創建於柏
　　林，總部現設在法蘭克福，是德國最重要的純文學出版社之一。第三帝國期間，由於受到
　　納粹統治的威脅，出版社的繼承人、山謬·菲舍爾之婿戈特弗里德·菲舍爾（Gottfried
　　Bermann Fischer）將出版社一分為二，自己帶著「非法」作家的出版工作和家人流亡國外，
　　「合法」作家的出版工作則交由彼得·蘇爾坎普（Peter Suhrkamp）主持。後者於1950年
　　脫離菲舍爾出版社並帶走了33位作家，成為了後來赫赫有名的蘇爾坎普出版社（Suhrkamp
　　Verlag）。

的「夢幻般的」意象：這些都已不再；面對著因為誤讀而產生的廣泛好評，作家似乎已完全無法容忍自己原有的寫作方式。

不過，其間另一件事可能也多少產生了一些影響：在難以相處、業已疏遠的女友英格柏格・巴赫曼1956年的第二部詩集《大熊星的召喚》（*Anrufung des Großen Bären*）裡，策蘭發現「美的詩」仍在延續；一切就像詩〈維也納的大風景〉（*Große Landschaft bei Wien*，作於1953年）中所表現的那樣，那是一幅由詩行（主要為五揚音的揚抑抑格）寫就的寬廣歷史哲學畫面，慷慨激昂。策蘭的應答詩歌，寫於1958年8月的〈路堤、路基、空地、碎石〉（*Bahndämme, Wegränder, Ödplätze, Schutt*；I，194）是對於二人共同的時代經歷和愛情經歷有所保留、有所懷疑的新版本；從美學角度上看，它幾乎是一曲反調，是一種戲仿。英格柏格・巴赫曼注意到了策蘭的這種「修正」，而且也接受了它，後來她在1960年2月24日的法蘭克福詩學講座中便說明了這一點。在詩集《語言柵欄》新的詩歌言說中，策蘭也嵌入了這次講座的內容。女詩人則在幾處地方簡短提到了〈路堤、路基、空地、碎石〉，並對作品以及相關詩歌作出了精準的評論：

> 隱喻完全消失了，詞句卸下了它的每一層偽飾和遮掩，不再有詞要轉向旁的詞，不再有詞使旁的詞迷醉。在令人痛心的轉變之後，在對詞和世界的關係進行了最嚴苛的考證之後，新的定義產生了。[70]

詩集《語言柵欄》以長詩〈親密應和〉結尾——這首長詩是德語詩歌中最重要的作品之一。和〈死亡賦格〉一樣，它也在詩集中獨據一方，它可以、也應該被讀作對早年〈死亡賦格〉的應答；同樣與音樂有關的標題便是一種暗示，從樂理上講，與賦格體藉以實現其目的並藉以結篇的方式一樣，親密應和指的是「以對位法方式使多個主題處在相近的時間裡，即盡可能同時地聚合起來」[71]。詩開頭寫道：

70 [Bachmann：*Werke 4*。慕尼黑／蘇黎世，1978，216頁。]
71 [*Großer Brockhaus*。引自Szondi（1972），55頁。]

被驅逐至
曠場
帶著無欺的印跡　　　　　　　　（I，197）

　　如此一來，便引出了第一個大的主題——對猶太人的流放
與殺戮。此外，就像策蘭在一封給埃里希・艾因霍恩的書信裡所
寫的那樣，出現於詩中的還有另一個主題——由原子彈造成的摧
殘。[72]在這樣一個如音樂組合般的詩的聲音空間裡，能夠聽到前蘇
格拉底哲學家德謨克里特（Demokrit）、但丁（Dante）、讓・保
羅以及尼采（Nietzsche）等人的陌生聲音，熟悉的詩學問題和內
容上的主題交結到一起——面對那些徹底反人性的人類行為時，
怎樣的回憶方式才是恰當的。詩歌開篇便有這樣的說明：

不要再讀了——看！
不要再看了——走！　　　　　　（I，197）

　　可以斷定，這句話摒棄了慣常的文學方式，摒棄了那種製
造解說、闡釋以及類比的做法。詩歌的下一段又可以被解讀為
對狂妄自視為「二度造物」的「純」藝術的尖銳批駁，對一切
「l'art pour l'art」[73]的抗拒。這裡指出了寫作的第三條路，一條
全新的路：既非模仿、反映與表現，又非單純的「為藝術而藝
術」，而是要小心地記錄下恐怖的印記，跟隨它的道路，感同身
受地共同完成，而不是對它進行模仿，如：

[……] 向
眼睛走去，將它濡濕。　　　　　（I，199）

72 [1962年8月10日信，見：Einhorn（1998），33頁。]
73 法語，意為「為藝術而藝術」。

　　《親密應和》大概不同於策蘭的任何一首其他詩作。它實現了他的新設想：使用非支配性的、不再會「產生語言強勢」的言說方式，拒絕將不可思議之物納入自己的理解視野，從而也就不會剝奪這個「他者」的所有。奧許維茲和廣島（Hiroshima），「在這兩地都有化作煙的靈魂」（I，203）生成於冰冷、功用性的理性野蠻思想中，這兩大內容上的主題就這樣與詩學主題，與那個棘手的問題——在藝術上應以怎樣的方式，對諸如猶太大屠殺和原子彈集體殺戮這樣有違人類文明的行為作出應答——產生了「親密應和」。「大師般的」、光彩照人的純藝術（就像〈死亡賦格〉中所表現的那樣）因其非社會性和有違人性而被拒絕，然而對於一切重述性、模仿性和膚淺現實主義的文學和藝術，策蘭也同樣表示抗拒。對此，策蘭在1960年的講演辭〈子午線〉中已經以非詩體文字的形式作出解釋。

　　有時，會有人說，《親密應和》是對〈死亡賦格〉的一種「收回」，一種撤銷。當漢斯・邁爾[74]在交談中作出類似猜測時，策蘭給予了否定的回答：「我從不會收回一首詩，親愛的漢斯・邁爾！」[75]在朋友艾因霍恩面前，作家坦言了自己詩歌的意圖：

> 　　德謨克里特的殘句佔據了中心地位：「除了原子和虛空的空間，一切其他的便只有見解。」我不用在此特別強調，詩正是為了這見解，為了人的緣故而作，為了抵禦一切的虛空和原子化而作。[76]

除了家人，策蘭在哪裡才能找到那些讓他如此惦念的人呢？作家常說，50年代生活在巴黎的自己是「完全孤伶伶的」，而現在看來，這樣的說法顯然與事實不符；就像我們已經提到過的那樣，伊夫・博納福瓦是他年代最久遠的朋友之一；還有時而生活在巴黎、時而生活在普羅旺斯，聲譽極高的勒內・夏爾。早在1953

74　漢斯・邁爾（Hans Mayer，1907-2001），德國知名日耳曼學者，二戰時流亡法國與瑞士，戰後曾在萊比錫、漢諾威等地的大學任教。

75　[Mayer（1970），1158頁。]

76　[1962年8月10日信，見：Einhorn（1998），33頁。]

年，策蘭便與他相識，1958年又翻譯了他在抵抗運動[77]時期的札記《催眠集》（*Feuillets d'Hypnos*）；夏爾則將策蘭這位年輕人稱為自己的「詩人兄弟 [……]，越來越難在現實中保存自己的詩人兄弟」[78]。策蘭應該還見到了自己從大學時代起便分外尊崇的卡繆，1958年，後者曾為夏爾作品集的法德雙語版寫過一篇精彩的前言。詩歌〈如奸如賊〉（*Gauner und Ganovenweise*）的最後一行被策蘭寫作斜體，即「瘟疫」（I，230），它指涉卡繆的著名長篇小說《瘟疫》（*La Peste*），也可被解讀為納粹主義的瘟疫。除了漢斯·阿爾普[79]和馬克斯·霍爾茨[80]，偶爾的交談對象還有蕭沆；早在1953年策蘭就翻譯了他極端反形而上學的文章〈崩塌的學說〉（*Die Lehre vom Zerfall*，1949）。羅馬尼亞人蕭沆生於1911年，曾是法西斯組織鐵衛隊（Eiserner Garden）的黨徒，為它寫過極具煽動性的文章（策蘭大概從來不知道這些），

當反法西斯游擊隊隊員時的勒內·夏爾，法國小鎮瑟賀斯特（Céreste），1943年。

1937年後主要生活在巴黎，從1947年開始改用法語寫作，是一位尼采和杜斯妥也夫斯基式的虛無主義預言家，他砍光伐盡的哲學成為了自殺的辯護辭；不過不同於策蘭，他最後還是在愉悅的絕望中終老。慢慢地，策蘭也與其他的一些巴黎作家熟稔起來，在他們中有大名鼎鼎的亨利·米肖（策蘭後來翻譯了他的作品）、莫里斯·布朗肖[81]、愛德蒙·雅貝[82]以及安德列·迪·布歇和雅克·杜潘[83]。

77　指二戰時期法國的抵抗運動。

78　[依據Schwerin（1997），199頁。]

79　漢斯·阿爾普（Hans Arp，1887-1966），畫家、雕塑家、詩人、達達主義和超現實主義的代表人物。

80　邁克斯·霍爾茨（Max Hölzer，1915-1984），維也納超現實主義的代表人物。

81　莫里斯·布朗肖（Maurice Blanchot，1907-2003），記者、文學理論家、作家，對戰後文學與哲學產生了重大影響。

82　愛德蒙·雅貝（Edmond Jabès，1912-1991），猶太作家與詩人，出生於埃及一個講法語的猶太家庭。1957年因其猶太出身，離開出生地遷居巴黎。

83　雅克·杜潘（Jacques Dupin，1927- ），法語詩人。策蘭曾翻譯過他的作品。

在初到巴黎的幾年——如我們提到的那樣——維也納的朋友，特別是克勞斯・德穆斯依然顯得相當重要，在某種程度上，也因為此地仍不似曾經的切爾諾維茨、布加勒斯特或維也納，還未出現心心相印的朋友，於是，1950年代的策蘭還經常去維也納旅行。從1952及1953年開始——由於尼恩多夫會議的推動作用——詩人所結交的作家圈子漸漸廣了起來。1960至1961年後的策蘭總愛將這些同行視為一幫純實用主義

策蘭夫婦與摯友克勞斯・德穆斯於巴黎拉丁區學院街31號策蘭夫婦曾經居住的奧爾良旅館房間陽臺上，1955年。

的傢伙，其實他們並不盡如他的想像。而早於1948年，策蘭就結識了瑪利・路易士・卡什尼茨[84]；1954年，又和阿爾弗雷德・安德施建立了真摯的友誼，後者於1955年初在巴黎造訪了策蘭一家，並在斯圖加特廣播電臺和他短命的雜誌《文本和符號》[85]中發表了策蘭的詩歌和譯作。對策蘭而言，直至1950年代中期，斯圖加特一直是最重要的德國城市。不僅僅因為這座城市是他的出版社的所在地，1953年，他還在這裡碰到了赫曼・倫茨，後者和四七社裡的那些「足球運動員」如此不同；他的妻子漢娜（Hannah）是猶太人，在談話中倫茨自己也總是欣慰地提起，作為在國防軍中服役的士兵，自己還沒有碰到不得不開槍的情況。和這樣的德國人，策蘭是可以交心的。他將詩歌〈夜色裡翹起〉獻給倫茨夫婦，此舉足以見證他的青睞。這樣的信任也可見諸於一些比詩人年輕的作家身上，比如在往返於斯圖加特間所結識的約翰內斯・珀滕[86]和彼德・黑爾特林[87]。同樣，策蘭與生活在瑞士納沙泰爾

84　瑪利・路易士・卡什尼茨（Marie Luise Kaschnitz，1901-1974），德國作家，1955年獲畢希納文學獎。

85　《文本和符號》（Texte und Zeichen）：由阿爾弗雷德・安德施出版的文學雙月刊，發行時間為1955-1957年。

86　約翰內斯・珀滕（Johannes Poethen，1928-2001），德國作家、詩人、電臺記者，他也在斯圖加特廣播電臺工作。

87　彼德・黑爾特林（Peter Härtling，1933- ），德語作家、編輯、出版人，尤以兒童文學創作見長。

州[88]的弗德里希・狄倫馬特[89]及其妻的交往也顯得情真意切。[90]

最後，我們還不要忘記，1950年代的巴黎也吸引了一些德國藝術家，他們與策蘭多少有些私交。其中有畫家海因茨・特羅克（他們的相識早在1950到1952年間），自1956年以來生活在法國的詩人沃夫岡・貝希勒[91]，還有1956到1960年間在巴黎生活並撰寫《但澤三部曲》的鈞特・葛拉斯（Günter Grass）。由於時間上的遙遠距離，葛拉斯將策蘭稱為「複雜的、幾乎無法接近的朋友」，他在許多事上都對策蘭心存感激，例如「激勵、分歧、有

關孤獨的概念、還有有關奧許維茲尚未終結的認識。」[92]有一段時間，策蘭也和卡爾・克羅洛夫[93]走得很近；1952年，克羅洛夫也在尼恩多夫，而且在為數不多的《罌粟和記憶》之精當評論中就有一篇出自他的手筆。1958到1959年間，克羅洛夫在巴黎的聯合國教科文組織工作過一年，和策蘭常有交往。然而和其他的許多友誼一樣，這段關係在1960年後也變得黯然了。作家與比他小十三歲的克里斯托夫・格拉夫・馮・施維林[94]間的關係應該也很親

保羅・策蘭（後排，右）在巴黎16區隆尚路寓所所接待德國詩人克羅洛夫、作家和評論家赫勒爾（Walter Höllerer）及出版人尼斯克夫婦，1957年秋（或1958年）。

88 沙泰爾州（Neuchâtel）位於瑞士西部，在法語區內，德語名為「Neuenburg」。

89 弗德里希・狄倫馬特（Friedrich Dürrenmatt, 1921-1990），瑞士劇作家、小說家，當代德語文學中的重要人物。其作品慣以荒誕誇張的方式反映嚴肅的社會問題。

90 [參見Dürrenmatt（1990）。]

91 沃夫岡・貝希勒（Wolfgang Bächler, 1925-2007），德國詩人、作家，「四七社」最年輕的始創人員，二戰中在軍中服役，後受重傷。

92 [Grass（1990），29-30頁。]

93 卡爾・克羅洛夫（Karl Krolow, 1915-1999），德國作家、詩人，曾獲畢希納文學獎、里爾克文學獎和荷爾德林文學獎。

94 克里斯托夫・格拉夫・馮・施維林（Christoph Graf von Schwerin，1933-1996），其父烏爾里希・威廉・格拉夫・馮・施維林（Ulrich Wilhelm Graf von Schwerin）是1944年7月20日暗殺希特勒行動的參與者。暗殺失敗後，烏爾里希・威廉被處決，他的妻兒均受到牽連。

密。這位年輕人的父親是1944年7月20日事件的犧牲者，1954年，他滿懷敬意地拜訪了策蘭；1955年，在巴黎念大學的他還為策蘭充當了半年「忠誠的秘書」，用打字機記錄策蘭口述的譯文。[95]不久之後，施維林成為了菲舍爾出版社的編輯；日後，是他邀請策蘭負責浩瀚的米肖作品集的編選工作。

　　策蘭自然還認識許多以德語寫作的同行，如民主德國的彼德・胡赫爾[96]和埃里希・阿倫特[97]，鈞特・艾希[98]，海因里希・伯爾[99]，瓦爾特・延斯，漢斯・馬格努斯・恩岑斯貝格[100]以及其他一些四七社圈子裡的人。然而，與後面一群人的關係在1960年前便被烙上了懷疑的印記。較之其他容易受到傷害的藝術家而言，保羅・策蘭在更多的時候保持著「一道距離上的防疫封鎖線 [……] 能夠看到的是永遠的彬彬有禮和神秘的微笑」[101]。

　　1957年5月，終於出現了一次沒有這種距離感的重逢。那時，羅澤・奧斯倫德爾從美國歸來，探望了身在巴黎的策蘭。也許就是因為他，這位切爾諾維茨的女友才中斷了她一直以來的傳統韻律詩的寫作；他那新的寫作方式令她感到震驚，使她開始涉足現代詩歌，從此之後她的詩歌作品明顯屬於這一範疇。1957年11月，奧斯倫德爾又一次造訪策蘭，這一回他承諾幫助她在雜誌上發表她的詩歌新作。之後，一切如願，不過她回到紐約再次給策蘭寫信，卻再也沒有得到他的回應。[102]

95　[Schwerin（1997），203頁。]
96　彼德・胡赫爾（Peter Huchel, 1903-1981），德國詩人，原名赫爾穆特・胡赫爾（Hellmut Huchel），1930年改名為彼德，二戰時被徵招入伍，後被蘇軍俘虜，1971年攜家從東柏林遷往聯邦德國。
97　埃里希・阿倫特（Erich Arendt, 1903-1984），德國詩人，1933年流亡瑞士，1936-1939年參與西班牙內戰，後避居法國。1950年，阿倫特攜妻返回東柏林。
98　鈞特・艾希（Günter Eich, 1907-1972），德國詩人、作家，二戰中在國防軍中服役，戰後參與組建了「四七社」。
99　海因里希・伯爾（Heinrich Böll, 1917-1985），德國作家，二戰時曾服役於國防軍，1944年從隊伍中逃脫，後被美軍俘虜，1972年獲諾貝爾文學獎。
100　漢斯・馬格努斯・恩岑斯貝格（Hans Magnus Enzensberger，1929- ），德國詩人、作家、出版人、翻譯家、編輯，1963年獲畢希納文學獎。
101　[Peyer（1987）。]
102　[參見Ausländer（1991），25-26頁。]

保羅・策蘭聖誕節在瑞士雪山渡假地蒙塔拿（Montana），
1961年。

第六章

「我是那個不存在的人」

德國的，猶太的，俄國的 / 1958－1963

　　1931年，猶太哲學家、社會學家古斯塔夫・蘭道爾（Gustav Landauer）自述：「[……] 我的德國身份和我的猶太身份並未相互妨害，而是相得益彰。[……] 我從來就不想將自己簡單化，也不願通過自我否定的方法將自己劃一；我接受自我錯綜複雜的現狀，而且我希望自己比已知的還要多面。」[1]保羅・策蘭知道，至少在大屠殺之後，蘭道爾所代表的德意志－猶太共處共生的觀念已宣告失敗，不過策蘭覺得，潛藏在這「偉大論述」背後的問題卻遠未解決：

> 是誰讓它有了了結？這個人和那個人，斷斷續續地。
> 但最終還是了結了——是的，它也只得如此。[2]

策蘭「了結」這一時代衝突的方式幾乎不同於其他任何人。從某種程度上說，他差不多是在猝不及防間與這一衝突相遇，漸漸地，它超出了他的承受能力，最終導致了他的毀滅。1958到1963年的這段時間裡，作家完成了一曲混雜著「德意志」經驗和「猶太」經驗的「親密應和」，一曲只有在他存在的糾結間才能確切領會的「親密應和」：一方面是德國或德國人對他造成的再度傷

---

1 [Landauer: *Zwang und Befreiung*。科隆，1968，199頁。]
2 [1968年4月23日給吉德翁・克拉夫特（Gideon Kraft）的信。引自Koelle（1997），73頁。]

害，另一方面則是他在被德國人大肆剿殺的猶太民族中的（暫時）駐足。

　　1948年7月，策蘭由維也納移居巴黎。途中，詩人在因斯布魯克（Innsbruck）造訪了曾是詩人特拉克爾摯友的老路德維希·馮·菲克爾[3]，他向菲克爾朗誦了自己的詩歌且倍感欣喜。在給阿爾弗雷德·馬爾古－施佩貝爾的信中，策蘭這樣寫道：「他完全能夠理解我詩中的猶太元素——您知道，我很看重這個。」[4] 事實上，1948年前後的策蘭詩歌的確顯現出相當明顯的「猶太元素」，有時，詩的主題和母題直接涉及到《舊約全書》；不過，納粹大屠殺和母親之死的永恆關聯，還是詩歌的主要組成部分。我們發現，在詩集《從門檻到門檻》（1955）中，「猶太元素」退居至較為次要的位置，一如它在策蘭1950年代巴黎生活中的無足輕重；後來，在《語言柵欄》中才又有所加強。雖然大屠殺幾乎無所不在，但狹義上的猶太母題卻鮮有出現，一些給人深刻印象、帶有瀆神色彩的詩歌則仍在繼續：從1948年的〈晚來深沉〉到1957年的〈黑暗〉（*Tenebrae*[5]），直至1959年的〈大地就在他們身上〉（*Es war Erde in ihnen*）和1962年的〈聖歌〉（*Psalm*）。它們大都以被害者的第一人稱集體合唱形式寫成，斷言上帝在大屠殺中的缺席，接受了「你們瀆神！」的譴責並挑釁地顛倒了原存於人類和上帝間的祈禱關係。〈黑暗〉一詩中這樣寫道：「祈禱吧，主，／向我們祈禱，／我們很近」（I，163）。這裡顯示了策蘭「抱怨的約伯（Hiob）的立場」[6]，顯示了他的希望相信和無法相信；它們一直伴隨著他，直至他的生命盡頭。

　　1957至1958年後，在策蘭的生活和寫作中，詩人對其猶太身份的關注又上升到了一個新的緯度。他以近乎饑渴的方式深入探究著自己的猶太身份。要理解詩人的這一表現，則不能不談到他

3　路德維希·馮·菲克爾（Ludwig von Ficker，1880-1967），作家、出版人，1910年創建了文化雜誌《熔爐》（*Der Brenner*），資助出版了特拉克爾的作品。
4　[*Briefe an Margul-Sperber*（1975），52-53頁。]
5　tenebrae在拉丁語裡的意思是「黑暗」，指天主教中紀念耶穌受難的讚美詩晨禱，即復活節前一周最後三天的早課經和讚美經，伴隨有燭光儀式。
6　[Silbermann（1993），35頁。]

在這些年裡所遭遇到的傷痛體驗。策蘭生活在法國，但他對德國非常熟悉，甚至太過熟悉——那個在1952年後因為朗誦作品，拜會朋友、編輯和同行而時常造訪的德國。對他而言，這個國家已成了「恐懼之地」[7]；按照許多朋友的說法，只要一跨過邊境，策蘭就像變了個人，顯得緊張而拘束。難道他不應如此？雖然西方盟軍建立了一套民主制度，並試圖對德國人加以「教化」，可是這樣的做法能否成功？德國國民十二年來的同謀共犯，或者至少是隨波逐流、不聞不問和掩耳盜鈴的事實，所有這些都無法在朝夕間獲得扭轉。對猶太人的迫害與流放發生在德國社會，而非別處，德國民眾在反猶問題上的一致態度（個別情況除外），是此類事件發生的基礎前提。這樣的心態無法在1945年5月8日的朝夕間輕易消失。

　　與這些心理殘餘相對應的是政治層面上的一系列重要舉措。1949年建國後，聯邦德國政府頒佈了針對納粹分子的免刑法案，1950年，盟軍的去納粹項目宣告結束，1951年，依據法律許可，成千上萬的「國家公僕」——法官、檢察官、警察、德國國防軍軍官、行政官員、教師、教授——重新回到公共崗位。二十年間，聯邦德國的立法、行政以及教育都遵循著同一方向：平息和驅散屬於納粹的過往，在政治上赦免協從犯，使他們重新融入社會。這樣的「歷史性政策」也許是一種必然，但卻不是此處的話題所在。[8]具體於策蘭而言，我們關心的是這些有關「新德國」的印象，如何在他心中糾結為一體。除此之外，還有更可怕的事情：曾經參與策劃過集體罪行的納粹精英們重新崛起。在他們中不僅有阿登納[9]總理府的長官漢斯·弗洛普科（Hans Flobke，他曾於1935年對所謂紐倫堡法案[10]作出過評註）、部長特奧多爾·奧

7　[Buck（1993），159頁。]
8　[參見：*Norbert Frei: Vergangenheitspolitik. Die Anfänge der Bundesrepublik und die NS-Vergangenheit.*
　　慕尼黑，1996。]
9　阿登納（Konrad Hermann Joseph Adenauer，1876-1967），聯邦德國第一任總理，在任時間為1949-1963年。
10　紐倫堡法案（Nürnberger Gesetze）：通過於1935年9月15日，法案對「猶太人」做出定義，是納粹種族歧視法律化的發端。

伯蘭德（Theodor Oberländer），更有數以百計曾出任蓋世太保頭
目或擔當過突擊隊指揮官的男人。起初，他們（大都未曾受到法
律的追究），以「小圈子」、「老飯桌」以及「俱樂部」的形式
聚在一起，甚至其中的許多人又重新在經濟和司法領域佔據領導
位置。[11]源於機會主義的想法，眾多挑釁行為紛紛出現；直至1960
年，被警局登記入冊的塗寫納粹標誌和標語的事件就有六百多
起，它們大都發生在猶太教會堂周圍。與此同時，政府方面正式
提出了「償付」的說法——對以色列進行賠付，似乎曾經發生的
一切都可以「償付」。

　　保羅·策蘭當然是一名熱切的報刊閱讀者，但是對於這些事
情的經過，他也可能只有一些零星認識，不過出現在文學圈的種
種徵兆卻逃不出他的視野，他詩作的兩位著名評論家便在此列：
熱衷於戰爭、曾為納粹獨裁追隨者的庫爾特·霍霍夫[12]和漢斯·
埃貢·霍爾圖森。霍爾圖森於1940年發表了〈波蘭戰爭札記〉
（*Aufzeichnung aus dem polnischen Kriege*），就「歷史之氣息」的
話題大放厥詞，並杜撰了「我方進軍」的不朽「意義」。[13]正是這
個男人否定了策蘭詩歌中的現實成分，而再也沒有什麼指責比這
更讓策蘭感到憤怒。同樣的憤怒再次被引爆於1959年10月，評論
家鈞特·布勒克（Günter Blöcker）說〈死亡賦格〉像是「五線譜
譜紙上對位法的祈禱練習」，並大談詩集《語言柵欄》中的「眾
多隱喻」（這裡有隱喻嗎？），斷言它們「並不源於現實」，對
現實亦無所裨益。詩人為他的出身背景所「誘導，在虛空中手舞
足蹈」[14]。策蘭的心被深深地攪亂了，他深情地以詩篇〈狼豆〉
（*Wolfsbohne*）作答。詩歌將母親作為傾訴對象，整首詩中對於母
親的呼喚多達二十一次。然而，詩人並未將這首詩發表：

11　[參見Ulrich Herbert: *Als die Nazis wieder gesellschaftsfähig wurden*。見：1997年1月10日
　　《Die Zeit》。]
12　庫爾特·霍霍夫（Curt Hohoff, 1913-），德國作家、文學評論家、西柏林藝術學會與巴伐
　　利亞藝術學會（Bayerische Akademie der Schönen Künste）成員，1939-1945年間服役於國
　　防軍，1947-1949年間先後任《南德意志報》（*Süddeutsche Zeitung*）和《萊茵水星》
　　（*Rheinischer Merkur*）編輯，之後以自由作家身份居住於慕尼黑。
13　[見：Eckart 16（1940），四月刊，104頁。]
14　[1959年10月11日*Der Tagesspiegel*。]

母親。

母親，誰的

手被我握於手中，

當我攜妳的

言語去往

德國？[15]

　　另外的一次重要經歷是有關電影《夜與霧》[16]的紛爭，影片由阿倫・雷奈（Alain Resnais）執導，記錄了發生在納粹集中營裡的事情。1956年，策蘭將讓・凱羅爾（Jean Cayrol）所撰寫的解說文字轉譯為德語；他對待這項工作的態度非常認真，而這項工作也帶給他精神上的震動。同年，當影片就要在坎城影展參與競賽播映時，聯邦德國政府提出抗議，認為該片將會招致「對整個德意志民族的仇恨」[17]。法國政府接受了德國人的無理要求，從節目單中撤除該片。曾有人抗議，但卻未見成效。

　　不過，在這些年裡，亦有認可與讚賞降臨於策蘭。其中，1958年1月頒予他著名的布萊梅文學獎便是明證；然而，就是這件事，也有著策蘭有幸未能知曉的另一面。早在1954年，策蘭便第一次被提名候選，可是，三年之後，他才最終贏得評審委員會的多數票，才能夠戰勝魯道夫・亞歷山大・施洛德[18]的公開表態，在評審中占了上風。想想這位自喻為「內心流亡」的領袖代表人物對策蘭抱持著怎樣的抗拒，再想想策蘭在布萊梅頒獎禮上對施洛

15　[Gedd. Nachlass，46頁。]

16　《夜與霧》（*Nacht und Nebel*）：反映二戰集中營狀況的法語紀錄片，1955年在歷史學家亨利・米榭（Henri Michel）的提議下拍攝而成。片名源於納粹為鎮壓佔領國抵抗運動而頒佈的「夜霧法令」（Nacht-und-Nebel-Erlass）。現在，該片已成為同類題材中的經典影片。

17　[參見*Fremde Nähe*，231頁。]

18　魯道夫・亞歷山大・施洛德（Rudolf Alexander Schröder，1878-1962），德國作家、翻譯家、建築師、畫家，曾創辦雜誌《島》（*Die Insel*）與布萊梅出版社（Bremer Presse）1935年離開布萊梅，遷居至上巴伐利亞山區（作家自己將此舉視為「內心流亡」）。納粹當政時期，他主要從事一些教會方面的活動，但與一些具有民族保守思想的作家有所交往。

保羅·策蘭與魯道夫·亞歷山大·施洛德在布萊梅
文學獎頒獎典禮上，1958年1月。

德表現出的欣賞是何等明顯、無所掩飾[19]，當時德國文化和文學間的深刻分化由此可見一斑。[20]

保羅·策蘭與猶太文化的（重新）親近，表現在他1950年代的購書和閱讀習慣上。在巴黎安頓下來後，他才開始擁有自己的藏書，去世時，藏書量已近五千冊。1952年後，他很快就收集到了一切和卡夫卡相關的書，也讀一些馬丁·布伯[21]的作品以及與哈西德派運動有關的書籍。1957到1963年間，策蘭開始涉獵弗蘭茨·羅森茨瓦格[22]、格爾斯霍姆·舍勒姆[23]（關於猶太教神秘教義的著作，更確切地說即喀巴拉[24]）、瑪格麗特·蘇斯曼[25]（主要是她有關約伯的作品）及古斯塔

19 策蘭在〈布萊梅文學獎獲獎致辭〉中直接提到了施洛德：「在那裡，在那個現在已變得毫無歷史可言、原來曾為哈布斯堡王朝行省的地方，魯道夫·亞歷山大·施洛德的名字第一次向我走來：在閱讀魯道夫·博爾夏特（Rudolf Borchardt）的〈石榴頌歌〉（*Ode mit dem Granatapfel*）時。」

20 [參見Emmerich（1988），12-15頁及69-75頁。]

21 馬丁·布伯（Martin Buber，1878-1965），宗教存在主義哲學的代表哲學家，生於維也納，1938年遷居以色列。

22 弗蘭茨·羅森茨瓦格（Franz Rosenzweig，1886-1929），德國猶太歷史學家、哲學家。他在與基督教朋友的對話中建構了自己的猶太宗教哲學，由此展現了一種進行跨宗教性對話的可能性。

23 格爾斯霍姆·舍勒姆（Gershom Scholem，1897-1982），猶太教學者，猶太教神秘主義宗教史和哲學研究學派創始人，做了大量有關喀巴拉歷史的研究，被視為該領域的權威。

24 喀巴拉（Kabbala）：猶太教神秘主義體系，希伯來文的音譯，原意為「傳授之教義」。13世紀流行於西班牙，代表作為《光明之書》。該書以為《托拉》注釋的方式全面闡述了喀巴拉派思想。該派以神秘主義理解新柏拉圖主義關於宇宙起源的學說，否定「理性」。它受到猶太教正統派的嚴厲打擊，但仍在一般猶太教徒中流傳。

25 瑪格麗特·蘇斯曼（Margarete Susman，1872-1966），德國哲學家、記者、作家、詩人，1946年出版了《約伯之書與猶太民族的命運》（*Das Buch Hiob und das Schicksal des jüdischen Volkes*）一書。

夫・蘭道爾和本雅明的基本著作。奧斯卡・戈爾特伯格[26]的
《希伯來人的真相》與猶太大學生布拉格協會巴科科巴[27]
1913年的文集《論猶太性》（*Vom Judentum*）也是重要藏書。

　　這些書為作家開啟了一方精神和文化傳承的空間。它與作
為宗教的猶太文化有關，但絕未成為篤信的教義。策蘭希望將大
屠殺、自身的以及家族的經歷，嵌入三千多年猶太文化的精神語
境。在世代流傳下來的文字間（更確切的說，在大量訴諸筆墨的
文字中）這一語境顯得可信而確鑿，於是策蘭這幾年的詩歌明顯
出現了更多的引語和互文性。但是，這種精神上的語境與「千面
的文字」（Aller Gesichter Schrift）息息相關，與千年來綿延不絕的
猶太「種族之鏈」（I，274）息息相關。作家覺得自己正是其中的
一員，一些諸如根、幹、樹、睪丸、種、名和種之類的詞的符碼，
便是明證。在1959到1963年間寫成的詩集《無人的玫瑰》中，詩
人以極其複雜的方式完成了這一定位。

　　1969年，策蘭指出他的猶太性應該更多地被理解為「普紐
瑪式的」而不是「題材」上的。[28]按照弗蘭茨・羅森茨瓦格的說
法，他在此處所用的這個希臘詞「普紐瑪」（Pneuma，拉丁語：
spiritus），意指「一種超越個體靈魂和肉體生命而存在的精神上
的聯繫，它甚至會穿越他們的有生之年延伸開去，將個體與群體
聯繫起來」[29]。正因為此，生活在陌生人中的策蘭面對著大屠殺，
希望能將自己嵌入自身的猶太文化，這「種族之鏈」不應被截
斷。1961年6月6日，在兒子埃里克六歲生日時，他寫下了詩作〈受
福〉（*Benedicta*）的第一稿。開頭是這樣的：

26　奧斯卡・戈爾特伯格（Oskar Goldberg，1885-1952），德國猶太醫生、作家，因作品《希伯
　　來人的真相》（*Die Wirklichkeit der Hebräer*）而出名。該書將《摩西五經》視為對現實狀況的
　　描寫，而非神話傳說。就連在宗教觀念上與他一貫對立的宿敵舍勒姆也認為該書意義重大。
27　巴科科巴（Bar Kochba）：1899年，猶太學生在布拉格大學裡建立的猶太復國主義學生組
　　織，後來成為中歐最重要的猶太復國主義組織。協會的名字取自公元132-135年在耶路撒冷
　　發生的巴科科巴起義。
28　[引自Koelle（1997），66-67頁。]
29　[Rosenzweig（1919），引自Koelle（1997），69頁。]

你飲下了它，

那源於祖先向我而來之物{，}[30]

由祖先之彼岸而來：

普紐瑪 ——：

精液。[31]

　　在《無人的玫瑰》之外，寫作於1959年8月的非詩體文字〈山中對話〉（*Gespräch im Gebirg*）也藉年長猶太人和年少猶太人間的虛構對話，對猶太存在的無處可歸，以及它在當下的可能與不可能，作出反思。該文緣起於1959年夏天，策蘭與特奧多爾·W·阿多諾（Theodor W. Adorno）在錫爾斯—瑪利亞（恩嘎丁）[32]有過一次「錯過的相遇」（III，201），那次會面由新朋友彼特·斯叢迪[33]發起，最終因策蘭提前返回巴黎而作罷。

　　策蘭使自己融入猶太文化的方式很特別。完成這一過程的方式不僅限於學術書籍，其間也有一些私人和詩作上的「相遇」。在他們中最引人矚目的便是猶太裔俄羅斯詩人奧西普·曼德爾施塔姆。對策蘭而言，曼德爾施塔姆（策蘭堅持將他的名字拼寫為「Mandelstamm」，以區別於一般的「Mandelstam」拼法）情同手足，甚至是他的第二自我，策蘭還將正在寫作中的詩集《無人的玫瑰》獻給他。無條件的好感源自二者經歷上的驚人相似：猶太背景、遭受迫害、自殺企圖、孤獨、被指控為剽竊、作品遭到誹謗、對「具有民族地域特徵的社會主義」[34]的好感。策蘭如此強烈

---

30 策蘭此詩的原文如此。

31 [*Die Niemandsrose*。圖賓根版，74頁。]

32 錫爾斯-瑪利亞（Sils Maria）是瑞士格勞賓登州（Graubünden）恩嘎丁（Engadin）山谷中的一個小鎮，風光迤邐，是尼采的摯愛之地。這位哲學家的一些重要作品即完成於此，現在在當地還能看到「尼采之屋」。

33 彼特·斯叢迪（Peter Szondi, 1929-1971），匈牙利裔知名文學研究學者，柏林自由大學教授，研究領域主要為詮釋學和比較文學，是策蘭的朋友，也是其詩作的重要研究者。現在，在柏林自由大學設有以其名字命名的文學與比較文學研究所（Peter Szondi-Institut für Allgemeine und Vergleichende Literaturwissenschaft）。

34 [Mandelstam: *Im Luftgrab*。法蘭克福（緬因河畔），1992，75頁。]

奧西普・曼德爾施塔姆。來自蘇聯勞改營（古拉格）的照片，1938年8月。

地希望能夠與這位從1934年開始被流放、1938年底死於古拉格[35]的人融為一體，甚至在還不太清楚曼德爾施塔姆的死亡時間與地點的情況下，他便認定是納粹殺害了這位詩人。[36]不過，最重要的是：曼德爾施塔姆在一個極具可比性的他的「存在的傾角」中寫作，從他這裡，策蘭發現了與自己相似的詩學（而不是詩歌風格上的）信念。二者所追求的都是詩歌語言中的「創造性和真」。「個性化」、詩的「見證」（置身於時代之中）、「錘煉的」語言、作為「書寫此在」的詩歌——所有這些都是策蘭在1960年廣播稿中對曼德爾施塔姆詩歌特點的描述。其實，這也是他對自己詩歌特點的總結。[37]

　　1945至1947留居布加勒斯特期間，策蘭就已經開始從事由俄語至羅馬尼亞語的翻譯工作。1957年，他又重新開始閱讀俄文書

35　古拉格（Gulag）：蘇聯自史達林時代始關押政治犯的勞改集中營系統，在海參威附近，索忍尼辛在鉅作《古拉格群島》中有詳盡的描述。
36　[1958年12月4日寫給Harald Hartung的信。見：*Fremde Nähe*，328頁。]
37　[同上，69-81頁。此外參見Victor Terras / Karl S. Weimar: *Mandelstamm and Celan: A Postscript*。見：*Germano-Slavica*，1978，5期，352-370頁，Olschner（1985），Ivanović（1996a及1996b）以及*Fremde Nähe*，自337頁起。]

籍，並將注意力放在原來無法理解的俄語現代詩歌上。短短幾年時間裡，蔚為壯觀的俄文藏書便已成型。他還將亞歷山大・勃洛克[38]的長詩《十二個》（*Die Zwölf*）和謝爾蓋・葉賽寧[39]的詩集以及其他幾位20世紀俄語詩人如馬雅可夫斯基[40]、赫列勃尼科夫[41]、葉甫根尼・葉夫圖申科[42]的長詩《娘子谷及其他》（*Babij Jar* [43]）等零散詩作譯為德語。雖然策蘭在很早之前便已是一位專業翻譯家，雖然他在1950年代中期就因翻譯著名的法語現代詩而聞名——特別是韓波的〈醉舟〉（*Das trunkene Schiff*，1958）以及梵樂希的〈年輕的命運女神〉（'*Die junge Parze*，1960）；雖然詩人一生翻譯了43位作家的作品，所涉語言達7種之多；雖然他堪稱德語、猶太、羅曼語、斯拉夫語、盎格魯撒克遜文化和文學的兼通者[44]，然而，他朝向俄語詩人的轉變還是具有特殊意義，這意義不僅是審美上的，更是存

策蘭重要翻譯作品

1946年 米哈伊爾・萊蒙托夫《我們時代的英雄》（由俄語譯至羅馬尼亞語）。弗蘭茨・卡夫卡四篇小說（譯至羅馬尼亞語）
1950年 伊萬・戈爾詩歌（未發表）
1953年 埃米爾・米榭・蕭沆《崩塌的學說》
1956年 讓・凱羅爾，電影《夜與霧》的評論文字
1958年 亞歷山大・勃洛克《十二個》
 阿爾圖爾・韓波〈醉舟〉
1959年 奧西普・曼德爾施塔姆詩
 勒內・夏爾，《催眠——反法西斯遊擊隊手札》與其他
1960年 保羅・梵樂希，〈年輕的命運女神〉
 謝爾蓋・葉賽寧詩
1966年 亨利・米肖《我曾是誰》；詩及其他
1967年 威廉・莎士比亞，21首十四行詩
1968年 吉奧塞波・翁加雷蒂《老人筆記》
1970年 雅克・杜潘《夜，愈來愈巨大》

---

38 亞歷山大・勃洛克（Alexander Blok，1880-1921），俄國現代派詩人，第二代象徵主義作家的重要代表人物。

39 謝爾蓋・葉賽寧（Sergej Jessenin，1895-1925），俄國田園派詩人。

40 馬雅可夫斯基（Wladimir Majakowskij，1893-1930），俄國詩人、劇作家。其詩作受到未來主義派的影響。在戲劇理論方面，他反對生活的自然主義描摹，是戲劇革新者，其戲劇理論產生了持久影響。

41 赫列勃尼科夫（Welimir Chlebnikow，1885-1922），俄國詩人，俄國詩歌未來主義派的主要發起人之一，也是該流派的理論家之一。

42 葉甫根尼・葉夫圖申科（Jewgenij Jewtuschenko，1933- ），俄羅斯作家，後史達林時代最受歡迎的詩人。蕭斯塔科維奇（Shostakovich）曾以其詩作《娘子谷及其他》為基礎，寫成第十三交響曲。

43 烏克蘭地名，音譯為「巴比雅」，意思是「娘子谷」。1941年9月，佔領基輔的德國納粹軍隊與烏克蘭警察將殘留城中的猶太人驅逐至巴比雅峽谷，令其分為百人左右的縱隊，分批進入峽谷。進入峽谷者遭到機關槍掃射，死傷者墜入谷底，很快被坍塌的峽谷崖壁淹沒。如此循環往復，幾天時間，就有3萬多名烏克蘭籍猶太人被納粹殺害。在後來的幾個月裡，死於巴比雅峽谷的猶太人、吉普賽人、蘇維埃戰俘和抵抗人士達10萬人之多。

44 [1961年2月10日寫給漢斯・本德（Hans Bender）的信（1984），54頁。]

在上的[45]；這些俄語詩人出現於1917年的烏托邦革命和史達林的迫害之間，「為他們那輩人所濫用」[46]。在他們中，頭一個便是「奧西普兄弟，俄國的猶太人，／猶太的俄國人」[47]——曼德爾施塔姆。通過對這位詩人的介入，最純粹地說明了，終其一生，高品質的翻譯對策蘭而言意味著：讓陌生的（陌生語言的）詩，作為一封交付給未知、「寄往心之陸地的瓶中信」（III，186，他在此採用了曼德爾施塔姆的意象）而登陸，和它一起進入「相遇的秘密」（III，198）並通過「轉渡」[48]這「船夫的工作」[49]建立起「陌生的親近」。陌生的親近，這一悖論是策蘭曾計畫書寫卻未能完成的一冊詩集的標題。[50]

策蘭雖然特別強調自己從事翻譯時在語言精確性方向所作出的不懈努力，然而，對他而言，這實際意味著「在最大限度的文本相近性中翻譯出詩中的詩意，重現格式塔，重現言說者的音質」[51]。基於這種想法而產生的翻譯作品，並不能令所有評論家信服；有些人認定（按照他們的說法）在由此誕生的文本中，有著太過強烈的策蘭式的瞬間。實際上，在情感姿態與寫作姿態上，策蘭與這位俄國猶太兄弟式的人物曼德爾施塔姆間，已有了頗深的融合。在策蘭看來，一方面蘇維埃聯盟——那俄式的東方——作為流放和死亡之地，曾為納粹所侵佔，史達林的恐怖統治也萌發於此；另一方面，和「這東方」、和俄羅斯聯繫在一起的，還有對已逝故鄉、對博愛而崇尚自由的社會主義殘存烏托邦的懷念。總而言之，策蘭可以自稱為——就像我們在這段時期的好幾封信裡看到的那樣——「Pawel Lwowitsch Tselan ／ Russkij poët in partibus nemetskich infidelium ／ s'」（大意為：在這不信神的德國

45　[參見*Fremde Nähe*，287-288頁。]

46　[Celan: Notiz。見：Mandelstamm: *Gedichte*。法蘭克福，1959，65頁。]

47　[Gedd. Nachlass，371頁。]

48　德語原文為「Über-setzen」。動詞übersetzen作為不可分動詞，有「翻譯、改寫」　之意；作為可分動詞，有「擺渡、渡河」之意。在此權譯之為「轉渡」。策蘭認為，「翻譯」不只是字面改寫，也是思想的「轉渡」。

49　[1954年4月1日寫給Peter Schifferli的信。引自*Fremde Nähe*，399頁。]

50　[參見同上389-391頁。]

51　[1959年1月29日寫給Emmanuel Raïs的信。引自Terras / Weimar（參見本章註37），362頁。]

人地盤中的俄羅斯詩人）[52]。

　　1962年4月，彷彿是命運的安排，策蘭又與少年好友埃里希‧艾因霍恩重新開始通信聯繫。此間，艾因霍恩生活在莫斯科，從事文學翻譯，他能夠讀到策蘭的詩並寄給策蘭一些俄文書籍，這些書進一步強化了策蘭的俄羅斯取向。1954年，策蘭曾在詩〈示播列[53]〉中真誠地呼喚著艾因霍恩（I，131），那首詩所懷念的主要是西班牙戰士的自由夢想。現在，在1962年，在詩〈同一〉中，他又重拾起原先那首詩裡的母題，重拾起那句曾被引用的口號「No pasarán」[54]，使有關法國革命和俄國革命的回憶形成「親密應和」[55]。然而二人應未重逢，雖然這重逢是他們所共同期盼的。

1960年復活節，保羅‧策蘭在法國東南部薩瓦省山中。

52　[1962年2月23日寫給Federmann的信（1972），18頁。亦參見〈如奸如賊〉早期版本中的箴言。見Die Niemandsrose，圖賓根版，42-43頁。]

53　示播列（Schibboleth）：語見《舊約‧示師記》第12章第5節，基列人把守約旦河的渡口，捕殺以法蓮人，以「示播列」一詞作為試探。以法蓮人因咬不準字音，便說成「西播列」，於是有四萬二千以法蓮人被基列人認出，遭到殺害。後來，「示播列」被喻為用以區分不同部落的標識口令。

54　西班牙語，意為：「不許通過」，是國際縱隊在西班牙內戰中為捍衛民主政體向法西斯發出的宣戰口號。

55　[參見Einhorn（1998），31頁。〈同一〉的第一稿題為〈瓦萊哀歌〉（Walliser Elegie），其中就出現了「艾因霍恩」的名字（參見Die Niemandsrose。圖賓根版，106-107頁）。]

　　作為詩人和猶太人所遭受的詆毀屬於曼德爾施塔姆命運的一部分，1960年春以後，同樣的遭遇以更為尖銳的形式降臨於策蘭身上，這便是所謂的「剽竊事件」，或者我們更應稱之為「克蕾兒·戈爾事件」。1960年4月，慕尼黑文學小雜誌《工棚詩人》（*Baubudenpoet*）登載了伊萬·戈爾遺孀的一封信，她滿心感激地抓住了詩人理查·薩利斯（Richard Salis）中傷策蘭詩歌的一篇評論——〈有關保羅·策蘭不為人知的事〉（*Unbekanntes über Paul Celan*），其中聲言，出於信任，策蘭被允許翻閱伊萬·戈爾的德語和法語手稿，然而他濫用了這一權利，送來的譯文極為糟糕，令她不得不阻止譯文的出版，此外她還指控他對伊萬·戈爾進行剽竊，大量轉用遺作中的詩歌隱喻，其中也包括〈死亡賦格〉中的「早年的黑乳汁」。其實，這些惡毒而毫無理由的誹謗還不足以使人震驚，令人更無法接受的是，幾份著名的副刊，如《世界》（*Welt*）和《基督與世界》（*Christ und Welt*），竟然在未加任何考證的情況下，直接採用了這些造成重大影響的指責。這一切都發生在1960年11月。

　　對策蘭而言，此番責難並不新鮮，克蕾兒·戈爾在其夫亡故後不久便已開始發難。起先是在1950到1951年間，戈爾的遺孀和她的出版社駁回了策蘭對伊萬·戈爾法語文章的翻譯，認為它們太過「策蘭化」；1953年，她又提出了有關剽竊的指控。這一尖銳局面的始作俑者以及後來的主要證人，是年輕的日耳曼學者理查·厄科斯納（Richard Exner），當時他還是留美的外國學生，後來又成為了加州大學的教授。1953年8月，厄科斯納告訴克蕾兒·戈爾，在其夫的遺作《夢之草》（1951）和策蘭的詩集《罌粟和記憶》中存在著驚人的相似性，而他根據後者的出版年代（1952年）便認定它「問世較晚」；如此一來，有關剽竊的指控誕生了。厄科斯納並未花功夫深究這些和戈爾的作品「相近似的」策蘭詩歌到底問世於何時，事實上，除了其中一首，其餘作品均出版在1948年以前，並被印刷在已被撤回的詩集《骨灰甕之沙》中，換言之，它們顯然誕生於策蘭見到伊萬·戈爾及他的德語詩之前。

　　1953年，克蕾兒・戈爾還將有關剽竊指控的信件複製寄給評論家、出版社和電臺編輯；對此，策蘭一定也有所耳聞。1956年，她通過一些至今仍然匿名的信件加強了攻勢，而且這樣的做法顯然不無功效。不管怎麼說，策蘭還是考慮了作出反擊的可能——最好能在一個較為嚴肅的場合予以反駁，並能得到同行作家們的支持。在鈞特・葛拉斯著名的「巴黎箱子」[56]（它在作家遷居之後失蹤了很久，1976年才又被重新找到）中發現了1956年7月27日策蘭給阿爾弗雷德・安德施的七頁打字稿；那時，策蘭還很敬重這位同行，希望能借用他的雜誌《文本和符號》反擊克蕾兒・戈爾的叫囂，不過，策蘭大概並未將這封求助信寄出（至少，從1960年5月起，安德施便被策蘭視為敵人）。[57]克蕾兒・戈爾的中傷頗見成效，對於這一點，策蘭應早有體會，譬如在1957年2月7日的布萊梅作品朗誦會上，當一位聽眾詢問起有關克蕾兒・戈爾剽竊指控的事時，策蘭便將這一問題斥為反猶主義，繼而憤然離席。[58]

　　三年後，在1960年，克蕾兒・戈爾的詆毀跨越地域，廣獲應和。保羅・策蘭被譽為1945年後最重要德語詩人的光輝聲名，忽然遭到質疑。他找到我們能夠想到的最好的代言人：英格柏格・巴赫曼、克勞斯・德穆斯、瑪利・路易士・卡什尼茨，他們在《新評論》（*Neue Rundschau*）上一起發出了反對的聲音；彼特・斯叢迪在《新蘇黎世報》（*Neuen Zürcher Zeitung*）上刊發了一篇主要從語文學角度對剽竊指控進行反駁的文章；羅爾夫・施羅爾斯、瓦爾特・延斯和漢斯・馬格努斯・恩岑斯貝格也都毫無保留地為策蘭作出了辯護。作出同樣努力的還有立場一致的畢希納文學獎獲得者們，以及奧地利筆會（1961年初，策蘭被接納加入這一組織）。另外，一份經德國語言文學學會（Deutsche Akademie

---

56　「巴黎箱子」裡所裝的主要是《鐵皮鼓》的最初草稿，據說葛拉斯自己把這口箱子都忘掉了，後來又在葛拉斯的巴黎故居內被找到。

57　[打字稿的影本現存於馬爾巴赫（Marbach）德國文學檔案館，被歸入安德施遺著（編號798.5322 / 11）。有關策蘭對安德施態度的改變，見：*Briefwecksel mit Sachs*（1993），120-121頁。]

58　[Döpke（1994），38頁。]

für Sprache und Dichtung）提議、由賴因哈德・多爾[59]撰寫的專家意見，也認為應「徹底駁回戈爾夫人的指控」。[60]可是，這樣的做法其實更讓人覺得尷尬，因為正是多爾在風波初起時熱烈地維護著有關剽竊的指控。最後，連曾在多家副刊上散播剽竊論調的萊納・阿博爾（Rainer K. Abel）也收回前言，向策蘭道歉。

然而，那句臭名昭著的名言「semper aliquid haeret」[61]，再一次顯出了它的無比靈驗。1960年12月，在《月刊》（Monat）中刊登了一篇題為〈我到底存不存在？〉的短篇小說，作者署名「R. C. Phelan」。這篇以虛構作者名開篇的文章顯得特別狡詐，小說講述了一位德克薩斯農民從無名小卒變成著名作家的故事，故事最後發現撰寫小說的根本就不是某個人，而是一種寫作機器；簡言之，根本就不存在作者，他是一個不存在的人，一個騙子。虛構的作者名「R. C. Phelan」也暗示了這一點，它可以被讀作「大騙子」（在法語中，「félon」的意思是「不忠誠者、洩密者」，策蘭也立即覺察到了這一點）[62]。編輯聲稱，「R. C. Phelan」是阿肯色州大學的教授，學校位於美國菲耶特維爾（Fayetteville）。可是，無論是在那裡還是在其他任何地方，都沒有這個人。[63]

在寄給維也納老友賴因哈德・費德曼的一封信裡，策蘭語帶苦澀地轉用了這篇小說標題中的提問：「我到底存不存在？」在這位猶太詩人看來，這一提問正中要害，道出了他在反猶主義野蠻思想的席捲下被迫經歷了什麼。對他而言，剽竊指控的背後匿藏著希望作為作者的他能夠湮滅消失的企圖。對他而言，一切皆已了然：曾經的肉體上的消滅未能成功，此後便覬覦於精神上的滅殺。[64]對於剽竊的指控，令倖存者再次陷入大屠殺般的恐懼，誹

---

59 賴因哈德・多爾（Reinhard Döhl，1934-2004），德國文學與傳媒研究者、作家、藝術家。

60 [Döhl，見：Dt. Akademie für Sprache und Dichtung. Jahrbuch 1960，131頁。]

61 拉丁語，意為「總會有抹不淨的地方。」

62 [1962年3月7日寫給Federmann的信（1972），21頁。]

63 [在尚存於世的《月刊》相關人員中，已無人能夠（或願意）說出這篇文章的真實作者。依照設在美國西北大學（伊利諾州伊文斯頓鎮）的《月刊》檔案館中的記載，這篇出自「Richard Phelan」的文章經由紐約的威廉莫里斯經紀公司（William Morris Ageny）轉給編輯部。也就是說，該文也許真的來自美國。]

64 [1962年4月25日寫給Solomon的信（1981），76頁。]

謗也是一種謀殺[65]。人們也許會覺得這是作家對事件的誇張或者同時也是一種錯誤解讀，可是毋庸置疑的是，在這主觀的解讀方式之中體現著客觀的成分：一種可怕的冷漠，完全無視大屠殺後猶太人的感受。在克蕾兒·戈爾難聽的言談中已經表露出對策蘭猶太身份的攻擊：「他很清楚，需要將父母被殺的悲慘傳奇[！]講述得如此悲情。」策蘭在1962年2月給阿爾弗雷德·馬爾古－施佩貝爾的一封信裡作出以下總結：

> 當作為個人的，即作為主體的我「被棄」後，我可以異變為客體，作為「主題」繼續存在；大多數情況下作為「沒有出生地的」荒原狼，還帶著可辨識的猶太特徵。一切我身上的東西都被重新組合——近來也有我的猶太性。[……]您想想維爾·費斯佩爾[66]；——想想那匿名的羅蕾萊[67]。我就是——嚴格地說，親愛的阿爾弗雷德·馬爾古－施佩貝爾——那個不存在的人![68]

這些經歷，為1962年底即將完稿的詩集《無人的玫瑰》的書名及「無人」（niemand）一詞的反覆使用，添加了一層新的含義；自稱為「無人」，然後給那些在精神上剝奪其作者身份的人寫信，就如同在真空中進行言說，說出的話永遠不會進入對方的耳朵。這是怎樣一種充滿了自嘲和譏諷的論斷，於此能夠強烈感受到猶太作家的無足輕重，它正印證了另外兩處重要的空缺：大屠殺後，猶太民族在三千多年裡（雖然歷經了迫害和散佚）所擁有的容身之地空缺了；同樣空缺的還有上帝的位置，策蘭一首著名的詩〈詩篇〉（*Psalm*）這樣開頭道：

65　德語中，「誹謗」（Rufmord）是一個由「名譽」（Ruf）和「謀殺」（Mord）粘連而成的合成詞，即「將對名譽的謀殺視為謀殺」。

66　維爾·費斯佩爾（Will Vesper，1882-1962），親納粹作家。

67　羅蕾萊（Lorelei）：德國民間傳說中的女妖，在萊茵河畔的高崖上以歌聲誘惑過往的船隻。德國猶太詩人海涅曾以此為題，寫成傷感的抒情詩歌〈羅蕾萊〉（Die Lore-Ley）。二戰中，許多猶太作家的作品被納粹焚毀、查禁，這首經典的〈羅蕾萊〉雖被官方選編保留，但被隱去了作者姓名。

68　[Margul-Sperber（1975），57頁。]

保羅・策蘭在菲舍爾出版社，緬因河畔的法蘭克福，1960年10月。

無人用泥和粘土塑我們，

無人給我們的塵施法。

無人　　　　　　　（Ⅰ，225）

可以說，作者以猶太神學的解釋方法為出發點，認為只有在人類的行為中才能看到上帝的實現——沒有人類行為，上帝什麼也不是。我們在前面曾提到布拉格文集[69]中收錄有胡戈・貝克曼[70]的文章〈名的聖化[71]〉，策蘭就是在諸如此類的文章中接觸到上述觀念。當然，貝克曼的文章是從猶太復國主義角度對這一觀念進行論證，將錫安復國視為目標。在策蘭這裡卻正好相反，他從另一個方面強調了這一神學理念：歷經大屠殺之後，猶太人的集體人類行為變成了不可能——「虛無 / 我們曾是，我們現在是，將來 / 我們還一直會是」——也就是說，上帝的空缺仍未被填補，只有通過「ex negativo」[72]，吟唱（文學創作）才成為可能——作為「虛空的， / 無人的玫瑰」。[73]

　　1960年，對作為個體和作為作家的策蘭而言，加諸其身的傷害已達到極致，對他的心理及生存意志造成了永久性的損傷。據保守估計，我們可以認為，從1962年末開始，策蘭的病情（至少在短時間裡）已十分嚴重。此時距克蕾兒・戈爾在《工棚詩人》上刊登信件已兩年半有餘；作家在這些年裡奮起抵禦，對這一攻擊予以反擊，然而與此同時，他也虛弱了下去。他無法一直信心十足地作出應對（他又能怎麼樣？），於是策蘭沒有緣由地對許多人起了疑心，以為自己被出賣，最終甚至與關係密切的朋友斷絕往來，其中的一個重要例證便是他與克勞斯・德穆斯間的友

69　即布拉格猶太復國主義組織巴科科巴的文集。

70　胡戈・貝克曼（Hugo Bergmann，1883-1975），以德語寫作的新希伯來前衛哲學家、作家、專業圖書管理員、猶太復國主義學生組織巴科科巴成員，其宗教思想受到馬丁・布伯的影響。

71　名的聖化（Kiddusch haschem 或 die Heiligung des Namens）：源自希伯來語。猶太教認為，因宗教信仰而犧牲自己生命的人，其殉教行為將使上帝的名字變得更為神聖，即此處所說的「Kiddusch haschem」。

72　拉丁語，意為「在否定中，通過對與之相悖狀況的描述」。

73　[Margul-Sperber（1975），57頁。]

誼，這段友誼在1963到1968年間幾近完結。策蘭與德國作家同行
的關係也同樣陷入了危機，然而他們中的一些人完全是友好的。
此外，策蘭還一再強調，與那些尚未揭示出來的反猶主義一樣，
以自由主義面貌出現的反猶主義同樣可疑而可鄙——同樣如此
的還有流行於知識份子之中的親猶主義[74]。他甚至對猶太同行在
文學活動中所發表的許多意見也表示出了相當的鄙棄。1960年10
月，達姆施塔特學會（Darmstädter Akademie）授予他畢希納文學
獎，而他將這解釋為「不在犯罪現場的辯護」（Alibi），為的就
是以後「能夠更好地詆毀他」[75]。

　　針對詩人約翰內斯·波勃羅夫斯基[76]這位生活在民主德國、
比策蘭年長三歲的作家，策蘭說了一些言辭特別激烈的話。究
其原委，也許是一位共同的熟人彼特·約克斯塔[77]曾私下裡告訴
策蘭，波勃羅夫斯基在書信中如何評價他和他的作品《語言柵
欄》：波勃羅夫斯基雖然為策蘭的詩歌所吸引，卻將他1959年
的詩集貶作「裝飾考究的煉丹師廚房」、「蒸餾所」和「香水工
廠」。開始，策蘭還寫了一些真誠而讓波勃羅夫斯基感到「簡直
親如手足般的」書信，可是在那之後他們便決裂了。1965年11月2
日，策蘭禁止（這一次又是由約克斯塔充任中間人）波勃羅夫斯
基將〈復甦〉（Wiedererweckung）一詩獻給自己或僅僅是寄給自
己；而此時，波勃羅夫斯基已去世兩個月。[78]早在1962年，策蘭就
認為這位曾是德國士兵，於1943至1944年間在《內心之國》[79]雜誌

74　親猶主義（Philosemitismus）：17、18世紀的思想運動，對猶太人及其宗教抱著一種相當寬
　　容的姿態，後也指對猶太人表現出的超乎尋常的好感。二戰後，這種態度也被認為是種族歧
　　視的一種表現形式。
75　[1962年3月9日給Marqul-Sperber的信（1975），58頁。]
76　約翰內斯·波勃羅夫斯基（Johannes Bobrowski, 1917-1965），德國詩人、作家，1937年在
　　柏林以旁聽的形式學習藝術史，而不願接受一位納粹分子提供的轉為正式學生的可能。作為
　　浸信教會（Bekennende Kirche）的成員，他曾與反納粹的基督教反抗組織有過接觸。二戰
　　中，他以二等兵的身份服役參戰，1945-1949年被蘇軍俘虜。從戰俘營回來後，他定居於東柏
　　林，在出版社任編輯。其詩兼容傳統與現代，表現了現代人在生存困境中的痛苦和反思，曾
　　獲「四七社文學獎」等文學獎項。1944年，他在《內心之國》上發表了自己的詩歌處女作。
77　彼特·約克斯塔（Peter Jokostra, 1912-2007），德國作家、文學批評家。
78　[參見Jokostra（1971）。]
79　《內心之國》（Das Innere Reich）：1934-1944年間出版於慕尼黑的文學雜誌，副標題為「關
　　於文學、藝術和德國生活的雜誌」。

中嶄露頭角的同行，無權魔術般地「憑空生出古普魯士之物」[80]，或者依照策蘭的説法：作為當時的共謀者，無權頂著基督的寬恕精神作偽善的詩。

　　針對這一話題，策蘭最激烈的（當時還未被察覺）反應出現在詩〈小屋之窗〉（*Hüttenfenster*）中：反對「他們，那些興起它（屠殺的黑色冰雹[81]）的人，那些 / 將它在言辭中抹去的人 / 用裝甲拳頭[82]寫下的學舌的鬼畫符！」（I，278）在〈巴黎哀歌〉（即〈小屋之窗〉的雛形）的殘篇裡，我們還可以看到這樣的文字：「並宣稱在那殺戮的歲月裡 / 曾是被謀殺者中的一員」[83]。黑白顛倒的時局深深刺傷了策蘭：人們否認倖存犧牲者言辭的真實性；而另一些人與曾犯下罪行者沆瀣一氣，對於他們的「清結文學」，大眾卻讚賞有加，他們被授權充當犧牲者的代言人。

　　有一件事特別能夠説明對倖存者的傷害究竟會達到何種程度——這種傷害並不總能拉近受害者間的距離——：保羅・策蘭與奈莉・薩克斯間的交往。這位生活在瑞典的德語猶太女詩人生於1891年，與曼德爾施塔姆同年，1940年，她九死一生地逃離納粹的迫害。她與策蘭從1957年開始書信往來，雙方都真心期望能夠成為朋友，但卻未能如願。起初，文字上的往來令他們惺惺相惜，對對方的詩作都頗為讚賞，特別是奈莉・薩克斯這位年長近三十歲的老者，對年輕的「兄弟」表達了特別的愛意和敬重。1959年10月，策蘭憤怒地講述了鈞特・布勒克對其詩集《語言柵欄》的鄙薄之論，這令她大為震驚，雖然她並未能真正理解他。對策蘭而言，仇恨和輕蔑的感情並不陌生，而她則完全不同於策蘭，在大屠殺後，她還代表著（也體驗著）愛和寬恕之音，這幾乎讓人感受到了基督的精神。她「在巴黎和斯德哥爾摩之間」

80　[1962年9月12日給Margul-Sperber的信（1975），59頁。參見波勃羅夫斯基的詩〈古普魯士語的哀歌〉（Pruzzische Elegie）。]

81　詩歌原文為「他們，那些興起它的人」，文中的「它」代指前面出現的「黑色冰雹」，「屠殺的」為傳記作者自己添加的解釋性說明。

82　裝甲拳頭（Panzerfaust）：在德語中有是一種反坦克輕武器的名稱，在此取其複合詞的字面意思，將其譯為「裝甲（Panzer）拳頭（Faust）」。

83　[*Die Niemandsrose*。圖賓根版，120頁。參見Birus（1996）。]

看到了「痛苦和寬慰的子午線」，也許這樣的說法深深觸動了策
蘭[84]。一年後，「子午線」這個概念成為他在畢希納獲獎發言辭中
的標題和核心觀點。

　　1960年5月29日，奈莉·薩克斯前往博登湖邊的梅爾斯堡
（Meersburg）領取德羅斯特獎[85]，這也是她流亡後第一次重新踏
上德國的土地。頒獎式的預備期間，策蘭和薩克斯相會於蘇黎
世（同時也重逢了英格柏格·巴赫曼）。在被收入詩集《無人的
玫瑰》中的數首詩裡，出現了一些地名以及與之相關的重要資訊
碼，〈蘇黎世，鸛屋[86]〉（Zürich, Zum Storchen；I，214-215）便是
其中之一。詩歌註明「獻給奈莉·薩克斯」，行文中談到了這次
發生於聖母升天日的艱難相遇。文本中，策蘭採用了瑪格麗特·
蘇斯曼在《約伯之書與猶太民族的命運》中的說法，強調了自己
「抱怨的」約伯姿態，以區別於奈莉·薩克斯的虔信態度。他甚
至在交談中挑釁地說，他「希望能一直瀆神，直至死亡」，這讓
人不禁聯想到唐璜（Don Juan）。[87]

　　蘇黎世會面後不久，女詩人在巴黎拜訪了策蘭和他的家人。
雖然其間言辭舉止都顯得頗為親切，但這次會面還是讓人感到不
安。奈莉·薩克斯無法忍受策蘭總是無休無止、不依不饒地談論
德意志聯邦共和國境內的反猶傾向，以及加諸於他的誹謗。這令
她感到憂慮，既為這位朋友，也為她自己。回到斯德哥爾摩後，
薩克斯的精神狀態急劇惡化，她因為臆想過度（她也在書信裡對
策蘭提到此事）被送往精神病院。9月初，策蘭憂心忡忡地乘火
車遠道趕往斯德哥爾摩，探望這位「姊妹」，但她卻沒能認出他
來，或者，她並不想接待他。接下來的幾天，他們也在醫院裡見了

84　[*Celan-Sachs. Briefwechsel*（1993），25頁。]
85　德羅斯特獎（Droste-Preis）：1957年為紀念德羅斯特-徽爾斯霍夫（Annette von Droste-
　　Hülshoff）而設立的文學獎項，獎勵對象為以德語寫作的女作家。
86　鸛屋（Zum Storchen）：位於蘇黎世利馬特（Limmat）河畔的一家旅館，有著六百多年的歷
　　史，因屋頂的鸛巢而得名。
87　[參見Bollack（1994），126頁。]

幾次面。一周的斯德哥爾摩之行後，策蘭重返巴黎[88]；9月13日，他前往馬丁·布伯在此地入住的旅館，探訪了這位他甚為敬重的人；策蘭顯然十分失望，因為布伯對他的困境不感興趣，而且他也和那位斯德哥爾摩的朋友一樣，對德國人採取寬恕的姿態。[89]

　　三年間，奈莉·薩克斯時斷時續地住在精神病院裡。雖然她和策蘭間偶爾還有書信往來，雖然他們努力維持著親切的語調，但依舊難掩疏離，尤其在策蘭這方面。1970年5月初，奈莉·薩克斯聽說了策蘭自盡的消息；之後不久的5月12日，她也去世了。兩位傑出人物希望能夠相互靠近、相互幫助的努力最終失敗。

奈莉·薩克斯，1965年。

88　[參見*Briefwechsel*（1993），52-62頁以及〈閘門〉（*Die Schleuse*，全集I，222頁）。
　　關於此行的最後線索出現於1998年12月6日埃里克·策蘭的書面文字中，其說法與
　　保羅·策蘭1960年9月2-6日的記載一致。]
89　[參見Lyon（1989），195頁。]

巴黎 II

「……一粒呼吸的結晶，/ 你不容辯駁的 / 見證」
1963—1967

「……説，耶路撒冷它在」
巴黎 / 1968年5月 — 以色列 / 1969年10月

「……我定是日益向著我的深淵墜落下去」
1969年末—1970年春

法國高等師範學院的中庭，背景為主樓。

第七章

「……一粒呼吸結晶，
╱ 你不容辯駁的 ╱ 見證」

1963－1967

　　八年間，保羅・策蘭成了知名詩人。名譽隨著《罌粟和記憶》的出版而來，憑藉著格奧爾格・畢希納文學獎登峰造極。早在1952年，策蘭就因《語言柵欄》成為了大名鼎鼎的菲舍爾出版社的作家，那時他剛開始擔任巴黎高等師範學院（École Normale Supérieure）德語語言文學教師的職位。接踵而至的還有其他讚譽：1962-1963年，作家入選西柏林藝術學會（West-Berliner Akademie der Künste）會員（他拒不接受）；1964年，他獲得了北萊茵－威斯特法倫州藝術大獎（Große Kunstpreis des Landes Nordrhein Westfalen）；只要供稿，最好的文學雜誌，特別是《新評論》，就會優先刊印他的詩作；只要他願意，便可以於1960年獲得法蘭克福大學的講師職位——因為他表示希望「在十六年的巴黎生活之後還能 [……] 有機會生活於純德語的環境」。而後，在1964-1965年間，戈特弗里德・貝爾曼・費舍爾[1]聘請他出任出版社的德語文學客座編輯，並提供了不菲的薪酬。同年，策蘭從福特基金會（Ford Foundation）獲得資助，可以在柏林駐市一年。但是無論是法蘭克福還是柏林，最終都沒有了下文。[2]

---

1 戈特弗里德・貝爾曼・費舍爾（Gottfried Bermann Fischer，1897-1995），德國出版家，從岳父山謬・費舍爾（Samuel Fischer）手上接管菲舍爾出版社。1936年，他將菲舍爾出版社一分為二：留在德國的部分便是後來蘇爾坎普出版社的前身；另一部分則由其轉移至奧地利，主要負責遭納粹查禁的作家作品的出版。後來，他又攜家人流亡至瑞士、瑞典、美國等地。

2 [參見Briefwechsel mit G. B. Fischer（1990），652-654頁。]

　　策蘭在公眾中的聲名日漸增長，然而他對於現實的感受以及他的精神狀態卻完全相反。他不願接受那些頗具吸引力的職位。人們也許會想，既然有了聯邦共和國文學團體裡的那些惱人經歷，策蘭一定會在巴黎獲得更加強烈的歸屬感，可是事實並非如此。1962年，他寫信給生活在切爾諾維茨的舊日好友古斯特爾・肖梅（兩人剛恢復聯繫），告訴他，在這「現在已無所寄望、常顯得如此無情」的巴黎，他自己是多麼懷念布科維納的「已失與未失」（Verloren-Unverlorenen）³；他仍舊覺得自己是「陌生人，不受歡迎」（I，188），他仍一如既往地覺得自己帶著「東方的」印記，絲毫沒有「變得更西方一點」⁴。他的生存之地曾是「這最遼闊的 ／ 王國，這無邊的內韻 [……] ／ 語言的天平，詞語的天平，故土的天平　流亡」（I，288），於是，最老舊、最遙遠的友誼在瞬間成為了最親切的東西：那便是與切爾諾維茨和布加勒斯特朋友間的友誼。他們中有古斯特爾・肖梅，有在莫斯科的埃里希・艾因霍恩，有自1963年後便和其夫生活在杜塞道夫的埃迪特・西爾伯曼，還有在布加勒斯特的阿爾弗雷德・馬爾古－施佩貝爾、尼娜・凱西安和彼得・所羅門。策蘭一直未能與他們重逢，或者至多也只是偶爾相見；而也許也正因為此，這些友誼才得以延續，才能永保真誠。

　　在這些朋友中，策蘭與彼得・所羅門的通信又顯得格外密切。所羅門曾兩度因為政治上的因緣際會中斷了與策蘭的聯繫：一次是1948年的逃亡之後（直至1957年），另一次則是1958年到1962年2月，策蘭並未因此對他心存芥蒂，1962-1963年間，他的來信反而顯出了更多的信任、更加迫切了。他向所羅門講述戈爾事件的同時，也能在這位朋友的面前坦言自己的錯誤與弱點。策蘭於1962年4月這樣寫道，他很清楚，遠遠看去，自己所說的這些東西肯定「顯得不實」，而憤怒的襲捲也可能使他自己的表述變

3 [引自「銀馬」舊書店（Die Silbergäule）的書籍目錄。漢諾威，1996。]
　　從客觀看來，遠居巴黎的策蘭已不再擁有布科維納的生活，但從主觀看來，昔日的故鄉生活卻一直留存於詩人的記憶中，從未離開。
4 [1957年7月18日給Solomon的信（1981），73頁。]

保羅・策蘭在法蘭克福多羅特婭・勒爾（Dorothea Loehr）畫廊朗誦詩，1964年7月18日。

得不太可信。1962年9月，他又說：「我的情緒不過是我的情緒而已，它不聽使喚了[5]——因為非常現實、非常客觀的原因。」就在1963年12月，策蘭又寫信給所羅門，向他講述一年前自己曾經歷過的一次甚為嚴重的抑鬱。[6]

保羅‧策蘭這裡所說的是1962年底到1963年1月在巴黎精神病院度過的那段時光。1960年的非難以後，他的作品遭到嚴重質疑，策蘭由此更加強烈地感覺到外界對他（和他作為作家個體）的抹殺。現在，他第一次無力在它們和他的日常責任間保持平衡。雖然無法看到策蘭住院期間的資料，但我們可以斷言，他沒有器質性精神病變的跡象。在此，我們不可把器質性精神病及與生俱來的憂鬱氣質和敏銳感知力混為一談。與憂鬱和敏感如影隨形的是策蘭在詩歌方面的想像力和天賦，也許它們同時也是想像力與天賦產生的前提條件；是憂鬱和敏感使策蘭能夠以詩人的身份，在記憶裡保存和哀悼大屠殺中的遭際，這些經歷足已使一個敏感如策蘭般的生命終身沉浸於陰影之中不可自拔。不過，使策蘭產生心理疾病，甚至最終促其自盡的，還不是那些悲傷的生命經歷，而是一些被詩人視為舊納粹反猶殘餘的經驗，它們轉入了精神層面，不再只是肉體上的斬盡殺絕。策蘭對「新德國」的體驗總是執著於此類趨向，對於其他那些反納粹的政治文化瞬間，他卻視而不見。如此姿態也許讓人感到遺憾，然而這卻絲毫不會改變是誰、是什麼引他走向了那條他自己並不易於規避的自我毀滅之路。

1963到1965年間的幾件事，又一次顯示了這種典型的策蘭式感知模式。作家的驚惶無措與煩惱如一道長鏈，從1952年開始於尼恩多夫後便似乎依著某種內在邏輯延續下來。1963年1月，葉甫根尼‧葉夫圖申科的長詩《娘子谷及其他》被譯成多種文字，其中也有未經譯者授權而收錄的策蘭譯文，就在詩歌譯本付梓之

5 策蘭在此承認，因為受其精神狀況的影響，說了一些與本意並不相符的話。
6 [1962年9月5日給Solomon的信（1981），76、78、80頁。]

際，魯道夫・瓦爾特・萊奧哈德[7]藉《時代》（*Zeit*）週刊聲明，3,3771位猶太人在基輔附近的巴比雅山谷裡「被俄國人射殺」；然而其實大家都很清楚，發生於1941年9月的這次集體處決是納粹黨衛軍的作為。[8]策蘭對此深感震驚；做這種事的總應該是「別的人」，而非本民族人。1964年3月，因為女詩人、筆會裡的女同事、曾為伊萬・戈爾戀人的鮑拉・路德維希（Paula Ludwig），將1960年克蕾兒・戈爾的剽竊指控事件說成「猶太人的內部事件」，策蘭退出了奧地利筆會，國際筆會主席菲德里希・托爾貝格（Friedrich Torberg）也無法讓他回心轉意。[9]

1964年5月2日，漢斯・埃貢・霍爾圖森在《法蘭克福匯報》（*Fankfurter Allgemeine Zeitung*）上發表了關於詩集《無人的玫瑰》的評論，在回顧《罌粟和記憶》的文章段落裡，評論家提出批評，認為當時的策蘭太過偏愛「超現實主義式的、醉心於隨意性的第二格隱喻[10]（如：「時間的白髮」、「死亡的磨坊」、「預言的白色粉末」）[11]。15歲便與家人一起於1944年被流放至貝根－貝爾森[12]的文學評論家彼特・斯叢迪以讀者來

彼特・斯叢迪在哥廷根，1964年。

信的形式代朋友作答。他指出，在不久前的法蘭克福奧許維茲訴訟案中，是阿道夫・艾希曼[13]使用了「我讓奧許維茲的磨坊

7　魯道夫・瓦爾特・萊奧哈德（Rudolf Walter Leohardt，1921-2003），新聞工作者，1957-1973年負責《時代》週刊副刊部分。

8　[參見1963年1月18及25日的《Die Zeit》。]

9　[參見Torberg: *Ges. Werke XII*. 慕尼黑 ／ 維也納 1981，79-82頁。]

10　在德語中，名詞與緊隨其後的第二格賓語一般表示所屬關係。

11　[1964年5月2日*Frankfurter Allgemeine Zeitung*。]

12　貝根－貝爾森（Bergen-Belsen）：納粹時期的一個集中營所在地。

13　阿道夫・艾希曼（Adolf Eichmann，1906-1962），納粹高官、猶太大屠殺中執行「最終方案」的主要負責人，被稱為「死刑執行者」。

工作」的說法，斯叢迪指責霍爾圖森力圖「藉助對隨意性的責難，阻止人們回憶曾真實存在的東西」。霍爾圖森在沒有搞懂的情況下便憤怒地作出反駁：被引用的三處隱喻出自策蘭的詩歌〈晚來深沉〉（I，35），而這首詩「與奧許維茲以及納粹恐怖的主題毫無關聯」[14]。〈晚來深沉〉中未加掩飾的訴説被霍爾圖森所誤讀，這正醒目地印證了斯叢迪的（同時也是策蘭的）批評。

論戰後的幾周，策蘭一家和彼特·斯叢迪一起穿過奧拉都爾村（1944年，村中居民被黨衛軍殺害）[15]，前往多爾多涅（Dordogne）會見好友麥奧特·博拉克（Mayotte Bollack）和讓·博拉克[16]夫婦。在獻給博拉克夫婦的詩〈佩里戈爾〉（*Le*

讓·博拉克、奧特·博拉克、保羅·策蘭、和吉澤爾·策蘭－萊斯特朗熱在法國諾曼地莫阿鎮，1964年8月。

14 [1964年6月25日*Frankfurter Allgemeine Zeitung*。又參見Szondi（1993），162-168頁。]

15 奧拉都爾村（Oradour-sur-Glane）：波爾多以北200公里處的一個法國小鎮。1944年6月，潰退途經此地的德國軍隊在此進行了大規模的屠殺行動。當地村民幾乎全部被殺，村中建築遭焚毀。戰後，該村以廢墟的形式原貌留存。

16 讓·博拉克（Jean Bollack，1923- ），法國哲學家、語言學家，著有《反文學創作的文學創作——保羅·策蘭與文學》（*Dichtung wider Dichtung. Paul Celan und Literatur*）、《保羅·策蘭——陌生的詩學》（*Paul Celan. Poetik der Fremdheit*）等書。

Périgord）中，策蘭以其特有的方式將各種不同經歷編織起來：自己剛完成的旅行、荷爾德林的1802年法國西南部之旅（這次旅行賦予了詩歌〈紀念〉的寫作靈感）、奧拉都爾的殺戮、以及新近才發生的霍爾圖森的誤讀事件。詩中這樣寫道：

> 一位遠方的來者，你畫上
> 各式各樣的圈，也在此地，
> 也如此這般，那
> 燒得焦黑的你。[17]

作家的兩難境地正在於：巨大的傷口一再開裂；在如此合乎邏輯的方式中，又有太多災難的迴圈被一再締結。一年後，賴因哈德・鮑姆哈德[18]聯繫阿多諾的説法對〈死亡賦格〉進行批判，認為它「已有太多對藝術的享受，太多對被藝術所『美化』的絕望的享受」，這批評也針對著波勃羅夫斯基和其他一些人。同樣地，策蘭將此視為誹謗的又一次蠢蠢欲動。[19]和1959年一樣，他仍以一首母親之詩作答。這首詩也同樣未被發表。詩中這樣寫道：

> 他們將你
> 寫到刀前，
> 文雅優美，用左派的尼貝龍根式的語言……
> 高超地，用德語，
> 人性而又人性的，不是
> 深淵般不可測地，不，是淺草般地[20]

---

17 [參見Gedd. Nachlass，96、392-395頁以及Bollack（1993）。]
18 賴因哈德・鮑姆哈德（Reinhard Baumgart, 1929-2003），德語作家、文學評論家。
19 [參見Reinhard Baumgart: *Unmenschlichkeit beschreiben. Weltkrieg und Faschismus in der Literatur*。見：*Merkur 19*（1965），37-50頁；有關此處見第49頁。又參見R. Neumann（1966）中策蘭嘲諷的回答，32-33頁。]
20 [Gedd. Nachlass，104頁。]

　　1966年6月，策蘭與菲舍爾出版社的決裂，應該也發生在這樣的背景下。從1958年起，策蘭與出版商戈特弗里德・貝爾曼・費舍爾和布里姬特・貝爾曼・費舍爾（Brigitte Bermann Fischer）建立了誠摯的友誼，戈爾事件中，這對夫妻也對策蘭表示支持。策蘭和克勞斯・瓦根巴赫（Klaus Wagenbach，在1959年底到1964年6月的這段時間裡擔任他的編輯）間的交往也同樣充滿信任；雖然他們在六〇年代早期曾有過摩擦，但總體來說，這位有過流亡經歷的猶太出版商還是和作家保持著觀點上的一致。現在，當策蘭在經歷了許多困境，向菲舍爾出版社提出解約時，戈特弗里德・貝爾曼・費舍爾顯得相當失望——而且冷淡。[21]

　　雖然不斷遭遇到類似令人不安的事件，但從1963年春到1965年春的這兩年，還是他詩歌創作上的多產階段，詩集《呼吸間歇》中的大部分作品誕生於這一時期。1965年5月，策蘭被迫再次進入精神病院，為期數週——就像莎士比亞筆下的李爾王一樣：「腦子被擊傷——是半傷？還是四分之三？」[22]（II，93）1967年，由蘇爾坎普出版社[23]出版的《呼吸間歇》在策蘭的作品中佔據著重要位置。從標題開始，詩歌就承接了1960年10月畢希納獎獲獎辭〈子午線〉中的詩學觀念。作者不斷援引格奧爾格・畢希納的作品（不久前，他在漢斯・邁爾的一場巴黎研討會上才對此有了較為深入的瞭解），對「藝術」提出明確的批評，並將「文學」豎立為藝術的對立面。文中同時提到的還有帕斯卡（Pascal）、馬勒伯朗士[24]、馬拉美、克魯泡特金、蘭道爾、卡夫卡、本雅明和俄國哲學家列夫・舍斯托夫（Lew Schestow）。

21　[參見*Briefwechsel mit G. B. Fischer*（1990），658-659頁；Szász（1988），329-330頁；Baumann（1986），43-44頁。]
22　在莎士比亞的《李爾王》中，主人翁有臺詞曰：「給我請幾個外科大夫，／我的腦子受了傷（Let me have surgeons; ／ I am cut to th' brains.）」。策蘭轉用了這一情景，藉此表述自己的非正常精神狀態。
23　蘇爾坎普出版社（Suhrkamp Verlag）：原屬於菲舍爾出版社的一部分，1950年獨立建社，以其創建者彼得・蘇爾坎普（Peter Suhrkamp）的名字命名。1959年，蘇爾坎普去世，出版社由西格弗里德・翁澤爾特（Siegfried Unseld）接手，在出版業務上專注於作家而非單部作品，出版內容以純文學為主，也有科技方面的出版物。
24　馬勒伯朗士（Nicolas Malebranche，1886-1956），天主教教士、神學家和笛卡兒主義的主要哲學家。他試圖在宗教與哲學，奧古斯丁主義與笛卡兒主義間達成某種調和。

　　在這篇發言裡，「藝術」對策蘭而言是（按照畢希納的説法）「一種傀儡式的、[……]沒有子嗣的東西，以猴子般的形象出現」，是由抽象的「理想主義」所供養的「木偶」（皆是畢希納的説法，被策蘭所引用）；是一個由「機器人」和「日益精進的裝置」而組成的世界，「脱離人性」是為之付出的代價。策蘭特別將「文學」視為藝術的對立，文學有著生動的、能「扯斷」縛著人偶之「繩索」的「抗爭之語」[25]。這裡的文學並不像戈特弗里德・本[26]所説的那樣（「只存在一種相遇：在詩中 ／ 藉助語言將物神秘地錄下。」[27]），它的完成過程並非單個自我表現出的、具有個體與語言強勢的、自説自話的行為，文學只能「在相遇的秘密中」實現，以對話的形式，作為發生在「我」與形式多端的「你」之間的交談。當然，今天的作家總必須「在其存在的傾角下」寫作。他的詩總得「念著他的資訊碼」，念著寫滿殺戮的「（1942年）1月20日」及由此而來的一切。

　　這也意味著要擺脱一切傳統而討喜的在意義（Sinn）和意思（Bedeutung）上的投影，因為，奧許維茲沒有意義——原來沒有，現在也不會有。這是顛覆、回首與轉折的一刻，它大大超出了一切一般意義上的、荷爾德林或里爾克所説的的顛覆（「你須要將你的生命改變」）。只有拒絕委身於一切傳統的「藝術手段」，也拒絕委身於崇高的美學或所謂的「純藝術」，只有證明「一切的比喻和隱喻皆屬荒謬」，今日之文學才能適用於如此特別的歷史時刻，才能做到「荒謬的莊嚴」。由這樣的否定出發，

25　抗爭之語（Gegenwort）：「Gegenwort」在德語中意思是「反義詞」或「回答」，但從構詞法上看，首碼「gegen-」有「反抗、反擊」之意，詞幹「wort」意為「詞語、言辭」。這個詞曾出現在策蘭的〈子午線〉演講辭中。詩人將「Gegenwort」定義為「掙斷『繩索』的話，是不再向『地痞和歷史的儀仗老馬』低頭的話，這是一種自由的行為。這是一種舉動。」（III，189）。從策蘭自己的定義來看，似乎更應該從構詞法的角度來理解這個詞。譯者在此權譯作「抗爭之語」。

26　戈特弗里德・本（Gottfried Benn, 1886-1956），20世紀最重要的德語詩人之一。本與策蘭在詩學觀念上的主要區別在於：前者將詩歌視為個體的內心獨白，後者則希望藉助詩歌達成作者與讀者間的對話；前者提出「雙重生活」，認為人的生活狀況不能反映人的本質，所寫與所想並不一致，後者則強調曾經的生活經歷應該對寫作產生至關重要的影響，一再強調自己所寫的都與真實直接相關。

27　[〈詩〉（Gedichte）。見：Benn: Ges. Werke 3. 威斯巴登，1960，196頁。]

也只有由這樣的否定出發，文學才有可能重獲生命：文學作為「呼吸，這意味著方向和命運」。只有作好如畢希納筆下的倫茨一樣「頭朝下的行走」的準備，只有作好了中斷言說的準備，只有作好了「穿過可怖的沉默」，作好了「喪失呼吸和言辭」的準備，才能到達這回首的一刻。「文學」，策蘭這樣說道，「它可能意味著一次呼吸的間歇」（III，187－202）。

　　按照經常被引用的特奧多爾·W·阿多諾的說法，「在奧許維茲之後 [……] 詩歌寫作」已變成了「不可能」[28]。這句話，策蘭也知道，憑藉著他在詩集《呼吸間歇》書頁的留白地帶所做的論戰式筆記，我們可以看到作家如何看待阿多諾（那時他已和阿多諾本人相識）的斷言：

> 奧許維茲後不再有詩（阿多諾語）。在這裡，怎樣理解「詩」這一概念？是一種狂妄，一種敢於從夜鶯或烏鴉的視角來觀察或敍述一個臆斷推理式的奧許維茲的狂妄。[29]

由此，策蘭從他個人的角度對兩種同樣不合時宜的態度表示了抗拒：其一是如晚期浪漫派的傷感歌者一樣平靜地繼續寫作，就好像什麼也沒有發生；其二是幼稚地相信「有關」奧許維茲是「可以講述的」，也就是說可以通過某種方式的描摹使該現象得以展示。但是，面對著這「曾存在過的」，怎樣的語言方可勝任？為了找到問題的答案，從1940年代中開始，策蘭作了各種嘗試，而這些嘗試顯得越來越迫切，其中最明確的便是捨棄「美的詩」而改用「灰色的語言」。

特奧多爾·W·阿多諾在錫爾斯—瑪利亞，1960年夏天。

---

28 [《文化批評與社會》（*Kulturkritik und Gesellschaft*）。見Prismen出版社。法蘭克福（緬因河畔），1955，31頁。]
29 [引自Gellhaus（1995），55頁。]

在這樣的探尋中，畢希納獲獎辭和詩集《呼吸間歇》起到了相當大的推動作用。〈子午線〉尖銳地討論了，在「純」藝術與反人類罪行間，只存在著可怕的一步之遙（第一次涉及到這一話題是在〈死亡賦格〉中）。演講末尾展現了詩之悖論：詩在言說的同時，也對自身的不可能性，對自身的無處可歸作出反省。這樣的悖論出現於「烏托邦的光芒之中。——那麼人呢？那麼造物呢？——在這光芒中」（III，199）。

　　早在〈圖賓根，一月〉一詩中，他就清楚地談到，面對著如此的「深淵」經歷，詩歌表現出了怎樣的不可能性。詩的靈感源於1961年1月策蘭的圖賓根之行。面對著「對漂浮著的荷爾德林小樓（它在內卡河 [Necka] 中的倒影）的　／　回憶」，文本引用了荷爾德林的詩句：「一個謎乃是純粹的　／　起源物。」現在，在世界史的一月，我們再也不能用這種語言進行言說：

來呀，

來一個人，

讓一個人來到這世上，在今天，攜著

先祖的

光的鑰匙之齒[30]：他可以，如果他要言說這個

時代，他

只

可以咿咿呀呀啊咿咿呀呀，

常常，常常，

　　不斷不斷

（「帕拉克什。帕拉克什。」）　　　　　　　　（I，226）

30　光的鑰匙之齒（Lichtbart）：該詞由「Licht」（光）和「Bart」構成，後者有「鑰匙齒」之意，又有「鬍鬚」之意。在德語中，表示「照明、照亮」意思的動詞也常有「使領悟、使明晰」的意思，如：「lichten」（照亮、亮起來；事情越來越清楚明朗）、「erleuchten」（照亮；使突然領悟）等。此處的「Licht（光）」應是能夠給人希望、可能促成交流的元素，而當「Bart」被解讀為「鑰匙齒」時，它也就具有能夠開啟密閉之物的能力。基於這種意義上的呼應，譯者在此取「Bart」較為不常用的詞義「鑰匙齒」。

也就是說，在「深淵邊緣的言說，在烏托邦之光中的言說」，只能是一種斷斷續續的言說，只能是結結巴巴和「咿咿呀呀」（lallen）。在詩歌的最後一行特別使用了一個令人困惑不解的詞「帕拉克什。帕拉克什」（Pallaksch. Pallaksch）——瘋癲的荷爾德林在說話中很喜歡用它，這是一種為現實的瘋狂作答的語言，擺脫了常見的意義歸屬和功用性的使用方法，它自身也同樣顯得瘋狂。如此這般使回首和「呼吸間歇」得以實現，這樣的做法可以被理解為「自由之舉」（III，189），但它同時又意味著可怕的缺失：由字面之義上的有意義到無意義。「曾經的解讀現在只不過是一枚舊幣[31] [……] 是分文不值的偶然的銅板。」[32]——貝恩哈德·博申斯坦（Bernhard Böschenstein）的這一提示有助於我們理解策蘭的一首晚期詩作（該詩也援引了荷爾德林），詩的結尾處這樣寫道：

> 從博彩的籤筒中落下
> 我們的舊幣　　　　　　　　　（III，108）

詩集《呼吸間歇》與其後的詩歌都置身於這「已不再」（Schon-nicht-mehr）和「仍舊一還」（Immer-noch）的對峙之間。對於自己在維也納寫下的詩集《骨灰甕之沙》中也許太過「大師般高明的」開頭，策蘭報以明確的否定態度：

> 不再有沙之藝術，沒有沙之書，沒有大師。
>
> 沒有什麼將骰子投擲。多少
> 啞者？
> 十又七。

---

31 在德語中，解讀「Deutung」一詞的前半截即為舊幣「Deut」（一種荷蘭的古代銅幣）。
32 [Böschenstein（1988），259頁。]

圖賓根的內卡河河畔與「漂浮著的荷爾德林小樓」。

你的問——你的答。

你的歌唱，他知道什麼？

深藏雪中，

　　　深藏彐中，

　　　　　木臣彐。[33]　　　　　　　　（II，39）

在呼吸的停滯與回轉之後，語言的崩塌替代了沙之藝術，替代
了骰子間的抉擇，語言化作結巴與咿呀，語言幾乎蛻變為沉默。
語言在此走了一條通向減縮（而非僵死）的道路，同樣，詩中
的景象也有所改變：譬如，《呼吸間歇》的第一組組詩《呼吸結
晶》[34]。夏季和「雪」同時出現在組詩中的第一首詩裡。隨後，
二十多首詩層層漸進地將我們引入冬之景象，引入由冰雹和雪、
冰川和冰所構成的冬之景象。組詩中的大部分詩篇都具有詩學的
維度，都昭示著探求正確辭彙的鬥爭過程——這也是言說者與已
被損毀的語言，與曾在政治、日常生活和藝術上「作過偽證的」
語言間的對抗：

上面

反造物的

洶湧暴民：他們

33 在詩的最後一節裡，句中辭彙的緊縮現象表現逐步加劇：第一詩行中詞間的空格被取消；第
　二詩行應是第一行詩句的重複，但詞首的輔音字母被抹去，詞與詞疊合到一起，句子的面目
　開始變得模糊，原本具有的表意功能逐漸含混；第三詩行僅由三個單母音組成，只有憑藉著
　過渡性的第二詩行才能艱難看到它們和第一詩行中三個詞的依稀對應。
34 在1967年出版的詩集《呼吸間歇》中，各組詩並無單獨的名字。所謂第一組組詩的名字《呼
　吸結晶》源自1965年秋出版的精裝本詩集，其間收錄了《呼吸間歇》中的第一組組詩與妻子
　吉澤爾的八幅銅版畫。

升起旗幟——摹寫之象與餘象[35]

空洞地交錯，依時而變　　　　　　（II，29）

組詩結尾的詩篇好像一部宣言，昭告著在「呼吸間歇」中和「呼吸間歇」後的新的言説：

磨蝕

在你語言的射線風中

這斑斕的閒話

由曾經的經歷堆積而成——這生有百條

舌的我的

詩，非詩的詩　　　　　　　　　　（II，31）

在來到「好客的 ／ 冰室和冰桌」後，詩歌結束了：

深藏

在

時間的裂隙，

在

如蜂巢的冰間

等待著，一粒呼吸的結晶，

你不容辯駁的

見證　　　　　　　　　　　　　　（II，31）

35　當人眼對一個色彩凝視一段時間之後，如將視線轉移至其他沒有色彩的平面上，就會產生這個色彩的補色虛影，此即為餘象，或曰殘像。

這些詩中的辭彙奇特而引人矚目——通過上面短短的引文便可見一斑。除了瑪格麗特・蘇斯曼的猶太思想財富以及其他常見的文學引用（如：里爾克的《致奧菲斯的十四行詩》），作者還大量使用了地質學和地理學手冊中的專業術語，它們在隱喻上的豐富性，特別是那些複合而成的名詞吸引了他；在它們那裡，策蘭找尋到了與無生命的非生物界間的關聯，對此他的詩歌無法表示沉默。當然，最重要的還是一些諸如「被腐蝕掉」、「冰室」、「僧人立雪」這樣的辭彙在進入詩歌後所出現的語義上的轉向。[36]

　　這些年裡，妻子吉澤爾抽象的銅版畫（總是用黑灰二色印在白底上）激發了策蘭的靈感。沒有這樣的啟發，我們很難想像組詩《呼吸結晶》（它在詩集《呼吸間歇》和策蘭的所有作品裡都堪稱上品）的誕生。1965年3月29日的一封信裡這樣寫道：

保羅・策蘭和吉澤爾・策蘭－萊斯特朗熱在她的畫展上，漢諾威，1964年。

---

36 [參見Gellhaus（1993a），58頁及下文。]

在妳的雕版中，我又認識了我的詩，它們走進它們，
為了在它們中駐留。[37]

開始時，策蘭為吉澤爾的這些版畫擬定標題，同時，版畫又給了他的許多詩以靈感。1966年4月，巴黎的歌德學院以《呼吸結晶》為題，聯合展出了策蘭的詩和他妻子的雕版畫，同年，詩歌和版畫的精裝合印本付梓。1968年，第二組組詩問世，後於1969年以《黑關稅》（*Schwarzmaut*）為題出版並沿用了《呼吸結晶》的裝幀模式。後來，這些詩被收錄進《光之迫》（*Lichtzwang*）[38]。這本新的共同創作的書籍讓我們看到，策蘭雖然於1967年11月由家中遷出，但他與妻子間的親密聯繫卻並未就此終結。在《呼吸結晶》中有四行被放在括弧中的韻體詩，我們由此可以想見1960年代時，保羅·策蘭與吉澤爾·策蘭間的關係：

我識得妳，妳是那深深俯身的女子，

我，被穿透的，臣服於妳。

那個為我二人作證的詞，它在何處灼灼發光？

妳——非常，非常真實。我——非常瘋狂　　（II，30）

在策蘭語言蝕刻的「射線風」中，《呼吸結晶》中的那些詩誕生了。它們與吉澤爾·策蘭－萊斯特朗熱的版畫表現出了驚人的相似姿態。這些詞句似乎是由銅針在銅板上蝕刻而成，而整個文本也確實會讓人聯想到金屬板上的印跡。在雕版上，由酸液腐蝕而成的線條清晰顯現——這是生之彼岸的符號和形象，生命的缺失在此顯露；這是吟唱於「人之／彼岸的歌」。

37　[引自Christoph Graf Schwerin：*In die Rillen der Himmelsmünze das Wort gepreßt*。見：1990年3月20日*Die Welt*。]

38　1969年春以精裝本形式單獨出版的詩集《黑關稅》收錄了詩集《光之迫》中的第一組組詩與妻子吉澤爾的十四幅銅版畫。與之前被冠名為《呼吸結晶》的組詩一樣，該組詩被收入詩集《光之迫》後，並未保留原有標題。

吉澤爾・策蘭-萊斯特朗熱為保羅・策蘭的組詩《呼吸結晶》配繪的版畫，1965年。

上文是詩〈線之太陽〉（*Fadensonnen*）中的詩句（II，26）。後來，創作於1965年9月到1967年6月間的整部詩集也使用了這個名字——「線之太陽」。「佩緣[39]之線，意義之線，由／夜之膽汁編結而成／在時間之後」（II，88），這線由詩集《呼吸間歇》伸向新詩集《線之太陽》。如果說，1960年的〈子午線〉還釋放著希望，還讓人覺得有可能成功達成「對話」，充滿生機的人和人還有可能在「呼吸間歇」中「相遇」，那麼，在這些新的詩歌中，這樣的信號已愈來愈難覓見了。「仿製的／寒鴉／吃著早餐。／／喉頭爆破音／在吟唱」（II，114），詩句接著卡夫卡的影射[40]道出了詩人的病與沉默。當然，這不是聽天由命、無話可說式的沉默。保羅・策蘭的「堅持，在空中傷痛紀念碑的／陰影裡」仍體現著抗爭，即使這可能是一種「不代表誰也不代表什麼的堅持」，即使這裡「也沒有／語言」（II，23）。甚至那些咿呀與雞鳴，甚至那最終歸於沉默的話也是「抗爭之語」。

病痛和不斷住院的經歷越來越明顯，越來越頻繁地出現於詩中。從1965年11月起直至1966年6月，策蘭一直需要待在巴黎或巴黎近郊的精神病休養所。治療是粗暴的；精神方面的藥劑和電休克療法是其中的主要方式。在這段時間，產生了附有生動標題的組詩：〈黑暗侵入〉（*Eingedunkelt*）。半年多後，因為嚴重的心理危機，策蘭必須於1967年2月重新進入一家巴黎的醫院，治療一直持續至5月。之後，他沒有重返家人的住所，而是繼續待在醫院裡；巴黎高等師範學院的辦公室也常成為他的夜宿之所。1967年秋，與家人的分離已成定局——不是因為夫妻間的感情變得冷淡，而是因為對於自己和妻兒而言，作家都已成為一種巨大的負擔，有時甚至還是一種危險。1967年11月23日，策蘭47歲生日時，他遷入了自己在拉丁區[41]的一處公寓，這裡離他的工作地點巴黎高等師範

39　指猶太教徒佩在褲腰或縫綴於祈禱披巾的縫子或穗飾，用以時刻提醒信徒奉守《摩西五經》尤其《塔木德》所規定的猶太戒律。
40　在捷克語中，「卡夫卡」的意思即為「寒鴉」。
41　巴黎第五區，先賢祠、索邦大學、法蘭西學院以及諸多高等學校均在此區，是巴黎文化、藝術、學術氣息最濃厚的地區。

學院很近。在近一年的時間裡，都沒有太嚴重的心理危機出現。
然而，他肯定是有問題的；久未謀面的朋友在重逢之時都倍感驚
訝，他不僅愈來愈陰鬱，而且身體也明顯衰弱了許多。彼得‧所
羅門就有過這樣的體會。1966年11月，兩位好友在闊別近20年後
重逢於巴黎。很快地，舊有的兄弟般信任感再度出現，但所羅門
知道（尤其在1967年6月的第二次探訪後），他的這位朋友已病得
不輕，而且深受病痛的威脅。[42]

保羅‧策蘭在法國諾曼地莫阿鎮鄉間別墅，1964 ～ 1966年間。

42 [參見Solomon（1982）。]

mercredi 30 ~~avril~~ mars 1966

Ma chérie, je viens de recevoir ta lettre de lundi — merci pour tout ce que tu m'y dis. Je te donne, en réponse, un petit poème écrit tout-à-l'heure : Nach dem Lichtverzicht (après avoir renoncé à la lumière).

Je te transcris ce poème —

A la fin de ta lettre il y a une erreur : tu me dis à Dimanche, or, moi, j'avais noté que tu viendras jeudi, donc demain. J'y compte bien, mon aimée.

X1 ou bien : Après le renoncement de la lumière

[marginal note, left side:] Peux-tu te rapporter au cahier (vers 200), mais sur papier simple ? Merci à l'avance

1966年3月30日，策蘭在巴黎近郊聖安娜精神病院住院期間寫給妻子吉澤爾的信，信中提及在院中所作的詩〈放棄光明之後〉（*Nach dem Lichtverzicht*）。

1966年4月6日，策蘭從聖安娜精神病院寄給妻子吉澤爾的詩稿〈繩，繃在兩個高貴地 / 誕生的頭顱之間〉（*Das Seil, zwischen zwei hoch- / wohlgeborene Köpfe gespannt, oben*）。

　　住院間隙，策蘭還積極從事他頗為眷戀
的德語語言文學編輯工作，並前往德國和其
他地方朗誦作品或訪問。雖然作家越來越傾
向於謹慎、「間歇式的交往」[43]，但還是出現
了一些新的友誼。即使在1960年代，認為策
蘭完全處於孤獨之中的看法也與事實不符。
這些友誼中，有很大一部分源於翻譯同時代
法語詩人的作品而進一步產生的私人交往
（1963年，策蘭的「俄羅斯階段」幾乎已經

亨利‧米肖，1959年。

全面終結）。1966年，策蘭為菲舍爾出版社編選亨利‧米肖作品
集（同時也翻譯了他的部分作品），同時認識了一些他所敬重的
作家，進而與之成為朋友。此外，與策蘭較為親近的還有來自埃
及的猶太哲學家愛德蒙‧雅貝、莫里斯‧布朗肖[44]（策蘭應該不知
道他早年所寫的反猶冊子）、1968年，經彼特‧斯叢迪介紹認識
的雅克‧德希達（Jacques Derrida），安德列‧迪‧布歇[45]，雅克‧
杜潘，讓‧大衛[46]以及貝克特的譯者、同在巴黎高等師範學院工
作、後來接替策蘭的工作成為德語編輯的埃爾瑪‧托佛文[47]。顯得
尤為重要的是作家與古語文學家讓‧博拉克以及戰後曾工作於猶
太救助機構、六〇年代時供職於羅夫特出版社[48]和巴黎《明星》[49]
辦公室的艾德蒙‧路特朗（Edmond Lutrand）之間的親密友誼[50]。

43 [Baumann（1986），88頁。]
44 布朗肖在1930年代曾接納極右派意識形態，積極參與極右派報刊工作。雖然，作家的思想隨
　　著集中營真相的揭露不斷向左派轉變，但曾經的極右派立場卻一直為人所詬病。
45 安德列‧迪‧布歇（André du Bouchet，1924-2001），法語詩人，曾與策蘭互譯過作品。
46 讓‧大衛（Jean Daive，1941- ），法語作家，曾與策蘭互譯過對方的作品。
47 埃爾瑪‧托佛文（Elmar Tophoven，1923-1989），德國文學翻譯家，翻譯大量英語、法
　　語、荷蘭語的文學作品。二戰後長居巴黎，開始時在索邦大學擔任德語教員，後來接替了策
　　蘭在高師的職位。
48 羅夫特出版社（Rowohlt Verlag）：德國出版社，1908年創立於萊比錫，1919年重建於柏林，
　　1945年重建於斯德加特。除了高品質的文學書籍，該社也是德國最老的袖珍書出版社，洛洛
　　洛（rororo）袖珍書系列是其重要的出版支柱之一，「洛洛洛」這個名字甚至曾被視為袖珍
　　書的代名詞。本傳記即是此系列之一。
49 《明星》（Stern）：德國週刊，創刊於1948年，是歐洲最重要的週刊之一。
50 [Baumann（1986），90頁中認為，1967年7月6日以巴戰爭期間，路特朗作為自願卡車司
　　機投入了戰鬥。這一說法並不正確。]

後者坐落於盧瓦河（Loire）邊的達姆比愛爾
（Dampierre）之屋，是策蘭在生命的最後幾
年常常造訪的地方，詩人曾在那裡進行詩歌
寫作。

另外，作家與生於布拉格的猶太人弗蘭
茨‧烏爾姆[51]（他的父母亡於奧許維茲）生出
了一段非常特別的友誼。烏爾姆在英國度過
了自己的青少年時代，從1949年開始移居蘇黎
世。他在電臺工作，工作之餘也寫作詩歌。對

艾德蒙‧路特朗在達姆比愛
爾，1964年。

策蘭的生平及其作品進行研究時，二者在1963到1970年間持續不
斷、內容深入的通信便是最具啟迪意義的文獻之一。他們談論雙
方的詩歌和翻譯（烏爾姆也翻譯過夏爾、梵樂希以及莎士比亞的
作品），策蘭在與烏爾姆的交往中又重拾起曾和彼得‧所羅門進
行過的語言遊戲。1967年秋，策蘭與烏爾姆在提契諾州[52]的特格納
（Tegna）駐留，在此期間，兩人變得更加親密了。1967年9月，烏
爾姆還將生理心理治療師摩西‧菲爾鄧克萊（Moshé Feldenkrais）
引薦給巴黎的策蘭，但他對作家的情況也無能為力。

弗蘭茨‧烏爾姆與保羅‧策蘭在特格納，1967年9月。

51　弗蘭茨‧烏爾姆（Franz Wurm，1926- ），詩人、作家、翻譯家，生於布拉格，1939年移居
　　英國，1949年遷往蘇黎世。
52　提契諾州（Tessin）：位於瑞士南部，屬於瑞士的義大利語區。

1967年9月，策蘭獲准從精神病院外出旅行，在瑞士提契諾州特格納鎮小住。

在這些年裡，與文學評論家們的交往也變得越來越重要，譬如：巴黎的克勞德‧大衛（Claude David，吉澤爾‧策蘭－萊斯特朗熱曾做過他的秘書）、一直在漢諾威（Hannover）教書的漢斯‧邁爾、日內瓦的貝恩哈德‧博申斯坦。而其中最重要的便是瑞士的日耳曼學者貝達‧阿勒曼[53]，策蘭曾託付他在其身後出版自己的作品，1966年12月，奈莉‧薩克斯獲得諾貝爾文學獎時，策蘭還與他一同在巴黎組織了一場作品朗誦和報告晚會。1964年，策蘭結識了年輕的日耳曼女學者吉澤拉‧狄士納[54]，她以奈莉‧薩克斯的作品研究為題獲得了博士學位。直至策蘭去世，兩者都一直保持著「斷斷續續」、但也相當親密的交往。

1967年，保羅‧策蘭兩度遭遇到了他曾經嚮往，但卻又令他困擾、使他驚惶的東西，因為它們都讓他強烈憶起納粹的過往。這一年7月，他碰到了馬丁‧海德格，接下來的12月又在柏林逗

53　貝達‧阿勒曼（Beda Allemann，1926-1991），著名日耳曼學者，曾任教於多所歐洲大學，本傳記中策蘭詩文即是引自阿勒曼等人主編的五卷本《策蘭文集》。
54　吉澤拉‧狄士納（Gisela Dischner，1939- ），文學研究者、作家、漢諾威大學教授。

留數日（到那時為止，他還只去過柏林一次，那是在1938年11月
10日前往巴黎的途中）。保守地看來，在1948年待在維也納的半
年時間裡，通過與英格柏格‧巴赫曼的交談，策蘭已經對海德格
的作品有了一定的瞭解；巴赫曼最終以他（按照她自己的說法，
「以反對他」）為題寫作了論文《對馬丁‧海德格存在主義哲學
的批判接受》，從而取得博士學位。從1952年起，策蘭開始定期
購買和閱讀這位弗萊堡哲學家的著作，他曾仔細閱讀過《存有
與時間》（*Sein und Zeit*）、《形而上學導論》（*Einführung in die
Metaphysik*）、《林中路》（*Holzweg*）以及其他一些論及詩人（從
荷爾德林到特拉克爾）的文章。策蘭當然十分清楚，海德格曾全
力為納粹工作過，他曾是國社黨[55]的成員，1933年春被選為弗萊堡
大學的校長，在他有關「德國大學的自我主張」的就職演說中曾
以納粹式的措辭，提出了「知識服務」[56]的要求，還作過一次紀念
納粹烈士萊昂‧施拉格特[57]的發言；1945年之後，他的內心世界並
無轉變，其所作所為更多的是一種成功的「生存策略」[58]。

　　那麼，究竟是什麼如此強烈、如此持久地將策蘭吸引在海
德格身邊呢？海德格對於德意志詩歌中的「主教」路線（引用布
萊希特的說法）──即荷爾德林路線──有著特別的偏愛，並隨
之認為，面對著這個無神的世界（對存在的忘卻便是其標誌），
（只有）文學才能道出本質的和終極的東西。這樣的想法一定讓
策蘭覺得親近。策蘭也相信洛維特[59]在考察海德格時稱之為「無神
的神學」的東西。[60]此外，海德格在哲學探究過程中令其他人反感

55　「德國國家社會主義工人黨」的簡稱，又被稱作「納粹黨」。

56　「知識服務」（Wissensdienst）：1933年，海德格加入納粹黨並當選為弗萊堡大學的校長。
　　他在就職演講中指出德國大學的目的是「教育和訓練德國人民命運的領袖和衛士」，主張大
　　學的三根支柱分別是「勞動服務、軍役服務、知識服務」。這些納粹式的表述使其飽受詬
　　病。1934年，海德格辭去校長一職，但未曾退黨。

57　萊昂‧施拉格特（Leo Schlageter，1894-1923）：魏瑪共和國時期為反抗法國在魯爾區的統
　　治而犧牲，死後被奉為民族英烈。第三帝國時期，納粹更是出於政治需要，將其宣傳為「納
　　粹烈士」。

58　[Georg Steiner: *Heidegger, abermals*：見：*Merkur 43*（1989），480期，94頁。]

59　洛維特（Karl Löwith，1897-1973），德國哲學家，海德格的弟子，專長於尼采、海德格及歷
　　史哲學的研究。

60　[Löwith: *Mein Leben in Deutschland vor und nach 1933*。法蘭克福（緬因河畔），1989，
　　30頁。]

的東西也吸引著策蘭，這便是——他的語言。不過，我們猜想，策蘭從未完全明白是什麼將他與海德格截然分開：就是海德格的「非－人本主義」（A-humanismus）。海德格無意構建某種倫理，他的哲學探索真正建立在「善與惡的彼岸」。[61]他在第三帝國的所作所為基於此，他之後的冥頑不化亦基於此。策蘭用了十多年的時間才能將海德格著作對他的吸引和海德格本人相區分。對於後者，策蘭的態度甚為批判。1959年，海德格表示希望策蘭能夠為他的70歲生日作詩致慶，但遭到詩人的回絕（英格伯格·巴赫曼也拒絕了同樣的請求）。

　　1967年夏天，策蘭受日耳曼學者格哈德·鮑曼[62]之邀前往弗萊堡。他想必十分清楚，此行將與海德格相遇。他知道，此人讀過他的詩集，而且對詩集評價頗高。在弗萊堡大學的大講堂，策蘭在近千人前朗誦自己的作品——對於策蘭這樣的詩人而言，這樣的聽眾的數量已顯得頗為可觀——而海德格就坐在第一排。第二天，兩人相約前往哲學家在高地黑森林（Hochschwarzwald）的小屋郊遊，僻靜的小屋座落在托特瑙貝格（Todtnauberg）村附近。[63]這一天，在馬丁·海德格和保羅·策蘭之間發生過或者沒有發生什麼？談到了什麼？又對什麼表示沉默？雖然，近年來提供答案的文獻資料越來越多，但大家對此還是莫衷一是。能夠確定的是，策蘭在小屋逗留期間將自己的姓名留在了來賓簿上，他寫道：

> 進入小屋之書，看著井之星，
> 期盼著一個向我而來的心中的詞。

1967年7月25日 ／ 保羅·策蘭。[64]

61　[參見Steiner（參見本章註59），95及101頁。]
62　格哈德·鮑曼（Gerhart Baumann，1920-2006），德國日耳曼文學學者、弗萊堡大學教授。
63　[一切參見Baumann（1986）。7月26日，在策蘭朗誦會兩天後，漢娜·鄂蘭（Hannah Arendt）在同一地點進行了有關瓦爾特·本雅明的演講，這是在15年後，她首次重遇海德格。]
64　[引自Krass（1997）。]

馬丁‧海德格在托特瑙貝格小屋前的水井邊，井上是星形的木雕，1966年。Digne Meller Marcovicz 攝影。

　　幾天之後，詩歌〈托特瑙貝格〉問世，作家將它寄給弗萊堡的海德格（後來它被收入詩集《光之迫》）。從表面上看，這首詩可以被看作對此次郊遊的詩意的速記稿：

> 金車花[65]，小米草，那
> 井裡來的清飲，帶著
> 星星立方[66]在其上

——詩歌開頭如是寫道。然後，文本幾乎原封不動地引用了策蘭寫在來賓簿上的話：「懷著一份希望，今日，／期盼著思想者／心中／向我而來的／詞」。與此同時，他還憂心忡忡地提出了一個有關來賓簿的問題：「誰的名字被收錄／在我之前？」。在這個問題之後，詩人用短短幾句話描寫了高地沼澤區的景色和回程中的情形。回來的路上曾有過一些特別的交談：「粗魯的，後來，在車上，／明明白白」（II，255）。我們可以將這首詩看作對相遇的失望總結。在這次相遇中，一位倖存的猶太人希望能從相遇的另一方，能從曾同謀共犯過的人那裡獲得或是解釋或是道歉的話；無論如何，歉意應該是「一個向我而來的詞」。可是他聽到的只有「粗魯的」——粗野的，原意為：殘酷無情的；也許，那只是一些說慣了的家常話。策蘭在談話中曾多次暗示，他期待著海德格的解釋，但這解釋卻沒有出現。後來，在其他人面前（在法蘭克福碰到的瑪利・路易士・卡什尼茨、克勞斯・賴歇特[67]面前，以及在給弗里茨・烏爾姆的信裡），策蘭表示對這次會面的經過很滿意。

　　可是，沒有「一個向我而來的詞」，何來滿意之說呢？對策蘭知之甚深的讓・博拉克，將策蘭對這位曾與納粹同路哲學家的造訪，解釋為一次由策蘭一手策劃和導演的會面，是托特瑙貝格的「死者法庭」。托特瑙貝格讓人想起「亡者之谷」和納粹機構

65　菊科植物的一種，有對生、單葉和頂部呈放射狀的黃花。
66　在海德格爾小屋水井的井臺上，有木刻的星形裝飾。參見書中相關照片。
67　克勞斯・賴歇特（Klaus Reichert, 1938- ），英語文學和語言研究教授，主要研究方向為文藝復興和現代派；此外還翻譯出版過一些現代及古典作家的作品。

托特[68]（曾參與烏克蘭的死亡集中營）。在黃色的金車花近旁，詩歌中的「星星立方」暗示著猶太之星。「林中草地，不平整的，圓木的——／小道在高地沼澤裡」變成了納粹沼澤營及其墓地中的風景。簡言之，沼澤中的遠足是地獄之旅的舞臺，是審判的舞臺，在那裡，有罪的人被帶上來，與他的罪行對峙。「對相遇的可能報以最大的信任」，喬治·史坦納（George Steiner）猜想，相見時策蘭就已經預計到，「在這信任中所蘊藏的風險」[69]。而博拉克的觀點則完全相反：策蘭根本無意於真誠的會面或和解，他所希望的是經過斟酌的清算，是對「曾經如此並仍舊繼續的事情」的澄清。[70]

　　與大多數策蘭研究家不同，博拉克認為作家的這種想法時常可見：在他和英格柏格·巴赫曼的失敗關係中，在與那些心存和解的猶太人（如奈莉·薩克斯和馬丁·布伯）的不成功交往中，甚至在對於死去的瓦爾特·本雅明的強烈抨擊中。[71]事實上，策蘭行為中的這一元素至今仍為人所低估。當然我們也不宜將這一傾向絕對化，確切地說，只是在策蘭生命的最後五年，這種無所不在的、令他煩惱的矛盾態度才表現得特別明顯。正如許多朋友和熟人所證實的那樣，「他的本我並不那麼簡單」[72]。如果他只是想與海德格作出清算，那麼他為什麼又在海德格小屋的留言簿上寫下那些話？在1968年6月和1970年3月，為什麼要再次在弗萊堡與海德格相見？1967年7月，為什麼先拒絕與海德格合影，幾分鐘後又收回前言？此外，海德格於1968年1月30日（即納粹當政35周年之際）寫給策蘭的一封信不久前被公之於眾，他在信裡感謝詩人送給了他「意料之外的大禮」（前面提到的那首詩）並認定：

68　在德語中，「托特瑙貝克（Todtnauberg）」與「亡者之谷（Toten-Au）」以及納粹機構托特（NS-Organisation Todt）諧音，都在字形上暗藏了「托特（Todt）」一詞。納粹機構托特（NS-Organisation Todt）是與「黨衛軍」、「國防軍」齊名的納粹組織，主要由外國人組成，負責大型工程建設專案。

69　[Steiner（參見本章註59），100頁。]

70　[主要參見Bollack（1998）以及Krass（1997，1998）。]

71　[參見Bollack（1994，1998）。]

72　[其中可參見Szász（1988）。]

> 在那之後，我們對很多事情都避而不談。我想，在
> 某一天的談話中，其中的一些會擺脫這種不被言說的狀
> 態。[73]

此外，海德格還寫作了一首名為〈序言〉（*Vorwort*）的詩，
希望將托特瑙貝格當作某種形式的序曲。不過策蘭並不知道這首
詩[74]。「不被言説的」、「避而不談的」東西並沒有改變。

　　策蘭在1967年12月16日至29日的柏林之行，也可以被解讀為
冥府之旅和亡者的法庭。在西柏林藝術學會的瓦爾特・赫勒爾[75]那
裡，在彼特・斯叢迪於自由大學的研討課上，作家朗誦了自己的
作品，並由恩斯特・施納貝爾攝影留存。其他時候，策蘭在被積
雪覆蓋的西柏林遊蕩（他顯然沒有想過要造訪東柏林），陪伴他
的有彼特・斯叢迪、瑪麗斯・揚茨[76]、醫生兼心理分析師瓦爾特・
喬奇（Walter Georgi，1959年，策蘭曾和他以及鈞特・葛拉斯一起
有過一次帆船會）以及其他一些人。在斯叢迪的陪同下，也是策
蘭自己的興趣使然，詩人的城市觀光主要集中於那些和德國暴力
史有關的地方。

　　特別具有個人色彩的探訪活動是重遊安哈爾特火車站[77]廢墟：
1938年11月10日，詩人曾途經此地。詩〈帶著黃色窗上汙跡的淺紫
空氣〉（*Lila Luft mit gelben Fensterflecken*）所回憶的就是當時「縱
火的一刻」（II，335），對於這一刻，早在1962年，策蘭就在詩
〈城〉（*La Contrescarpe*）中表示過緬懷（I，283）。詩〈你躺在〉
（*Du liegst*）成為了對德國恐怖史的失望總結，和〈托特瑙貝格〉
一樣，它也可以被讀作參觀和探究風光的速記稿。在策蘭眼前出

73　[引自Krass（1998）。]
74　[出處同上。]
75　瓦爾特・赫勒爾（Walter Höllerer，1922-2003），作家、出版人、文學評論家、文學研究者，
　　西柏林藝術學會的成員。
76　瑪麗斯・揚茨（Marlies Janz），六〇年代曾為導演助理與戲劇顧問，現為柏林自由大學教
　　授、策蘭研究專家。
77　安哈爾特火車站（Anhalter Bahnhof）：位於現在柏林市中心的一處老火車站。二戰中，近萬
　　人從這裡出發，被流放至集中營。1945年，該站在空襲中被嚴重損毀。六〇年代，廢墟被拆
　　除，但留下了車站建築的正面部分，以示紀念。

現了今天所說的「恐怖地帶」[78]；這是一種對視，與造成創傷（這創傷不僅是他的，也是這個國家的）之地的對視：那裡有「護城河」，羅莎‧盧森堡和卡爾‧李普克內西曾被拋屍河中；那裡有普洛曾湖（Plötzensee）處決所中的「屠夫的鉤子」，1944年7月20日事件中的那些男子曾被懸掛於此[79]；那裡有「伊甸園旅店」，盧森堡和李普克內西遭害前被囚禁其中。然而在新德國的景觀中，還有漂亮的聖誕市場，市場上還有「紅色的蘋果串子 ／ 來自瑞典」。而且，「屠夫的鉤子」甚至還與「蘋果串子」押韻。詩是這樣作結的：

那男子變成了篩，那女子[80]

不得不沉浮於水中，母豬

為自己，不為任何人，為了每個人——

護城河不會發出潺潺的水聲

沒有什麼

　　　　停下腳步。　　　　　　　（II，334）

彼特‧斯叢迪是最早一批為策蘭作品撰寫評論文章的人，其論作品質也堪稱上乘。他解密了這首「冬之詩」賴以為基礎的素材和現實元素。不過，即使沒有這些幫助，我們也可以明確看

78　恐怖地帶（Topographie des Terrors）：在柏林中心區尼德克西納街（Niederkirchner Straße）和安哈爾特街（Anhalter Straße）間的一片區域，二戰中曾為蓋世太保總部、納粹黨衛軍中央司令部、黨衛軍安全局以及帝國保安總處所在地，文中所提到的「安哈爾特火車站」和「護城河」都在此附近。自1987年起，在此地開設了一個名為「恐怖地帶」的露天展覽，以再現當年曾發生於此地的血腥歷史。

79　1944年7月20日，年輕的納粹軍官克勞斯‧申克‧格拉夫‧封‧史陶芬貝格（Claus Schenk Graf von Stauffenberg）將一枚英式炸彈帶入納粹指揮總部「狼穴」的會議廳，計畫暗殺希特勒。暗殺計畫失敗後，史陶芬貝格與其他三位策劃者被捕槍決。在接下來的幾個月裡，共有數百人因牽連其間而被處死或自殺。被逮捕者被押往普洛曾湖處決處。在處決室裡，橫跨屋頂的鋼樑上裝著屠夫掛肉的鐵鉤，暗殺的共謀者被吊其上，遭淩虐致死。

80　這裡的「男子」與「女子」分別指遭多處槍擊身亡的李普克內西與被棄屍於護城河的盧森堡。

到：發生在另一個「1月」（1919年）的兩椿謀殺並未激起「潺潺
的水聲」，並未引起人性的、革命性的起義，相反地，「沒有什
麼／停下腳步」。斯叢迪評論道：

> 詩歌停下腳步，告訴我們，沒有什麼停下腳步——沒
> 有什麼停下腳步，正是這使詩歌停下腳步。[81]

也許，最令人難以平靜的東西就存在於語言的冷漠之中。透過這
冷漠的語言，我們還能窺見同樣冷漠的歷史：「伊甸園」是曾經
的樂土，甚至是人類幸福的烏托邦；在策蘭這裡，在詩歌的正中卻
出現了「一個伊甸園」。同一個詞，所指的既是天堂之域，又是一
家曾經歷罪行的旅店，1960年代之後，它還是一處時髦而奢華的所
在[82]。「表達上的多義性」（III，167）一直為策蘭所癡迷，詩人也
將此寫入了自己的詩學理論，然而這樣的多義性卻也是冷漠的溫
床，一個銷蝕了一切差別、銷蝕了善與惡、銷蝕了生與死的黑洞。
但是，如果真的是這樣，策蘭在語言方面的努力，以及他的詮釋者
彼特·斯叢迪所做的工作，這一切都沒了根基。[83]

---

81 [Szondi（1972），134及113-125頁。]
82 [同上，123頁。]
　　「伊甸園」是位於柏林市中心的一家旅館，建於1911至1912年間，是柏林第一家帶屋頂花園
的旅館。1919年，卡爾·李普克內西和羅莎·盧森堡被害於此。1951至1958年間，毀於戰火
的「伊甸園」被重建，成為了柏林的知名豪華旅館。
83 [參見Lämmert（1994），27-29頁以及〈冰，伊甸園〉（Eis, Eden）。見：全集I，224頁。]

巴黎拉丁區護牆廣場與小館子「大酒樽」。

第八章

「……說，耶路撒冷它在」

巴黎 / 1968年5月 — 以色列 / 1969年10月

1967年11月23日，就在策蘭47歲生日那天，他由醫院遷入一套屬於自己的公寓，傢俱俱全。他在給烏爾姆的信裡寫道：

> 二十年的巴黎生活之後，我這個太過安定的漂泊者很
> 高興能再次撐起這樣一頂，甚至有些可愛的大學生的帳篷。

簡樸的工作室位於拉丁區的杜納福爾路（Rue Tournefort）。「Qui tourne (et tournera) fort？」[1]這樣的自問不只出於玩笑。[2]重要的變化在於，接下來的日子裡，巴黎高等師範學院又重新成為他的生活中心，而且這樣的改變不完全出於自願。他會定期與兒子埃里克見面，其他時候，詩人的活動圈子主要集中於拉丁區，例如他常去的護牆廣場（Place de la Contrescarpe）邊的小館子「大酒樽」（Chope）。不過，他並未放棄與家人重新生活在一起的希望。1968年初柏林之行以後，策蘭描述自己的狀態：

> 我又看到那最逼迫的東西，看到了我的極限，我的不
> 自由，我的無歸屬；我感到，一言以蔽之，相當痛苦，對我
> 而言，巴黎是一種負擔——我無法擺脫的負擔，我知道。[3]

---

1 法語，意為「誰（將）急轉彎？」。作家在此玩了個文字遊戲，將杜納福爾路的路名「Tournefort」拆分為「tourne（轉彎）」和「fort（急）」兩個詞，以組合成句，暗指發生在現實生活中的重大變化。

2 [*Briefwechsel mit Wurm*（1995），114頁。]

3 [同上，124頁。]

　　這樣的情況一直延續到春天。在倫敦度過三周的復活節假期裡，他見到了埃里希・弗利特，並因為以色列的問題與他產生爭論。後來，1968年巴黎五月學運到來了。起初，這件事讓策蘭感到激動和希望，之後卻又令他大為失望。而且，一道最終看來具有負面效果的「子午線」，將巴黎學運和1968年裡其他一些具有時代意義的事件聯繫了起來：德國學生的抗議活動、布拉格之春、以及同年8月因為蘇聯軍隊的干預而造成的失敗[4]。所有這些事件都關乎著威權政權和手無寸鐵者之間的關係，都關係著在被奴役和獲得自由之間的抉擇。

　　這樣的局面是策蘭年輕時就曾為之奮鬥過的，是曾在存在上打動過他的東西。他曾參與反法西斯的社會主義青年團集會，在那裡學習馬克思主義和無政府主義的理論著作。1940至1941年以及1944年間蘇聯對布科維納的佔領，特別是之後他親身經歷過的、布加勒斯特轉型為「人民民主」國家的經驗，引發了他的懷疑，最終促成了他的逃離。從那以後，他再也沒有踏入過任何一個東方陣營的國家，雖然他很想重回切爾諾維茨，很想探望生活在莫斯科的埃里希・艾因霍恩，也很想親身體驗一下弗蘭茨・卡夫卡的布拉格。不過，這位「marxiste blessé」[5]（彼得・所羅門對他的稱呼）[6]很清楚他的社會主義——共產主義理想，與「被草草掩埋的十月」（II，103），與「現實的社會主義」政體（尤其是史達林主義）之間的區別。此外，詩人對曼德爾施塔姆的近距離解讀，更堅定了這一立場；有時他甚至將自己和曼德爾施塔姆等同視之。與曼德爾施塔姆以及其他俄國詩人一樣，策蘭將「帶有道德宗教印記的社會主義」作為自身信仰，對他而言，革命是「別樣的開始、下層的起義、造物的奮起——一次簡直是宇宙性的徹底變革」。在1789年後的許多政治革命中，策蘭都能感受到類似

4　「布拉格之春」是捷克斯洛伐克國內的一場政治民主化運動，開始於1968年1月5日。捷克共產黨領導人亞歷山大・杜布切克在國內政治改革的過程中，提出建立「帶有人性面孔的社會主義」。蘇聯將此視為對其領導地位的挑戰，認為這是對東歐地區政治穩定的一種威脅。同年8月20日，蘇聯及華約成員國武裝入侵捷克，「布拉格之春」宣告失敗。

5　法語，意為「馬克思主義的傷心人」。

6　[Solomon（1990），58頁。]

帶有明確「信徒色彩」[7]的革命瞬間：1871年的巴黎公社、1917年莫斯科的十月革命、1919年柏林的斯巴達克起義、1934年2月的維也納工人起義、1936到1938年的西班牙內戰；特別是西班牙內戰，這次戰爭和它的「示播列」（I，151），那句「No pasarán」的口號總被詩人一再提及，他將這件事和之前及之後一切激起他「vieux cœur de communiste[8]」[9]的事物視為一體（I，270）。正如他一再強調的那樣，他的希望存在於東方；之所以有這樣的想法，當然也與那些不愉快的西方經歷有關，與阿爾及利亞戰爭時的法國、主要還有聯邦德國有關。1962年，策蘭在給阿爾弗雷德·馬爾古－施佩貝爾的信裡這樣寫道：「在這個德國馬克的國度裡，有些東西敗壞了。」[10]他在此所指的是德國人為納粹統治所作的種種開脫，它們存在於文壇，也存在於其他地方。

於是我們馬上就能理解，夜半時分總喜歡在朋友中吟唱舊日革命歌曲的策蘭，為何會以古斯塔夫·蘭道爾的精神解讀1968年的巴黎五月學運，為何要將他「信徒式的渴慕」完全植入其間。「La beauté est dans la rue」[11]或「La société est une fleur carnivore」[12]，諸如此類的標語想必是他心之嚮往的；對他而言，參與自己所在大學的罷工並加入示威遊行顯得理所當然。策蘭曾驕傲地告訴弗蘭茨·烏爾姆，在他家的街道上也設有街壘[13]。1962年，與詩人相識的巴黎高等師範學院日耳曼學者斯蒂芬·摩西[14]曾在前往東火車站（Gare de l'Est）群眾集會的路上與他偶遇，策蘭情緒高漲，與周圍的人手挽著手，同大家一起激昂地高唱著國際歌。然而人群終要散去，對此，策蘭無法理解；他對群體的渴求超出常人，一如他的孤獨。[15]不過，策蘭的狂熱並不持久。暴力，

7　[Mandelstam: *Im Luftgrab*. 法蘭克福（緬因河畔），1992，75頁。]

8　法語，意為「共產主義者的舊日情懷」。

9　[1962年3月8日寫給Solomon的信（1981），65頁。]

10　[1962年2月8日寫給Margul-Sperber的信（1975），56頁。]

11　法語，意為「美在市井之間」。

12　法語，意為「社會是一朵噬肉的花」。

13　[1968年5月12日寫給Wurm的信（1995），149頁。]

14　斯蒂芬·摩西（Stéphane Mosès，1931-2007），文學研究學者，生於德國柏林，1937年隨家人流亡法國，1969年移居以色列，1997年再度回到巴黎。他以自己的研究喚起了戰後法國民眾對德語猶太文學的興趣。

15　[1995年3月6日在耶路撒冷與Stéphane Mosés的談話。]

特別是警方的暴力，令他忐忑，各個左派政黨和團體（尤其是親莫斯科的法國共產黨）的爭鬥讓他不安。

此外，巴黎的經歷還混雜著來自聯邦德國的報導和印象。1968年4月11日，盧迪・杜申科[16]被刺，身受重傷[17]。5月初，聯邦德國大學生和聯邦德國工會為反對緊急狀態法，分別舉行遊行；在這些運動中，策蘭對示威者表示了自發的支持，不過，與此同時他也感覺到了氣勢洶洶的左派反猶太復國主義的迫近，對此，他只能理解為反猶主義在當代的變形。當他在新出版的洛洛洛叢書《學子的反抗》（*Rebellion der Studenten*）中讀到盧迪・杜申科的文章〈從反猶主義到反共產主義〉（*VomAntisemitismus zum Antikommunismus*）時，想必對這種不無獨裁色彩的反獨裁，感到了「深深的不快」[18]。

那麼，來自東方的希望呢？策蘭和弗蘭茨・烏爾姆的通信告訴我們，詩人同情布拉格之春，看到這種對自由社會主義的遲疑探索被粗暴打破，他深感痛心。和計畫在布拉格作較長逗留的烏爾姆一樣，策蘭也迷戀於「晶體管收音機」，因為「它令我難以釋懷——它如此長久地佔據著我」[19]。當已在布拉格生活了幾個月的烏爾姆於1969年6月向他發出邀請時，他卻不想前往「這個日益陰翳的捷克斯洛伐克」[20]。

1968年，策蘭在巴黎、柏林、布拉格的三重希望——「別樣的開始、下層的起義、造物的奮起」，變成了三倍的失望。該轉變清楚地體現於同時期的一些詩中。在寫於1968年8月21日（即蘇聯進駐布拉格的第二天）的〈光杖〉（*Leuchtstäbe*）中，具有尖銳諷刺意味的最後幾行詩是這樣寫的：

16　盧迪・杜申科（Rudi Dutschke, 1940-1979），聯邦德國學生運動領袖，1968年4月11日在街上被一名青年工人槍擊後負重傷。1979年因槍傷復發而去世。

17　[參見1968年4月14-15日寫作的《馬普斯伯利街》（*Mapesbury Road*），全集II，365頁。]

18　[1968年5月子虛烏有日寫給Wurm的信（1995），146-147頁。]

19　[1968年8月27日信，同上，166頁。]

20　[1969年6月20日信，同上，198頁。]

一隻吸臂招來
滿滿一麻袋
中央委員會的決策的嘟噥，

冀水溝裡上上下下
一覽無餘，清楚分明　　　　　　　（II，402）

同年6月2日，策蘭寫下了詩〈給埃里克〉（*Für Eric*）。這首詩為剛滿13歲、被所發生的一切所吸引的兒子而作，是對巴黎學運的總結，詩中充滿了對剛剛經歷過的「大歷史」的懷疑：

小喇叭裡
歷史在挖掘，

坦克在市郊消滅毛蟲，

我們的杯中
斟滿絲綢，

我們站著　　　　　　　　　　　　（II，376）

　　此前，策蘭有時也會用一些詩歌證明，確切的時代歷史事件、個人的政治黨派傾向以及高度複雜的詩學有可能融合到一起；作於1967年8月、明確指向越南戰爭的詩〈給一位亞洲兄弟〉（*Einem Bruder in Asien*）便是如此。另外，早在1967年6月7日至8日就已問世、表現對中東以阿六日戰爭印象的詩〈你想想〉（*Denk dir*），驚人地好讀易懂，它給了詩集《線之太陽》一個對未來幾近樂觀的結尾，而詩集本身又將1967年以色列士兵的鬥爭，和納粹沼澤營中被囚者的反抗視為「一體」。開頭的兩個詩節這樣寫道：

Ô les hâbleurs,

n'en sois pas,

ô les câbleurs,

n'en sois pas,

l'heure, minutée, la seconde,

Éric. Il faut payer ce temps

ton père

t'épaule.

保羅‧策蘭寫給埃里克的詩〈給埃里克〉（*Ô les hâbleurs*）。寫作時間可能是1968年7月底。複製手稿。

你想想：
馬察達²¹沼澤的士兵
告訴自己何謂故土，以
最不可磨滅的方式，
對抗著
鐵絲網上的一切蕪藜。

你想想：
沒有形態的無眼者們
帶你自由穿過熙攘雜亂，你
強壯起來呀
強壯起來。　　　　　　　　　　（II，227）

　　在第一稿裡，詩的開頭是這樣的：「你想想： ／ 馬察達沼澤
的士兵 ／ 告訴你何謂故土²²」。「自己」和「你」間的細微差別值
得注意，它告訴我們，作家多麼強烈地認為以色列人的戰爭就是
為了自身存在而進行的鬥爭，他甚至將這鬥爭視為為自己贏得家
園的過程。生活在切爾諾維茨的少年安徹爾，對父親的猶太復國
主義夢想抱持著幾近無視的態度；和作家現在的表現相比，思想
方式上的徹底轉變顯而易見。現在，對保羅·策蘭而言，猶太的
生活、猶太的身份首先化身為以色列國家的安全存在。1969年夏
天，當他收到經自己努力而獲得的希伯來語作家協會的邀請時，
上述觀點在他看來還是毋庸置疑的。雖然懷著對自己的懷疑，他
還是高興地接受了邀請，於1969年9月30日飛往以色列。

21　馬察達（Massada）：古代以色列東南部、死海西南岸的一個山頭堡壘。西元73年，經過歷
　　時兩年的被圍困後，吉拉德猶太教派成員集體自殺，最終也未向進攻的羅馬人投降。
22　[參見2月8日的歷史考訂版，246-247頁。]

保羅‧策蘭，約1969年。

　　這次旅行是策蘭一生中的最後一次重大「轉折」[23]。耶路撒冷，在他的生命中，是繼切爾諾維茨和巴黎之後最重要的地方，它甚至排在布加勒斯特或維也納之前。重返巴黎後，策蘭在給耶路撒冷老友曼努埃爾・辛格的信裡這樣寫道：「我需要耶路撒冷，正如我在找到它之前曾需要過它一樣」[24]；他還寫信給當時正在布拉格的烏爾姆：

> 在以色列的17天：多年來我最豐富的日子。現在，攜著這彼處，我應去往哪裡？ [……] 彼處，它也曾是，特別是在耶路撒冷，也曾是我那強烈的自我。曾四處交談，曾四處緘默，曾四處生活——我還遠未看到一切，我還要再次前往。[25]

　　然而在這些特別強調的肯定表述之外，還有一些其他的東西；特別是那些讓策蘭在10月16日提前結束旅行，返回他所不愛的巴黎的一些惱人事實。如果策蘭真如許多方面所說的那樣，曾認真考慮過移居以色列（也許住在基布茲[26]中），那麼他的突然返程，便為這樣的想法畫上了一個突兀的句號。以色列的經歷，看上去充滿了矛盾和一些令人難以忍受的事情；他原本希望能夠在這片孕育著希望的土地上，為自己岌岌可危生命中的種種問題和謎團找到最終解決方案，但這樣的想法，未能實現。在策蘭回家後的數週時間裡，種種狂熱還暫時性地振奮著他，然而他更多感受到的應該還是失望。

　　以色列之行開始的兩周，正面的經歷和情緒占了上風。他重新見到了一些親戚和年輕時代的朋友——埃迪特・胡貝曼（Edith Hubermann）、大衛・塞德曼（David Seidmann）、曼努埃爾・辛格、齊格哈特・阿爾佩（Sieghard Alper）、多羅特・米勒—阿爾特瑙（Dorothea Müller-Altneu）、邁爾・泰西（Meier Teich）。他

---

23 [1969年10月23日寫給Schmueli的信（1994），19頁。]
24 [Die Stimme（1970），7頁。]
25 [1969年10月20日寫給Wurm的信（1995），220頁。]
26 基布茲（Kibbuz）：現代以色列移民區的集體農莊。

也和布科維納的同胞們，如吉德翁·克拉夫特（Gideon Kraft）、赫爾舍·澤噶爾（Hersch Segal）、伊斯拉埃爾·沙爾芬以及同樣以德語寫作的年輕詩人曼弗雷德·溫克勒相聚。在生於烏茲堡（Würzburg）的著名詩人耶胡達·阿米亥[27]的引介下，10月8日，策蘭在耶路撒冷朗誦自己的詩歌──其間沒有〈死亡賦格〉，而極具宗教色彩的〈你想想〉被當作壓軸篇章。擁擠的觀眾被深深地感動，向詩人致以熱烈的掌聲；「朗誦的情況很好，那裡的聽眾也很好」[28]，策蘭自己這樣認為。在他的聽眾中有猶太學學者、哲學家格爾斯霍姆·朔勒姆（Gershom Scholem）──他有關猶太教神秘教義的著作曾為策蘭打開了通往猶太神秘主義的大門；從1962年起，他們曾三度會面於巴黎。策蘭對於希伯來語作家協會在特拉維夫（Tel Aviv）的接待也很滿意，接待儀式上，他得到多位同行的讚譽並作了簡短發言。但最後，作為一位忠實於德語且沒有生活在以色列的猶太人，他受到了質疑。

我來到以色列，來到你們這裡，因為這曾是我的需要。鮮見地，一種感覺佔據了我的心，所有一切的所見和所聞讓我感到，我做了一件正確的事──我希望，這種正確性的意義並不僅限於我。我想，我開始暸解，何謂猶太式的孤獨，我也懂得了，在這林林總總間，我也懂得了，應該為每株自植的綠樹感到自豪。它們時刻準備著為每一位經過此地的人帶來清爽。[……]在此地，在這外在和內在的風光中，我發現了許多，它們有關對真理的迫切探尋、有關自身的澄明，還有關於詩作的唯一性，那種將自己開放於世界的唯一性。[……]

保羅·策蘭，在希伯來語作家協會上的講話，1969年10月14日

第二天，在大衛·克羅阿[29]（策蘭曾譯過他的幾首詩）的引介下，策蘭也在特拉維夫朗誦了自己的作品。然而，這次朗誦大大刺激了他。對於造成不愉快的原因，朋友伊拉娜·施穆黎（Ilana Schmueli）曾有過詳細的回憶：

> 特拉維夫的切爾諾維茨同胞們好奇地聚在一起，聆聽這位被大家視為切爾諾維茨之子的「著名德語詩人」。

27　耶胡達·阿米亥（Jehuda Amichai, 1924-2000），以色列當代詩人，也是二十世紀最重要的詩人之一。生於德國的烏茲堡，十二歲時隨家遷居以色列，二戰期間他在盟軍的猶太部隊中服役，目擊了以色列獨立戰爭和西奈戰役。作品被譯成數十種文字，在歐美詩壇上具有較大的影響。

28　[Schmueli，17頁。]

29　大衛·克羅阿（David Rokeah, 1916-1985），以色列詩人。生於波蘭，1934年流亡巴勒斯坦。

那些故人表現出了令人感到侷促的無間親密、這些熟悉而
又不再熟悉的東西、這種偽裝的親切、善意的誤解和隔膜
束縛著他。三十年過去了，他在「當年」的包圍下吟誦詩
篇，這是他心中最大的孤獨。在這裡，對他而言，那些在
他生命中本已十分清晰的東西在這裡變得太過清晰：無可
克服的陌生感，而這曾是他的宿命 [……] 他曾將自己變
為孤兒，在這裡也同樣如此——他知道，他也不屬於此
地，這深深地傷害了他，他幾乎是落荒而逃。[30]

　　不過，以色列帶給策蘭的是一種雙重的經驗，特別是耶路撒
冷。雖然失望很多，但此地卻成為了作家生命和創作上的最後一
個高峰。他在這裡重逢了比他年輕四歲的切爾諾維茨的女友——
伊拉娜·施穆黎。他們在1940到1944年的戰爭紛亂中相識，並一
起度過了在耶路撒冷和耶路撒冷周邊的大部分時光，在這個從
1967年夏開始可以自由進入、重獲統一的城市裡，他們生出了一
段戀情。策蘭和施穆黎的再度相遇演變成了愛情，二者間深入而
無條件的信任大概讓雙方都感到驚喜。施穆黎以日記的形式記錄
下了和策蘭一同走過的道路；他為一些古老的場所和紀念碑所吸
引，他在「太多的聖跡面前」覺得膽怯，譬如他放棄了前往死海
西岸城堡馬察達的行程——「我沒有資格前往」[31]。按照一個在今
天頗受爭議的傳統說法，西元73年，約千名被羅馬軍團包圍的猶
太人在此自盡。

　　1969年10月17日，策蘭回到冷漠的巴黎。在此後直至12月的
那段時間裡，策蘭一共寫作了19首與耶路撒冷經歷以及和施穆
黎相遇相關的詩，構成了最後一冊詩集《時間農莊》（1976年作
為遺作出版）三部分中的第二部分。其中的詩作〈化作杏仁的〉
（Mandelnde）早在1968年9月就已寫成，而作於1967年12月的詩歌
〈你就像你〉（Du sei wie du）也與這段經歷密切相關。

---

30 [Schmueli，18頁。]
31 [Schmueli，15-16頁及18頁。]

　　從10月20日開始，作家便不斷寫信給施穆黎，信中還附有他剛完成的詩。在這些文章中出現了源自三方面所占比重各有不同的體驗：1969年10月他親身體驗遊歷耶路撒冷所生之不滿；與聖城遭遇密不可分的還有當時伴他左右的施穆黎以及兩人的真摯感情；最後這些多面的、觀感上的經驗又和策蘭普紐瑪式的猶太性、與那取自猶太神秘主義的、精神上的耶路撒冷糾結在一起，並由此獲得語義上的多義性。「耶路撒冷」就是這樣獲得了一個巨大的時間場和意義場，不論是在單首詩中還是在整部詩集裡，總能窺見有關轉世論和性愛的言外之意。其中最為明顯的大概就是詩作〈極〉（*Die Pole*），以色列讓猶太人有了祖國，發生在這樣一個國家裡的相遇讓迷失於「雪之域」（II，333-334頁）的策蘭得到了「雪之慰藉」（III，105）。施穆黎很中肯地將這些耶路撒冷之詩稱為「一曲十分獨特的、策蘭式的頌歌」[32]。

伊拉娜・施穆黎，約1968年。

　　雖然「耶路撒冷」和「以色列」可能擁有許多宗教上的和救世主義式的意義，但我們永遠不應忘記，策蘭所說的是復國主義的國家以色列——一切猶太大屠殺倖存者的現實家園。在旅行前，他便將其作為「化作杏仁之物」，並在詩的結尾向它提出了Hachnissini的請求——即：「將我納入你之中」[33]。他的「說，耶路撒冷它在」（III，105），他的「長號手的位置」（III，104）也許基於《新約》或《舊約》的這一處或那一處，或者，同時與好幾處有關（學者們對此還無定論），但不可由此認定作家策蘭

32 [Schmueli，15-16頁及18頁。]
33 [全集III，95頁。（原文為斜體）]

最終正面表達了自己猶太式的宗教信仰。聖經傳說曾經是，而且在大屠殺後仍然是「空缺文本」，雖然它是「炙熱的空缺文本」（III，104）。

在以色列體驗到的滿足，他身上暫時的、近乎於迴光返照式的情緒並不能持久。1969年11月23日，策蘭49歲生日（他的最後一個生日）時，他從巴黎寫信給施穆黎，信中這樣說道：

> 我感到，我知道，我在耶路撒冷曾有的力量已漸行消
> 逝 [⋯⋯] 妳帶來了奇蹟？或奇蹟帶來了妳？[34]

施穆黎在耶誕節前來到巴黎，一直待到1970年2月初，其間兩人斷斷續續地在一起度過了許多時光。然而，就是她也無法創造奇蹟了。

保羅・策蘭，約1968年。

策蘭生前在巴黎寓所書桌抽屜內珍藏的梧桐樹皮。可能是策蘭與吉澤爾的愛情信物。1958年1月，策蘭前往德國旅行時，吉澤爾曾在一封短簡中附言：「願這些樹皮保護你⋯⋯」。

第九章

「……我定是日益向著我的深淵墜落下去」

1969年底－1970年春

　　策蘭考慮以德語詩人的身份定居以色列的想法如此認真，但距現實又是如此遙遠。可以與之作比的是作家另一相反的想法：將自己的居住地——至少是暫時性地——遷至聯邦德國（或瑞士的德語區）。這樣的想法始自1960年，1970年3月又捲土重來，再度侵襲了他。按照弗萊堡日耳曼學者格哈德・鮑曼的說法，羅曼語族語言文學專家雨果・菲德里希（Hugo Friedrich）曾含糊表示可以為策蘭提供一個大學教職。雖然策蘭很喜歡這個黑森林掩映中的城市弗萊堡，但此一任教計畫卻未能實現[1]，作家最後仍決定堅守在冷漠、但卻熟悉的巴黎。1968年後，因為成為《蜉蝣》（*L'Éphémère*，創刊於1966年）雜誌的共同出版人，他在此地與作家同行有了更多的交往；這幾年間，《蜉蝣》成為法語讀者（以原文或譯文的形式）瞭解策蘭作品的最重要的管道。早在1950年代便認識策蘭的安德列・迪・布歇、伊夫・博納福瓦和雅克・杜潘與其他一些年輕人（如讓・大衛）一起為了策蘭的作品而奔忙，並成了他的知心朋友。

　　然而，作家的孤獨感愈來愈強烈，特別是1967年秋與家人分居以後。從1962年底到1969年初，策蘭在精神病院裡度過的時間

1　[參見Baumann（1968），125頁。]

加在一起已一年有餘；如果算上1967年6月至11月在巴黎醫院裡的
「療養」，這個數字甚至超過了一年半。1970年2月，他寫信給施
穆黎：

> 在那裡，醫生們要管的事情很多，每天都是一種負
> 擔，妳所說的「我自己的健康」也許根本就不存在，毀滅
> 直至我存在的內核 [……] 他們把我給治毀了！[2]

依據現在的精神病學觀念看來，策蘭當時接受的治療很成問題；
但無可爭議的是，有時，他確實需要醫學上的治療和照顧。我們
不是醫生，無法對其病情作出醫學上的診斷，而且我們也無法查
閱相關檔案。更為尷尬的是，一些策蘭評論家——甚至一些和
他較為親密的人，都不吝為他貼上各種標籤，諸如：內因性精神
病、精神分裂以及一再被提及的「被追蹤妄想」[3]。毋庸置疑，
在1960年有關剽竊的指控變得公開化後，策蘭便患上了嚴重的抑
鬱症，而且在這一公眾事件之後，1945年之前所形成的那種由威
脅和死亡所構成的經驗模式，便變得更加難以祛除，在某些時
候（我們今天稱之為情感緊張狀態），曾經的嚴重創傷會一再顯
現。「一切都受了傷。人和物糾結在一起，經歷帶來了太深的傷
害，回憶是一道化膿的傷口」[4]，尼采這樣預言道。在策蘭看來，
這些針對他本人及其作品的詆毀和無視的瞬間（他對此看得特別
清楚），便是全部事實，對此他只能報以深深的不信任與抗拒，
並欲退避進自己的角落。

其中的部分原因，是歷史上曾造成心理創傷的屠殺場景，
又重現於精神領域（所謂的剽竊事件便是如此）；其他部分則歸
因於策蘭自身，所謂舊場景的再現其實只是他自己的臆想。作家
很清楚，自己已由此走入了妄想，許多詩（常常以諷刺的語調寫
成）可以為此作證。在1967年4月8日的一首詩裡提到了「頭腳倒
置的哀悼」（II，175）並確切說明了「頭腳倒置」的原因：他每日

2　[引自Felstiner（1997），421頁。]
3　[例外情況：Bevilacqua（1998），XCI／CIII頁。]
4　[《瞧！這個人》（*Ecce homo*）。引自*Krit. Studienausgabe 6*. 柏林，1988，272頁。]

都承受著無盡的哀傷，因此而消耗的精力已超出了其所能承受的範圍。1967年6月4日的一首詩也明確指向作為作家的自我：

> 如麻心緒[5]，我識得
>
> 你如小魚般蜂擁而來的
>
> 刀，
>
> 無人比我更近地
>
> 迎風而臥，
>
> 無人如我一般
>
> 被冰雹的旋風擊穿
>
> 磨礪預備出海的
>
> 頭腦　　　　　　　　　　　　　（II，225）

從1963年開始，詩歌越來越頻繁地用到一些醫學上的或與身體、病痛有關的術語，且常以在形式上被異化的合成詞方式出現，如：「太陽穴之鉗」、「神經細胞」、「腦之山」、「腦之幹」、「腦之移植物」、「大腦皮質」、「腦之鐮刀」、「太陽穴之蹼」、「耳道」、「視紫質」、「視之幹」、「心之幹」、「動脈弓」、「冠狀動脈」[6]，由此，策蘭向我們展示著自己來自醫院的體驗。在這些詞中，有一個顯得尤為刺眼：妄想。如果不考慮它用作詞根的情況，那麼我們只在《呼吸間歇》及以後的詩集中看到這些合成詞[7]：「妄想的麵包」、「妄想的船塢」、「妄想之

5　如麻心緒（Heddergemüt）：是策蘭自己生造的合成詞。有說法認為，該詞為「Hede（麻絮）」與「Gemüt（心緒）」組合構成，大略有「亂麻心緒」之意；但也可將其視為「Heidegger（海德格）」與「Gemüt」疊合而成。或者，就像其他許多策蘭自創的詞一樣，在此，兩種解讀方式都兼而有之：這是一種因海德格而產生的情緒，一種複雜不明、如麻絮般紛亂的心緒。

6　[參見Nielsen / Pors的辭彙索引（1981）（索引中未收錄出現於《遺作》（*Gedichte aus dem Nachlass*，1977）的辭彙以及Lyon（1987）。]

7　此處有關策蘭作品中辭彙的統計源於Nielsen / Pors的辭彙索引（1981）。該索引以首字母為序，將出現於策蘭詩作中的辭彙重新排列整合，所以，對於以「妄想（Wahn）」一詞作為詞根的情況無法一一統計。

旅」、「妄想般堅實」、「妄想的行走」、「妄想的行者之眼」、
「妄想的薪餉」、「妄想的窄梯」、「妄想般可笑地—敞開著」。[8]

我們從策蘭的相關閱讀，就能看出他對於自身心理傷害的
認識何其早、何其深。在自我探索和對人類精神狀態認知方面，
策蘭的興趣已大大超出常人。早在1950年代，作家就已開始閱讀
佛洛依德和其他一些心理分析作家的作品，雖然對於他們的理論
他還有所懷疑。1960年後，他又閱讀了卡爾·雅斯培[9]的《普通心
理病理學》（*Allgemeine Psychopathologie*）、歐根·布洛伊勒[10]的
《精神病學》（*Psychiatrie*）以及路德維希·賓斯萬格[11]的《精神
病院中的人》（*Der Mensch in der Psychiatrie*）和《憂鬱與躁狂》
（*Melancholie und Manie*，1960）。特別是最後一本書，從文中的
劃線標識來看，策蘭參照自己，也參照朋友奈莉·薩克斯的狀
況十分細緻地閱讀了全書。他在諸如「喪失性抑鬱」（Verlust-
Depression）和「喪失定式」（Verluststil）這樣的詞下面劃線作出
了標記，同時被標注的還有賓斯萬格頗具深意的半句話：

> 和悲觀主義者不同，憂鬱症患者將未來預期到的喪
> 失，視為業已出現的。[12]

8   [Nielsen / Pors（1981），261頁以及Lyon（1987），605頁。]

9   卡爾·雅斯培（Karl Jaspers，1883-1969），德國哲學家、精神病學家、現代存在主義哲
     學主要代表之一。他嘗試採用現象學的理念，直接研究患者的意識經驗並於二十世紀初將
     其臨床經驗及病例解釋整理成《普通精神病理學》一書發表。該書引起了德國醫學界的重
     視，被視為現象學精神病理學和理解心理學的代表作，對二十世紀精神病理學思想產生了
     決定性影響。

10   歐根·布洛伊勒（Eugen Bleuler, 1857-1937），瑞士精神科醫生、精神分裂症概念首創
     者，第一個接受並應用佛洛伊德精神分析法的大學教授。《精神病學教材》（*Lehrbuch
     der Psychiatrie*）是其重要著作之一。

11   路德維希·賓斯萬格（Ludwig Binswanger，1881-1966），佛洛伊德的早期學生，精神病
     科醫生、心理學家，在長達45年的時間裡一直掌管著Bellevue診所。他將心理分析和存在主
     義哲學相結合，創立了存在分析法。在他的著作中，體現了20世紀心理學領域的重大觀念
     變革。

12   當某種「喪失」（如身邊親人的亡故）出現於憂鬱症患者的生活時，憂鬱症患者會反覆咀
     嚼這種體驗，難以釋懷，而且他們將以此為模式，看待日後未知的生活，從而使某次「喪
     失」轉變為一種心理上的體驗模式，即「喪失定式」。[參見策蘭工作藏書中的樣冊（馬爾
     巴赫德國文學檔案館 [Dt. Literaturarchiv Marbach]），43頁與47-48頁。]

　　策蘭生命最後幾年的詩作被收錄於詩集《光之迫》、《雪之域》和《時間農莊》（身後出版），這些詩歌是動人的見證，向我們展現了受傷至深並由此留下深刻印記的那個作為寫作者的保羅・策蘭；同時，它們也是對執著堅持的記錄——這是在詩學語言上的執著堅持，雖然這詩學「越來越難擺脫致死之言的萬重陰霾」（III，186）。很早之前，策蘭就已對語言產生了懷疑。〈墓之近旁〉中向被害母親的提問便是疑慮的最早信號。詩中的問題直指母語，也許還有傳統的（韻體）詩歌寫作：

> 你是否能夠容忍，一如從前，母親，啊，一如在家中，
> 容忍這輕柔的、德語的、令人痛心的韻腳？　　　　（III，20）

1948年，在維也納的策蘭曾藉〈熱內〉一文質疑，人們是否能夠「重新叫出事物自身的正確名字」，同時，他還談到了「釋義被燒盡後所殘餘的灰燼」（III，156-157）。對策蘭而言，已無可能在歌德的傳統中來體驗一個在意義上一一對應的世界，「一個詞——你知道 / 一具屍體」，〈夜色裡翹起〉（I，125）這樣寫道。卡夫卡，這個在十多年裡幾乎被策蘭視為楷模的人，已有過如此定論：

> 　　對於一切在感性世界之外的的事物，只能以暗示的方
> 式使用語言，而決不可用類比的方式，哪怕只是以近似於
> 類比的方式，因為語言，按照感性世界的說法，所涉及的
> 只是所有及其關係。[13]

---

13 [《鄉村婚禮的籌備》（*Hochzeitsvorbereitungen auf dem Lande*），法蘭克福（緬因河畔），
　　1983，68頁。]
　　引文的出處應為《對罪、苦難、希望和真實之道的觀察》（*Betrachtungen über Sünde,
　　Leid, Hoffnung und den wahren Weg*）一書，該書以格言集的形式收錄了卡夫卡散落於各處
　　的格言警句，文章標題是好布洛德在編輯出版其作品時添加的。對於這些格言，卡夫卡
　　都為它們編上了序號，此處所引段落的編號為57。

在策蘭的眼裡，這一論斷變得更加尖銳了。大屠殺後的寫作從根本上來說就是對「類比方式」的放棄，即放棄隱喻式的寫作，因為所發生的事情無物可比。早在〈子午線〉中，詩人就已意識到，萬般之間只餘下一種可能：「證明一切的比喻和隱喻皆屬荒謬。」（III，199）在最後的幾部詩集裡，大量出現了對隱喻寫作的棄絕，這種棄絕有時是一種論戰，有時卻又是一種諷刺。拒絕「隱喻的暴風雪」，如同拒絕「真實」（II，89）的對立面。「棄你的比喻 ／ 為殘渣」（II，363），《雪之域》（*Schneepart*）中的一首詩如是寫道，接下來一首詩又這樣寫道：

> 將符號解釋到
> 壞，
>
> 被燒焦，遭腐爛，被浸漬。　　　　　　　　（II，364）

但策蘭依舊在寫詩。他絕未如自己常聲稱的那樣——歸於沉默。在生命的最後幾年，詩人撕破了由奧許維茲偽造而生的符號的秩序，在那些愈來愈新的詩中，將它化作「鎖線之桶的語言、鎖線之桶的歌」[14]（II，314）。只有通過反覆而深入的閱讀，才能看到作者如何從語言上將這一意圖實施於具體的詩歌作品。

　　幾乎在任何時候，策蘭都反對習見的、有序森嚴的感知和思維方式，而大力宣導並行的言說與語義上的顛倒，以此顛覆對有意義的、看似自然的言說的期待。[15]在對詞語的處理上，策蘭同時遵循著兩大方向：一個是「詞的堆疊」（II，29），另一個是「詞的瓦解」[16]；一方面通過詞的集結，形成一個愈來愈大的語言複合體，另一方面則是越來越徹底的詞與詩句的缺損與減縮。作家始終希望，由此類語言運作過程而產生的所謂「密實性」，能得到耐心

14　《光之迫》中的一首詩即以此開頭。「封鎖線之桶」（Sperrtonnen）一詞由「封鎖」（sperren）和「桶」（Tonne）複合構成，令人聯想起1968年巴黎五月學運中那些被用來築成街壘的汽油桶。

15　[展開見Reichert（1988）與Sparr（1989）。]

16　[參見P. H. Neumann（1990）。]

的解讀，並能依照他的意圖為讀者所理解，而並不是由讀者為其強加上某種「意義」。策蘭在給切爾諾維茨的朋友古斯特爾·肖梅的信裡曾寫道：

> 我在我的詩裡寫出了當代人類經驗中最糟糕的東西。聽來也許自相矛盾：但也正是藉著它們，我才得以支持下去。[17]

　　那時，距離詩人的死亡還有三個月。事實上，正是這建立在存在基礎之上、極端而屬於詩學範疇的工作，超越了那些一直反覆出現、充滿了憂鬱和絕望的日子；是它在維繫著作家的生命。「我無法無視我所面臨的困境，親愛的弗蘭茨，日復一日」，1969年6月，策蘭去信給身在布拉格的弗蘭茨·烏爾姆時這樣寫道。[18]以色列之行是一個重大的、在短時間內讓他感到振奮的事件，而當這樣滿懷希望的期待被耗盡後，接下來的生活讓人更覺失望。通過妻子的幫助，策蘭在巴黎西區離塞納河（Seine）米哈波橋（Pont Mirabeau）不遠的地方購買了一處公寓。11月，公寓到手，作家猶豫地——「一點一點地、煞費苦心地」[19]——遷入新居。可是這似乎不能使他的情緒有所好轉。12月11日，他這樣寫道：

吉澤爾，1969年4月攝於羅馬郊外。

> 今日有幾句突兀的話，弗蘭茨：我定是日益向著我的深淵墜落下去，我的生命懸於朝夕之間，確切地說是朝朝之間。[20]

17　[引自Silbermann（1993），37頁。]
18　[1969年6月20日寫給Wurm的信（1995），199頁。]
19　[1969年7月21日寫給Wurm的信，204頁。]
20　[同上，231頁。]

保羅‧策蘭在巴黎，1970年。

　　1970年2月3日，在施穆黎最終離去之後，春天的到來又為詩人帶來了一些新的活動與計畫；他謀劃著和伊夫·博納福瓦同遊圖爾（1939年以後，他便再也沒有回過這裡），但沒有成行。3月初弗蘭茨·烏爾姆來訪兩周，他約見貝克特並建議策蘭一同前往，但詩人回絕了這個提議；他後來卻又覺得後悔，覺得這位愛爾蘭人與自己志趣相投，自己不應拒不相見。[21]這段時間裡，他還最後一次見到了彼特·斯叢迪。策蘭去世一年半後，斯叢迪也以同樣的方式撒手人寰。

　　3月20日，策蘭抵達斯圖加特，與安德列·迪·布歇一同在荷爾德林誕辰二百周年之際朗誦了還未發表的新詩。之後，他與迪·布歇以及貝恩哈德·博申斯坦一起，由此出發前往圖賓根，在那裡最後一次參觀了荷爾德林小樓，然後轉往弗萊堡，最後去科爾瑪（Colmar），參觀馬蒂亞斯·格呂內瓦爾特[22]的伊森海姆祭壇（Isenheimer Altar）。在弗萊堡，格哈德·鮑曼籌畫了一場小規模的作品朗誦會，馬丁·海德格再次出席。

　　在這生命的最後一次旅行中，作家強烈感受到了這個世界對於他的創作的不經心和漠視。與此同時——這樣的時代現在已經到來——他還在斯圖加特的朗誦會上體驗到了電視媒體的糾纏。恰恰是這些研究荷爾德林的專家們，對他的詩歌表現出極度的無知，這一定讓他深受傷害；他將這樣的經歷放大開來並告訴同行的朋友，現在，在整個德國他都不再會獲得共鳴。也許，最使策蘭感到驚惶的是馬丁·瓦爾澤[23]有關荷爾德林及其病情的發言；瓦爾澤當時這樣說道：

　　　　荷爾德林無法由一個如井般深邃而又同樣堅實的自我
　　　出發進行創作。他沒有一個這樣的自我。不，他還是有一

21　[參見Wurm（1990）。]
22　馬蒂亞斯·格呂內瓦爾特（Matthias Grünewald，約1455 - 1528），德國畫家，文藝復興時期的大師。他的傳世之作不多，現存代表作「伊森海姆祭壇畫」（1510 - 1515）包括基督誕生、受刑、復活以及聖安東尼故事等6幅圖畫，皆屬精品。
23　馬丁·瓦爾澤（Martin Walser，1927-　），德國作家，德國當代最重要的作家之一，曾獲得包括畢希納文學獎與德國書業和平獎（Friedenspreis des deutschen Buchhandels）在內的多項大獎，長於刻劃人物的內心世界。

個這樣的自我的，但僅在他從外界獲得認可時。他需要在
別人那裡感受到自己。每個人都必須這樣。個體是一條光
閃閃的歐洲的死胡同。[24]

這些話應該給了策蘭很大震撼，也令他感到醍醐灌頂。他也需
要一再地在別人那裡感受到自己，感受到對自己和自身詩作的共
鳴，沒有它們，他感到虛空而微末。在這種反覆出現的、在精神
上被打殺的體驗（譬如：此時在斯圖加特）中，充任原型情景的
便是他在剽竊事件中所感受到的對他作為詩人個體的否認。

　　對於策蘭最後幾周的巴黎生活，我們知之甚微。在巴黎高
等師範學院，他還在繼續教授一門有關卡夫卡小說的研討課[25]；
當然還有嘗試翻譯鈞特·葛拉斯的長篇小說《鐵皮鼓》（*Die
Blechtrommel*）的練習，原著手稿（1959年由作家提供）上確切
標注著每週的工作進度，最後一次是「1970年4月15日，星期
三」[26]。

　　他又去了一次艾德蒙·路特朗在盧瓦河邊的小屋，另外從
電話通話情況上看，也許還有一些日常見面，見過吉澤爾、埃
里克、以及《蜉蝣》雜誌社中關係不錯的同事，比如讓·大衛和
雅克·杜潘；後者在4月17日給策蘭打過電話，那時杜潘參加了
在波昂畫廊自己的版畫與詩歌作品展的開幕式，剛回到巴黎；
從那次展覽目錄來看，這也是策蘭所翻譯的杜潘的組詩《La nuit
grandissante》——譯名為《夜，愈來愈巨大》（*Die Nacht, größer
und größer*）第一次印刷出版。接到杜潘的電話，策蘭什麼也沒有
說，最後默默掛上了聽筒；杜潘認為，也許是波昂的出版讓策蘭
覺得不快，或者是他所說的有關開幕式的事情，於是他寫信給策
蘭以表歉意。就像4月20日之前幾天的其他信件一樣，這次來信沒
有得到策蘭的回應。

24　[Walser: *Hölderlin zu entsprechen*。見：1970年3月27日《Die Zeit》；此處參見P. H. Neumann
　　（1970），307-308頁。]
25　[依據Felstiner，359頁。]
26　[參見馬爾巴赫德國文學檔案館策蘭工作藏書館。]

　　4月19日到20日的那個夜裡，吉澤爾・策蘭－萊斯特朗熱發現丈夫失蹤。她詢問了許多朋友，也沒有結果。[27]5月1日，在庫伯瓦（Courbevoie，巴黎下游10公里處）附近的塞納河裡打撈出策蘭的屍首，艾德蒙・路特朗確認了死者的身份。5月12日，在奈莉・薩克斯去世的這一天，詩人被安葬於寸草不生的提艾（Thiais）郊區公墓，約瑟夫・羅特[28]的墓地也在此地。吉澤爾・策蘭－萊斯特朗熱之所以選擇了這處墓地，是因為1953年10月他們的兒子弗朗索瓦已被安葬於此。

　　除了自殺，再也沒有其他更令人信服的説法能夠解釋策蘭的溺水而亡。他大概是在1970年4月19日至20日的夜間從米哈波橋跳入塞納河的，米哈波橋與策蘭在左拉大道（Avenue Émile Zola）的公寓離得很近。阿波利奈爾曾以〈米哈波橋〉（*Le pont Mirabeau*）一詩頌詠過這座橋，策蘭自己也在〈攜一本來自塔魯莎的書〉（*Und mit dem Buch aus Tarussa*；I，288）一詩中提到過它。詩人離去時，簡陋的公寓井井有條，屋中的書架尚空空如也。沒有發現訣別的書信。書桌上放著威廉・米榭（Wilhelm Michel）撰寫的荷爾德林傳[29]，在書籍翻開的地方，有一段引自克萊門斯・馮・布倫塔諾[30]的話被策蘭劃出：

　　　有時，這位天才會變得晦暗，深陷入他心靈的苦井。[31]

　　策蘭為何要以這種方式辭世？他又為何單單選擇了這一時刻赴死？有關此事，猜測很多，直到維爾納・福爾特[32]提出假設，認為導致策蘭自盡的原因，是布加勒斯特的雜誌《新文學》（*Neue*

27　[參見*Fremde Nähe*，571-574頁與578-584頁。]
28　約瑟夫・羅特（Joseph Roth，1894-1939），記者、德語作家，納粹上臺後流亡巴黎，曾為多家流亡出版物工作。
29　即出版於1940年的《荷爾德林的一生》（*Das Leben Friedrich Hölderlins*）。
30　克萊門斯・馮・布倫塔諾（Clemens von Brentano，1778-1842）：德國作家，海德堡浪漫派的中心人物，與該派另一中心人物阿爾尼姆（Ludwig Achim von Arinim）一起搜集編寫了《兒童的奇異號角》（*Des Knaben Wunderhorn*）。
31　[參見Schwerin（1981），81頁。]
32　維爾納・福爾特（Werner Fuld，1947- ），《法蘭克福匯報》的文學評論人、自由作家、出版人。

Literatur，策蘭的藏書中有1970年的2月號）在此前不久首次刊發了伊曼紐爾·魏斯葛拉斯1944年的詩〈他〉（其中可以看到出現於〈死亡賦格〉的母題）。[33]我們很容易產生聯想，有了這樣的出版物，策蘭又將擔心，之前有關剽竊的指控可能會氣勢洶洶地捲土重來，而他知道，自己再也無法承受這一切了。

　　不過，單從某一方面解釋策蘭自殺的做法，失之偏頗。作家有關死亡體驗的思考由來已久，而且甚為深入，這其中也包括對自身死亡的想像。切爾諾維茨的女友魯特·拉克納－克拉夫特就曾說起過自殺對策蘭的吸引，以及策蘭在切爾諾維茨曾有的一次自殺嘗試[34]，埃迪特·西爾伯曼也談到了策蘭多次的自殺嘗試[35]。

　　許多詩歌，藉助於對他人死亡的想像，或是直白地對自己的死亡作出了預設。1950年代中期的詩〈衣冠塚〉（*Kenotaph*；I，134）甚至還預言了死亡的方式——溺水。對於布加勒斯特情人利亞·芬格胡特的溺水身亡，策蘭一直有所思考，詩作〈灰燼的榮光〉（II，72）便是明證。一首以「被釋放的也有這 / 起點」開頭的詩，用一種近乎於赤裸裸且語帶嘲諷的方式，談到了1967年初夏策蘭試圖割腕自殺的行為：「你清醒精明的靜脈 / 將那結解開」（II，243）。在他經常閱讀的卡夫卡小說集書後的封皮上，寫有著一句「來吧死亡，今天就來吧！」這句話可能寫於1965年住院期間。[36]

> 寫作在心理上帶來的解脫是不充分的，從來就不充分。無謂的蹦跳掙扎。常年待在喧囂的大廳，刑具加身。一方筆墨的天空，愈來愈甚。每一日終會關上它的大門。
> 他辭世而去。選擇，他還能夠這樣去做。選擇。為了結局不要持續得這般長久。順流而下，這失重的屍首。
>
> 亨利·米肖，〈論生命的道路——保羅·策蘭〉（*Sur le chemin de la vie. Paul Celan*），1970年。

　　在很早以前（1943年起），策蘭的詩中就記載著，作為作家的自我希望與亡故的母親、與無辜被殺害的人們合而為一的願望。對於這樣的結合，他的許多詩歌都有所想像，或者至少有過與此相近的想像。然而，除了自殺，難道還有其他方法可以填平

33　[*Focus*第19期（1997），136頁。]
34　[參見Chalfen，109頁。]
35　[Silbermann（1993），69頁。]
36　[引自Felstiner，296頁。]

現實世界中橫亙於犧牲者和倖存者間的那道鴻溝嗎？至少從1960
年代起，這難以抑制的渴望便伴隨著樂天力量的枯竭。很久以
來，如果將那些短暫的特殊時期（譬如以色列之行）撇開不計，
這股樂天的力量，也只不過給了他一點點「朝夕之間」[37]的生機。

　　許多為策蘭所愛、所敬重的人，也在大約他這個年紀（近
五十歲時）告別人世：自殺身亡的瑪麗娜・茨維塔耶娃、謝爾
蓋・葉賽寧（40歲時就已離世）、瓦爾特・本雅明，以及其他一
些遭殺戮的人們，比如他的父母，還有曼德爾施塔姆。也許，只
是出於某種預想，策蘭常將自己看作他們中的一員。他常常想到
的也許還有其他那些受納粹迫害而自盡身亡的人——恩斯特・
托勒[38]、瓦爾特・哈森克勒弗爾[39]、恩斯特・魏斯、斯蒂芬・茨威
格、克勞斯・曼[40]。最後，策蘭自殺身亡的大致日期，4月20日，
令我們不禁聯想到一個人的生日——此人曾是他和一切歐洲猶
太人最大的敵人與摧毀者[41]。按照阿爾貝特・卡繆和路易吉・諾
諾[42]的說法，這起自殺事件難道不應被視為一樁「社會的謀殺」？
雖然它只屬於某個特定的社會。[43]阿多諾在《否定的辯證法》
（*Negative Dialektik*）中探問：

> 　　那些僥倖逃脫而按理[！]會被殺害的人，他們在奧許
> 維茲之後是否還能讓自己活在這個世上，尤其是，是否還
> 被允許活在這個世上。他的繼續生存需要冷漠。這冷漠是

37　[1969年12月11日寫給Wurm的信（1995），231頁。]
38　恩斯特・托勒（Ernst Toller, 1893-1939），表現主義德語劇作家，其劇作帶有濃郁的左傾政
　　治色彩。納粹上臺後，他的書籍被焚、劇本遭禁演，本人被迫流亡至美國，在法西斯最猖獗
　　時，因理想與現實的矛盾在絕望中自殺。
39　瓦爾特・哈森克勒弗爾（Walter Hasenclever, 1890-1940），表現主義德語詩人與劇作家，
　　納粹上臺後被取消國籍，流亡法國。在英、法、意等國不斷遷居期間兩度被捕，後自殺於法
　　國南部的戰俘營。
40　克勞斯・曼（Klaus Mann，1906-1949），作家、出版人、記者、著名德國作家托瑪斯・曼
　　（Thomas Mann）的長子。納粹上臺後被撤消國籍，流亡國外，流亡中成為國際反法西斯傳
　　媒的核心人物。1949年服用安眠藥自殺。
41　希特勒生於1989年4月20日。
42　路易吉・諾諾（Luigi Nono, 1924-1990），義大利作曲家，義大利序列音樂、電子音樂、具
　　體音樂的代表作曲家之一。
43　[引自*Fremde Nähe*，480頁。]

市民主體的基本原則，沒有它就沒有奧許維茲的可能：姑
息的大罪。[44]

策蘭缺少這求生所必需的冷漠。這種缺乏和某種洞察力緊密相
依，斯叢迪認為，畢希納的丹東也具有同樣的洞察力：「這洞察
力，它不再讀得懂生命，因為它曾經讀懂過它。」[45]這兩個人都死
了。結語早在1968年1月23日就已寫下：

這個跟在後面結結巴巴的世界，
我將成為這世界裡
曾經的過客，一個名字，

由牆上淌下，
在牆上，一道傷口向著高處舔去。　　　　　（II，349）

44　[法蘭克福（緬因河畔），1966，353-354頁。]
45　[*Schriften I.* 法蘭克福（緬因河畔），1978，259頁。引自Sparr（1989），154頁。]

〔上〕策蘭夫婦在法國諾曼地
莫阿鎮的鄉間別墅，
1966年。

〔中〕策蘭過世後的莫阿鎮鄉
間別墅，1980年代。

〔右〕策蘭過世後的莫阿鎮鄉
間別墅客廳陳設，壁爐
臺上依然擺著策蘭生前
珍愛的猶太七連燭台，
1980年代。

策 蘭 年 表

1920 年	作為家中的獨子，保羅（佩薩奇）‧安徹爾（Paul〔Pessach〕Antschel）於1920年11月23日生於布科維納的切爾諾維茨，其母弗德里克（弗里茨）‧安徹爾（母姓施拉格）與其父萊奧‧安徹爾-泰特勒均為猶太教信徒 。
1920-35年	家住瓦斯爾科巷5號。
1926-27年	就讀德語公立學校。
1927-30年	就讀希伯來語公立學校，教學語言為希伯來語。
1930-35年	就讀羅馬尼亞國立高級中學，教學語言為羅馬尼亞語。
1935-38年	就讀烏克蘭國立高級中學，教學語言為羅馬尼亞語。
1934年	猶太教成人禮。參加一共產主義青年組織。
1935年	遷往馬薩里克巷10號。
1937/38年	寫下（今天能夠見到的）第一批詩作。
1938年6月	預科（相當於大學聯考）。
1938年11月9-10日	乘火車經克拉科夫和柏林前往巴黎，繼而前往圖爾修習醫科。
1939年7月	返回切爾諾維茨。
1939年9月	在切爾諾維茨大學修習羅馬語族語言文學。
1940年6月20日	紅軍進駐切爾諾維茨。
1940年夏	開始與魯特‧拉克納（克拉夫特）間的友誼。
1940年9月	在切爾諾維茨修習羅馬語族語言文學與俄語。
1941年7月5-6日	羅馬尼亞軍隊入駐切爾諾維茨，之後不久又有黨衛軍突擊隊進駐。到8月底為止，遭殺害的猶太人超過3000人。
1941年10月11日	設立切爾諾維茨猶太人聚居區（隔都）。第一次驅逐猶太人至德涅斯特河東岸地區。保羅‧安徹爾被遣送參加城中的強制勞動。
1042年6月起	第二輪流放潮。保羅‧安徹爾的父母被帶走。
1942年7月	強制勞動：在南莫爾島的塔巴雷斯卡（Tabarnsti）築路。
1942年秋/冬	父親在布格河東的米哈洛夫卡集中營亡故，之後不久，其母亦殞命於此。
1944年2月	獲釋離開羅馬尼亞的強制勞動，返回切爾諾維茨。與魯特‧拉克納（克拉夫特）重逢。
1944年4月	紅軍二度進駐切爾諾維茨。在一家精神病院當醫士。公差前往基輔。重新遷回父母在馬薩里克巷10號的住宅。

1944年秋	在切爾諾維茨學習英國語言與文學。兩部詩集問世。
1945年4月	轉往布加勒斯特。造訪阿爾弗雷德・馬爾古－施佩貝爾。
1945年6月	居住於Strada Roma 47號。
1945年秋	在Cartea Rusǎ出版社擔任編輯與翻譯。
1946年秋	開始了與彼得・所羅門的友誼。
1947年12月中旬	經布達佩斯逃亡維也納。先安身於難民營，繼而遷往澤韋林巷（Severingasse）3號，後來又搬到市政府街20號波爾公寓（Pension Pohl）。
1947年5月2日	發表〈死亡賦格〉羅馬尼亞文譯本，開始使用「保羅・策蘭」一名
1948年1月	與英格柏格・巴赫曼相遇；之後，兩人漸生情愫。
1948年2月	在維也納雜誌《計畫》上發表詩歌17首。
1948年6月	開始與克勞斯・德穆斯間的友誼。
1948年7月	遷居巴黎。棲身於第5區學院路31號奧爾良旅館，索邦大學附近。
1948年8月	《愛德格・熱內——夢中之夢》出版。
1948年9月	《骨灰甕之沙》出版，後被策蘭撤回。
1948年秋起	在索邦大學學習日耳曼文學與語言學。
1949年8月	在巴黎遇到迪特・克魯斯。
1949/50年	克勞斯・德穆斯求學於巴黎，一年後他後來的妻子納尼也在此就學。
1949年11月	結識了伊萬・戈爾（1950年2月27日去世）與克蕾兒・戈爾。
1950年7月	獲得文學學士學位。
1951年11月	與版畫家吉澤爾・德・萊斯特朗熱（1927-1991）相識。
1952年5月	1938年以來，第一次赴德國。在尼恩多夫/波羅的海的「四七社」聚會上朗誦自己的作品。與英格柏格・巴赫曼重逢。
1952年秋	出版《罌粟與記憶》。
1952年12月23日	與吉澤爾・德・萊斯特朗熱結婚。
1953年	遷居至16區洛塔街（Rue de Lota）5號。結識勒內・夏爾。
1953年10月7日	兒子弗朗索瓦出生，僅存活30小時。
1953年	克蕾兒・戈爾第一次對策蘭提出剽竊指控。
1955年	遷居至巴黎16區蒙德維的亞路（Rue Montevideo）29號乙。
1955年6月6日	兒子克勞德・弗朗索瓦・埃里克出生。
1955年7月17日	以「保羅・安徹爾」之名正式入法國籍。
1955年	《從門檻到門檻》出版。
1956年	獲得意志工業聯邦聯盟文學獎（Literaturpreis des Kulturkreises im Bundesverband der Deutschen Industrie）。

1956年1-5月	在日內瓦的「國際勞工組織大會」（Bureau International du Travail）擔任翻譯。
1957年5月、11月	羅澤・奧斯倫德爾造訪巴黎。
1957年10月	在烏珀塔爾召開「聯盟會議」（"Bund"-Tagung）。與英格柏格・巴赫曼重逢。結識彼德・胡赫爾與漢斯・邁爾。
1957年11月	遷居至巴黎16區隆尚路（Rue de Longchamp）78號。
1958年1月26日	獲自由漢莎城市布萊梅文學獎（Literaturpreis der Freien Hansestadt Bremen）。
1959年4月	結識彼特・斯叢迪與讓・博拉克。《語言柵欄》出版。
1959年7月	旅居瑞士錫爾斯-瑪利亞。《山中對話》出版。
1959年秋	在位於烏爾姆路（Rue d'Ulm）的巴黎高等師範學校任德語教師（Lecteur d'Allemand）。
1960年4月	多家報紙的副刊報導了克蕾兒・戈爾對策蘭的剽竊指控。
1960年5月	在蘇黎世結識奈莉・薩克斯。再與英格柏格・巴赫曼重逢。
1960年6月13-17日	奈莉・薩克斯造訪巴黎。
1960年9月	策蘭前往斯德哥爾摩，探望住院的奈莉・薩克斯。
1960年9月13日	在巴黎結識馬丁・布伯。
1960年10月22日	在達姆斯塔特接受格奧爾格・畢希納文學獎頒獎。發表演講辭〈子午線〉。
1962年10月	再次在日內瓦的「國際勞工組織大會」（BIT）中擔任翻譯一個月。
1962年12月 -1963年1月	入巴黎一家精神病院。
1963年5-10月	在蘇黎世第一次結識弗蘭茨・烏爾姆。
1963年秋	《無人的玫瑰》出版。
1964年	與妻吉澤爾共赴漢諾威，參加她的畫展。
1964年10月	杜塞多夫，獲頒北萊茵-維斯特法倫州藝術大獎（Grosser Kunstpreis des Landes Nordrhein-Westfalen）。
1965年5月	再度進入巴黎附近的一家精神病院。
1965年12月 -1966年6月	住在巴黎或周邊的醫院裡。組詩《黑暗侵入》問世。
1966年4月19日	巴黎的歌德學院同時展出策蘭的詩集《呼吸結晶》與妻吉澤爾的版畫配畫。
1966年	主編亨利・米肖的《 文學創作，作品〔一〕》

1966年11月	在巴黎與彼得・所羅門重逢。
1967年2-5月	再度入院，之後住在巴黎的這家醫院裡。
1967年7月	在弗萊堡大學朗誦自己的作品。之後，在托特瑙貝格的海德格小屋與海德格會面。
1967年9月	與弗蘭茨・烏爾姆在提契諾州。與摩西・菲爾鄧克萊相識於巴黎。
1967年秋	《呼吸間歇》出版。
1967年11月	獨自遷居巴黎第5區杜納福爾路24號。
1967年12月	暫居西柏林並朗誦自己的作品，住在自由大學的彼特・斯叢迪處。
1968年5月	策蘭成為發生巴黎學運事件的見證人。起初，他也曾為此倍感激動。
1968年秋	成為巴黎文學雜誌《蜉蝣》的聯合出版人。
1968年10月	《線之太陽》出版。
1968年10-11月	獲獎學金，駐留在距法國西南小城旺斯（Vence）不遠的La Colle-sur-Loup。
1968年11月 -1969年1月	再一次精神危機後，再度入院。
1969年復活節	最後一次造訪倫敦，探訪貝爾塔・安徹爾姑媽。
1969年	《黑關稅》（配有妻吉澤爾的版畫）出版。
1969年10月	以色列之行。在希伯來作家協會致詞。 重逢伊拉娜・施穆黎。寫耶路撒冷之詩。
1969年11月6日	遷居至巴黎15區的左拉大道6號。
1969年12月底 -1970年2月3日	伊拉娜・施穆黎訪巴黎。
1970年3月	弗蘭茨・烏爾姆在巴黎。最後一次與彼特・斯叢迪相見。 在斯圖加特荷爾德林學會朗誦自己的作品。 訪圖賓根。在弗萊堡朗誦自己的作品。 前往科爾瑪，參觀伊森海姆祭壇。
1970年4月20日（？）	自溺於塞納河。5月1日發現屍首。
1970年5月12日	安葬於巴黎近郊的提艾墓地。
1970年	《逼迫之光》在其身後出版。
1971年	《雪之域》在其身後出版。
1976年	《時間農莊》在其身後出版。

參 考 文 獻

在此只列出一些較為重要的出版物，它們主要為該書中被多次引用的文獻。
其他文獻可通過類別1中所列書籍進行查找。

1. 圖書目錄、索引、資料彙編、期刊

Bohrer, Christiane (1989): Paul Celan. Bibliographie. Frankfurt a. M. u. a.
Glenn, Jerry (1989). Paul Celan. Eine Bibliographie. Wiesbaden
Hamacher, Werner / Menninghaus, Winfried (Hg.) (1988). Paul Celan. Frankfurt a.
    M. (Bibliographie S. 345-359)
Lorenz, Otto (1983). Paul Celan. In: Kritisches Lexikon zur deutschsprachigen
    Gegenwartsliteratur. München (mit Bibliographie von 1998)
Nielsen, Karsten Hvidtfelt/Pors, Harald (1981). Index zur Lyrik Paul Celans.
    München
Pors, Harald (1989). Rückläufiges Wortregister zur Lyrik Paul Celans. München
Emmerich, Wolfgang (Hg.) (1988): Der Bremer Literaturpreis 1954-1987. Eine
    Dokumentation. Bremerhaven, S. 69-76 (mit Briefen)
Fremde Nähe (1997), Celan als Übersetzer. Eine Ausstellung des Deutschen
    Literaturarchivs. Von Axel Gellhaus u. a. Marbach
Ivanović, Christine (1996 a): «Kyrillisches, Freunde, auch das...» Die russische
    Bibliothek Paul Celans im Deutschen Literaturarchiv Marbach. Marbach
Wichner, Ernest/Wiesner, Herbert (1993). In der Sprache der Mörder. Eine Literatur
    aus Czernowitz, Bukowina. Berlin (Literaturhaus)
Celan-Jahrbuch. Hg. v. Hans-Michael Speier. Bd. 1 (1987) - Bd. 7 (1999)

2. 作品

2.1 彙編作品版本

Gesammelte Werke. Hg. v. B. Allemann u. a. Band I-V. Frankfurt a. M. 1983 (Bd.
    I—III: Gedichte, Prosa, Reden, Bd. IV/V: Übersetzungen)
Das Frühwerk [einschl. rumänischer Texte und ihrer Übersetzungen]. Hg. v. B.
    Wiedemann. Frankfurt a. M. 1989
Die Gedichte aus dem Nachlass. Hg. v. B. Badiou u. a. Frankfurt a. M. 1997
Werke. Historisch-Kritische Ausgabe. Hg. Bonner Arbeitsstelle. Frankfurt a. M.
    Bisher erschienen: Bd. 7.1 / 7.2: Atemwende. 1990. Bd. 8.1/8.2: Fadensonnen.
    1991. Bd. 9.1/9.2: Lichtzwang. 1997. Bd. 10.1/10.2: Schneepart. 1994

Werke. Tübinger Ausgabe [Vorstufen - Textgenese - Endfassung]. Hg. v.
Jürgen Wertheimer. Frankfurt a. M. Bisher erschienen: (1) Sprachgitter.
1996 (2) Die Niemandsrose. 1996 (3) Der Meridian. 1999

2.2 單本詩集

Der Sand aus den Urnen. Wien 1948(A. Sexl - zurückgezogen)
Mohn und Gedächtnis. Stuttgart 1952 (Deutsche Verlags-Anstalt)
Von Schwelle zu Schwelle. Stuttgart 1955 (Deutsche Verlags-Anstalt)
Sprachgitter. Frankfurt a. M. 1959 (S. Fischer)
Die Niemandsrose. Frankfurt a. M. 1963 (S. Fischer)
Atemwende. Frankfurt a. M. 1967 (Suhrkamp)
Fadensonnen. Frankfurt a. M. 1968 (Suhrkamp)
Lichtzwang. Frankfurt a. M. 1970 (Suhrkamp)
Schneepart. Frankfurt a. M 1971 (Suhrkamp)
Zeitgehöft. Späte Gedichte aus dem Nachlaß. Frankfurt a. M. 1976
    (Suhrkamp)
Gedichte 1938-1944. Vorwort von Ruth Kraft. Frankfurt a. M. 1986
    (Suhrkamp)
Eingedunkelt und Gedichte aus dem Umkreis von Eingedunkelt. Hg. v. B.
    Badiou und J.-C. Rambach. Frankfurt a. M. 1991 (Suhrkamp)
Gedichte. Eine Auswahl. Auswahl und Anmerkungen von Klaus Wagenbach,
    unter Mitarbeit des Autors. Frankfurt a. M. 1962 (S. Fi-scher)
Ausgewählte Gedichte. Zwei Reden. Nachwort von Beda Allemann. Frankfurt
    a. M. 1968 (Suhrkamp)
Ausgewählte Gedichte. Auswahl und Nachbemerkung von Klaus Reichert.
    Frankfurt a. M. 1970 (Suhrkamp)
Die Dichtung Ossip Mandelstamms (Rundfunksendung für den NDR 1960).
    In: Ossip Mandelstam. Im Luftgrab. Ein Lesebuch. Hg. v. R. Dutli. Zürich
    1988,
    S. 68-81

3. 信凼

Bender, Hans (1984). In: Briefe an Hans Bender. Hg. v. V. Neuhaus.
    München
Bermann Fischer, Gottfried / Bermann Fischer, Brigitte (1990): Briefwechsel
    mit Autoren. Hg. v. R. Stach. Frankfurt a. M. (S. 616-659)
Dischner, Gisela (1996). Paul Celan an Gisela Dischner. Briefe aus den
    Jahren 1965-1970. Hg. v. f. Runkehl und T. Siever. O. O. [Hannover]
Einhorn, Erich (1998): Paul Celan-Erich Einhorn: Briefe. Kommentiert von M.
    Dmitrieva-Einhorn. In: Celan-Jahrbuch 7 (1998), S. 7-49
Federmann, Reinhard (1972). In: Ders.: In memoriam Paul Celan. In: Die
    Pestsäule [Wien] 1 (September 1972), S. 17-21 und 91

Ficker, Ludwig von (1975). In: Anton Schwob: Ein unbekannter Brief Paul Celans [vom 5. Februar 1951]. In: Karpaten-Rundschau vom 6. Juni 1975, S. 4

Härtling, Peter (1993). In:«... und gehe in Worten spazieren». Briefe an Peter Härtling 1953-1993. Hg. v. K. Siblewski. Hamburg, S. 19 f.

Kloos, Diet (1993). In: Sars, Paul: «Ein solcher Ausgangspunkt wären meine Gedichte»: zu den Briefen von Paul Celan an Diet Kloos-Ba-rendregt. In: Jamme (s. unter 5.1), S. 15-39

Margul-Sperber, Alfred (1975). In: Neue Literatur [Bukarest] 26 (1975), Heft 7, S. 50-63

Neumann, Robert (Hg.) (1966). In: 34 x erste Liebe. Schriftsteller aus zwei Generationen unseres Jahrhunderts beschreiben erste erotische Erlebnisse. Dokumentarische Geschichten. Frankfurt a. M., S. 3 2 f.

Pöggeler, Otto (1980). In: Ders.: Kontroverses zur Ästhetik Paul Celans. In: Zeitschrift für Ästhetik und allgemeine Kunstwissenschaft 25 (1980), S. 202-243

Richter, Hans Werner (1997): Briefe. Hg. v. Sabine Cofalla. München/ Wien (mit 6 Briefen Celans)

Rosenthal, Bianca (1983): Quellen zum frühen Celan. In: Monatshefte (Wisconsin) 75 (1983), Heft 4, S. 402 f. (Brief an Verwandte in Palästina)

Rychner, Max (1980). In: Neue Literatur [Bukarest] 31 (1980), Heft 11, S. 58 f. und 61 (Entwurf)

Sachs, Nelly (1993). Paul Celan -Nelly Sachs. Briefwechsel. Hg. v. B. Wiedemann. Frankfurt a. M.

Solomon, Petre (1981): Briefwechsel mit Paul Celan, 1957-1962. In: Neue Literatur [Bukarest] 32 (1981), Heft 11, S. 60-80

Die Stimme 26.(1970), Hefte Juni und August (Tel Aviv). Auszüge aus Briefen an Freunde in Israel nach Paul Celans Israel-Reise

Struve, Gleb (1959/60). In: Victor Terras/Karl S. Weimar: Mandelstamm und Celan: A Postscript. In: Germano-Slavica 1978, Nr. 5, S. 361 -363. Nachdruck in: Hamacher (s. unter 1), S. 11 -13

Szondi, Peter (1993): Briefe. Hg. v. C. König und T. Sparr. Frankfurt a. M.

Wallmann, Jürgen P. (1971). In: Ders.: «Auch mich hält keine Hand». Zum 50. Geburtstag von Paul Celan. In: die horen 16 (1971), Nr. 83, S. 79-84

Wurm, Franz (1995): Paul Celan. Briefwechsel mit Franz Wurm. Hg. v. B. Wiedemann in Verbindung mit F. Wurm. Frankfurt a. M.

4. 談話及回憶錄

Ausländer, Rose (1991): Erinnerungen an eine Stadt. In: Rose Ausländer. Materialien zum Leben und Werk. Hg. v. H. Braun. Frankfurt a. M., S. 7-10

Barash, Moshe (1985): Über Paul Celan. Interview mit Cord Barkhausen. In: Sprache und Literatur in Wissenschaft und Unterricht 16 (1985), Heft 1, S. 93-107

Basil, Otto (1971): Wir leben unter finsteren Himmeln. In: Literatur und Kritik. Österreichische Monatsschrift 52 (1971), S. 102-105

Baumann, Gerhart (1986): Erinnerungen an Paul Celan. Frankfurt a. M. 1986. Erweiterte Ausgabe 1992

Blanchot, Maurice (1993): Der als letzter spricht. Über Paul Celan. Berlin

Böschenstein, Bernhard (1990): Gespräche und Gänge mit Paul Celan. In: Böschenstein, B./Bevilacqua, Giuseppe: Paul Celan. Marbach, S. 7-19

Bollack, Jean (1993): Herzstein. Über ein unveröffentlichtes Gedicht von Paul Celan. München / Wien

Bonnefoy, Yves (1998): Die rote Wolke. München, S. 256-262

Cameron, Esther (1986). Erinnerung an Paul Celan. In: Park. Zeitschrift für neue Literatur 10 (1986) Heft 27/28, S. 50-52; auch bei Hamacher (s. unter 1), S. 338-342

Cioran, E. M. (1988): Encounters with Paul Celan. In: Acts. A Journal of New Writing (San Francisco) 1988; Nr. 8/9, S. 151-155

Döpke, Oswald (1994): Ingeborg Bachmann in Briefen aus den Jahren 1956 und 1957. In: I. Bachmann. Das Lächeln der Sphinx. = du. Die Zeitschrift der Kultur 1994, Heft 9, S. 36-39

Dor, Milo (1988): Auf dem falschen Dampfer. Fragmente einer Autobiographie. Wien/Darmstadt

Dürrenmatt, Friedrich (1990): [Erinnerungen an Paul Celan. In:] Turmbau. Stoffe IV-IX. Zürich, S. 169-171

Goll, Claire (1976): La poursuite du vent. Paris (S. 274f.); deutsche Ausgabe: Ich verzeihe keinem. Eine literarische Chronique scandaleuse unserer Zeit. Bern/München 1978 (die Passage zu Celan fehlt)

Grass, Günter (1990): Schreiben nach Auschwitz: Frankfurter Poetik-Vorlesung. Frankfurt a. M., S. 29-32

Huppert, Hugo (1988): «Spirituell». Ein Gespräch mit Paul Celan [1973]. In: Hamacher (s. unter r), S. 319-324

Jabès, Edmond (1989): Des verstorbenen Freundes gedenkend. Wie ich Paul Celan lese. In: Frankfurter Allgemeine Zeitung vom 22. April 1989

Jokostra, Peter (1971): «Celan ist bestenfalls eine Parfümfabrik...» Das spannungsvolle Verhältnis zwischen Johannes Bobrowski und Paul Celan. In: Die Welt vom 30. Oktober 1971 (mit Briefen)

Krolow, Karl (1970): Paul Celan. In: Jahresring 1970/71. Stuttgart, S. 338-346

Leiser, Erwin (1982). Leben nach dem Überleben. Dem Holocaust entronnen - Begegnungen und Schicksale. Königstein/Ts. (mit einem Brief)

Lenz, Hermann (1988): Erinnerungen an Paul Celan. In: Hamacher (s.unter 1), S. 315-318

Lefebvre, Jean Pierre (1997): «Paul Celan - unser Deutschlehrer». In: arcadia 32(1997), Heft 1, S. 97-108

Martin, Uwe (Hg.) (1982): Texte zum frühen Celan. Bukarester Celan-Kolloquium 1981. = Zeitschrift für Kulturaustausch 32, Heft 3 (mit Erinnerungen von Marcel Aderca, Maria Banus, Ion Caraion, Nina Cassian, Ovid S. Crochmălniceanu, Horia Deleanu, Alfred Kittner und Petre Solomon)

Mayer, Hans (1970): Erinnerung an Paul Celan. In: Merkur 24 (1970), Heft 12, S. 1150-1162

Mayer, Hans (1997): Interview zu Paul Celan (mit Jürgen Wertheimer). In: arcadia 32 (1997), Heft 1, S. 298-300

Michaux, Henri (1970): Sur le che-min de la vie. Paul Celan. In: Études Germaniques 25 (1970), Nr. 3, S. 250

Peyer, Rudolf (1987): Annäherung an eine Legende. Begegnungen mit Paul Celan. In: Neue Zürcher Zeitung vom 10. April 1987, S. 40

Podewils, Clemens (1971): Namen. Ein Vermächtnis Paul Celans. In
Ensemble. Internationales Jahrbuch für Literatur 2 (1971), S. 67-70
Reinfrank, Arno (1971): Schmerzlicher Abschied von Paul Celan. In: die horen
16 (1971), Nr. 83, S. 72-75
Sanders, Rino (1988). Erinnerung an Paul Celan. In: Jemand, der schreibt. 57
Aussagen. Hg. v. Rudolf de Le Roi. München 1972, S. 314-317; auch bei
Hamacher (s. unter 1), S. 311-314
Schmueli, Ilana (1994): Denk dir. Paul Celan in Jerusalem. In: Jüdischer
Almanach 1995. Hg. v. J. Hessing. Frankfurt a. M., S. 9-36 (mit Briefen)
Schocken, Gershom (1980): Paul Celan in Tel Aviv. In: Neue Rundschau 91
(1980), Heft 2/3. S. 256-259
Schwerin, Christoph Graf von (1981): Bitterer Brunnen des Herzens.
Erinnerungen an Paul Celan. In: Der Monat Nr. 279, S. 73-81
Schwerin, Christoph Graf von (1997): Als sei nichts gewesen. Erinnerungen.
Berlin (mit Briefen)
Silbermann, Edith (1993): Begegnung mit Paul Celan. Erinnerung und
Interpretation. Aachen (mit Briefen)
Solomon, Petre (1980): Paul Celans Bukarester Aufenthalt. In: Neue Literatur
[Bukarest] 31 (1980), Heft 11, S. 50-64
Solomon, Petre (1982): Zwanzig Jahre danach. Erinnerungen an Paul Celan.
In: Neue Literatur [Bukarest] 33 (1982), Heft 11, S. 23-34 (mit Briefen)
Solomon, Petre (1990): Paul Celan. L'adolescence d'un adieu. Paris 1990
(zuerst rumänisch: Paul Celan. Dimensiunea Romaneasca. Bukarest
1987; mit sämtlichen Briefen Celans an Solomon, S. 209-241, wie auch
den meisten Briefen Celans an A. Margul-Sperber, S. 242-278)
Die Stimme 26 (1970), Hefte Juni und Juli (Tel Aviv). Mit Erinnerungen von
Gideon Kraft, Dorothea Müller-Altneu, Meier Teich und Manfred Winkler
Susman, Margarete (1964): Ich habe viele Leben gelebt. Erinnerungen.
Stuttgart, S. 174 f.
Szász, János (1988): «Es ist nicht so einfach...» Erinnerungen an Paul Celan
[1975]. In: Hamacher (s. unter 1), S. 325-337
Wurm, Franz (1990): Erinnerung an Paul Celan. In: Neue Zürcher Zeitung
vom 24./25. November 1990 Verändert unter dem Titel «Erinnerung» in:
Sprache im technischen Zeitalter 33 (1995), März-Heft, S. 84-88

5. 研究性文字

5.1 傳記、專著、文集

Bevilacqua, Giuseppe (1998): Eros -Nostos - Thanatos: la parabola di Paul
Celan. In: Paul Celan: Poesie. Deutsch/italienisch. Hg. und übersetzt von
G. Bevilacqua. Milano, S. XI-CXXIX (mit Zeittafel)

Böschenstein, Bernhard/Weigel, Sigrid (Hg.) (1997): Ingeborg Bachmann und Paul Celan. Poetische Korrespondenzen. Frankfurt a. M.

Buck, Theo (1993): Muttersprache, Mördersprache. Celan-Studien I. Aachen

Buhr, Gerhard/Reuss, Roland (Hg.) (1991): Paul Celan, «Atemwende». Materialien. Würzburg

Chalfen, Israel (1979): Paul Celan. Eine Biographie seiner Jugend. Frankfurt a. M. (mit Briefen)

Colin, Amy D. (Hg.) (1987): Argumentum e Silentio. International Paul Celan Symposium [Seattle 1984]. Berlin/New York

Corbea, Andrei/Astner, Michael (Hg.) (1990): Kulturlandschaft Bukowina. Studien zur deutschsprachigen Literatur nach 1918. Iasi (Rumänien)

Derrida, Jacques (1986): Schibboleth. Für Paul Celan. Graz/Wien

Felstiner, John (1997): Paul Celan. Eine Biographie. München (zuerst englisch, 1995)

Gellhaus, Axel/Lohr, Andreas (Hg.) (1996): Lesarten. Beiträge zum Werk Paul Celans. Köln u. a.

Gutu, George (1990): Die Lyrik Paul Celans und der geistige Raum Rumäniens. Bukarest (mit Briefen an Nina Cassian)

Ivanović, Christine (1996 b): Das Gedicht im Geheimnis der Begegnung. Dichtung und Poetik Celans im Kontext seiner russischen Lektüren. Tübingen

Jamme, Christoph/Pöggeler, Otto (Hg.) (1993): «Der glühende Leertext». Annäherungen an Paul Celans Dichtung. München

Janz, Marlies (1976): Vom Engagement absoluter Poesie. Zur Lyrik und Ästhetik Paul Celans. Frankfurt a. M.

Koelle, Lydia (1997): Paul Celans pneumatisches Judentum. Gott-Rede und menschliche Existenz nach der Shoah. Mainz

Lehmann, Jürgen (Hg.) (1997): Kommentar zu Paul Celans «Die Niemandsrose». Heidelberg

Meinecke, Dietlind (Hg.) (1970): Über Paul Celan. Frankfurt a. M.

Neubauer, John /Wertheimer, Jürgen (Hg.) (1997): Celan und/in Europa. = arcadia 32 (1997), Heft 1

Neumann, Peter Horst (1990): Zur Lyrik Paul Celans. Göttingen (zuerst 1968)

Olschner, Leonard M. (1985): Der feste Buchstab. Erläuterungen zu Paul Celans Gedichtübertragungen. Göttingen / Zürich

Pöggeler, Otto (1986): Spur des Worts. Zur Lyrik Paul Celans. Freiburg/Br.

Schulz, Georg-Michael (1977): Negativität in der Dichtung Paul Celans. Tübingen

Shoham, Chaim/Witte, Bernd (Hg.) (1987): Datum und Zitat bei Paul Celan. Akten des Internationalen Celan-Colloquiums Haifa 1986. Bern u. a.

Sparr, Thomas (1989): Celans Poetik des hermetischen Gedichts. Heidelberg

Strelka, Joseph P. (Hg.) (1987): Psalm und Hawdalah. Zum Werk Paul Celans. Akten des Internationalen Paul-Celan-Colloquiums New York 1985. Bern u. a. Szondi, Peter (1972): Celan-Studien. Frankfurt a. M.

Text + Kritik (1984). Heft 53/54.2. erweiterte Aufl. München

Wiedemarin-Wolf, Barbara (1985): Antschel Paul - Paul Celan. Studien zum Frühwerk. Tübingen

5.2 文章、文獻批評

Allemann, Beda (1993): Max Rychner- Entdecker Paul Celans. In: Acta-Band zum Symposium «Beiträge jüdischer Autoren zur deutschen Literatur seit 1945». Darmstadt, S. 280-292

Birus, Hendrik (1996): Hommage à quelqu'un. Paul Celans «Hüttenfenster» - ein < Wink> für Johannes Bobrowski? In: Hermenautik -Hermeneutik [Für P. H. Neumann]. Hg. v. H. Helbig u. a. Würzburg,S. 269-277

Böschenstein, Bernhard (1988): Im Zwiegespräch mit Hölderlin: George, Rilke, Trakl, Celan. In: Philosophie und Poesie. O. Pöggeler zum 60. Geburtstag. Hg. v. A. Gethmann-Siefert. Bd. 2. Stuttgart 1988, S. 241-260

Bollack, Jean (1994): Paul Celan und Nelly Sachs. Geschichte eines Kampfes. In: Neue Rundschau 105 (1994), Heft 4, S. 119-134

Bollack, Jean (1998): Vor dem Gericht der Toten. Paul Celans Begegnung mit Martin Heidegger und ihre Bedeutung. In: Neue Rundschau 108, Heft 1, S. 127-156

Firges, Jean (1962): Sprache und Sein in der Dichtung Paul Celans. In: Muttersprache 72 (1962), S. 261-269 (mit einem Briefzitat Celans)

Gellhaus, Axel (1993 a): Marginalien. Paul Celan als Leser. In: Jamme (s. unter 5.1), S. 41 - 65

Gellhaus, Axel (1993 b): Erinnerung an schwimmende Hölderlintürme. Paul Celan, «Tübingen, Jänner». Marbach (= Spuren Nr. 24)

Gellhaus, Axel (1995): Die Polarisierung von POESIE UND poesie und Kunst bei Paul Celan. In: Celan-Jahrbuch 6 (1995), S. 51-91

Krass, Stephan (1997): «Mit einer Hoffnung auf ein kommendes Wort». Die Begegnung von Paul Celan und Martin Heidegger. In: Neue Zürcher Zeitung vom 2. August 1997

Krass, Stephan (1998): «Wir haben Vieles einander zugeschwiegen». Ein unveröffentlichter Brief von Martin Heidegger an Paul Celan. In: Neue Zürcher Zeitung vom 3. Januar 1998

Lämmert, Eberhard (1994): Peter Szondi. Ein Rückblick zu seinem 65. Geburtstag. In: Poetica 26 (1994), S. 1-30

Lütz, Jürgen (1996): Der Name der Blume. Über den Celan-Bachmann Diskurs, dargestellt am Zeugen <Ich höre, die Axt hat geblüht>. In: Gellhaus/Lohr (s. unter 5.1), S. 49--80

Lyon, James K. (1987): Die (Patho-) Physiologie des Ichs in der Lyrik Paul Celans. In: Zeitschrift für deutsche Philologie 106, Heft 4, S. 591-608

Lyon, James K. (1989): Judentum, Antisemitismus, Verfolgungswahn: Celans «Krise» 1960-1962. In: Celan-Jahrbuch 3 (1989), S. 175-204

Neumann, Peter Horst (1970): Ich-Gestalt und Dichtungsbegriff bei Paul Celan. In: Etudes Germaniques 25(1970), Nr. 3,S. 299-310

Reichert, Klaus (1988): Hebräische Züge in der Sprache Paul Celans. In: Hamacher (s. unter 1), S. 156-169

Stiehler, Heinrich (1972): Die Zeit der Todesfuge. Zu den Anfängen Paul Celans. In: Akzente 19, Heft 1, S. 11-40

出版後記

本書是中文世界第一本、也是唯一的一本策蘭傳記。

歷經人世的黑暗，從德文、希伯來文、羅馬尼亞文、俄文到法文，多語言文化的流亡背景，這一切，使得策蘭的詩作豐富又複雜。沃夫岡・埃梅里希（Wolfgang Emmerich）所寫的《策蘭傳》（Paul Celan）是德語文壇公認寫得最好的策蘭研究傳記之一，此書篇幅不長，卻對策蘭的生平和詩作有著深刻而淵博的探討。《策蘭傳》的中譯難度極大，譯者梁晶晶在翻譯過程中，僅為中文讀者所撰的文註就逾三百個，再加上原註，本書的註釋逾五百個。

《策蘭傳》獲得了德國歌德學院的翻譯資助，也得到了台北德國文化中心的珍貴協助。

從十年前初讀策蘭詩歌的震撼，到搜閱一切可讀到的策蘭詩作與生平，再經友人薦書、選書、尋求譯者，簽下德文《策蘭傳》版權，接下來，譯者和編者無窮盡地校改、討論譯稿，終於，在策蘭書籍製作群的努力下，《策蘭傳》面世了。

僅在此向我的摯友、寓居德國的學者仲維光、還學文夫婦致意，十年前，他們容忍了我的無知，為我上策蘭詩及生平的課，並介紹專研策蘭的學者吳建廣和我認識。我也要向策蘭詩的主要中譯者、詩人孟明致意，從巴黎、波士頓到台北，多年來，經由他的譯詩和解讀，一個我心目中的策蘭形成了。

本書和孟明中譯的《策蘭詩選》一起，為幾乎對策蘭一無所知的中文世界展示了較為完整的策蘭。隨著《策蘭傳》和《策蘭詩選》的面世，我人生中的一個重大心願終得以達成。

貝嶺

2009年2月 於臺北